πολιτικά

　　我(苏格拉底)跟得上你的道路吗？我说，你说的那门专业似乎指政治专业，而且还许诺把男子教成好的政治人？

　　就是就是，他（普罗塔戈拉）说，苏格拉底哟，这正是我的专职。

　　真漂亮，我说，你搞到的这门专业漂亮，要是你真的搞到了的话——我没法不说出自己的真实想法，尤其对你，——其实，我自己一直以为，普罗塔戈拉噢，这专业没办法教。可你现在却那样子说，我不知道该怎么看你的话。不过，为何我觉得这专业不可传授，没法由一个人递给另一个人，还是说清楚才好。

　　——柏拉图，《普罗塔戈拉》，139a2-319b3

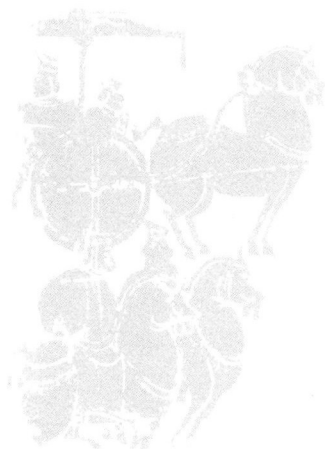

子曰：

可与共学，未可与适道；
可与适道，未可与立；
可与立，未可与权。

——《论语·子罕》

πολιτικά

政治哲学文库

甘阳 刘小枫 | 主编

古典诗教中的
文质说探源

吴小锋 | 著

华东师范大学出版社

华东师范大学出版社六点分社　策划

古典教育基金·"资龙"资助项目

总　序

甘　阳　刘小枫

　　政治哲学在今天是颇为含混的概念,政治哲学作为一种学业在当代大学系科中的位置亦不无尴尬。例如,政治哲学应该属于哲学系还是政治系? 应当设在法学院还是文学院? 对此我们或许只能回答,政治哲学既不可能囿于一个学科,更难以简化为一个专业,因为就其本性而言,政治哲学是一种超学科的学问。

　　在 20 世纪的相当长时期,西方大学体制中的任何院系都没有政治哲学的位置,因为西方学界曾一度相信,所有问题都可以由各门实证科学或行为科学来解决,因此认为"政治哲学已经死了"。但自上世纪七八十年代以来,政治哲学却成了西方大学内的显学,不但哲学系、政治系、法学院,而且历史系、文学系等几乎无不辩论政治哲学问题,各种争相出场的政治哲学流派和学说亦无不具有跨院系、跨学科的活动特性。例如,"自由主义与社群主义之争"在哲学系、政治系和法学院同样激烈地展开,"共和主义政治哲学对自由主义政治哲学的挑战"则首先发端于历史系(共和主义史学),随后延伸至法学院、政治系和哲学系等。以复兴古典政治哲学为己任的施特劳斯政治哲学学派以政治系为大本营,同时向古典学系、哲学系、法学院和历史系等扩展。另一方面,后现代主义和后殖民主义把文学系几乎变成了政治理论系,专事在各种文本中分析种族、性别和族群等当代最敏感的政治问题,尤其福柯和德里达等对"权力–知识"、"法律–暴力"以及"友爱政治"等问题的政治哲学追问,其影响遍及所有人文社会科学领域。最后,女性主义政治哲学如水银泻地,无处不在,论者要么批判西方所谓"个人"其实是"男性家主",要么强烈挑战政治哲学以"正义"为中心无异于男性中心主义,提出政治哲学应以"关爱"为中心,等等。

以上这一光怪陆离的景观实际表明,政治哲学具有不受现代学术分工桎梏的特性。这首先是因为,政治哲学的论题极为广泛,既涉及道德、法律、宗教、习俗以至社群、民族、国家及其经济分配方式,又涉及性别、友谊、婚姻、家庭、养育、教育以至文学艺术等表现方式,因此政治哲学几乎必然具有跨学科的特性。说到底,政治哲学是一个政治共同体之自我认识和自我反思的集中表达。此外,政治哲学的兴起一般都与政治共同体出现重大意见争论有关,这种争论往往涉及政治共同体的基本信念、基本价值、基本生活方式以及基本制度之根据,从而必然成为所有人文社会科学的共同关切。就当代西方政治哲学的再度兴起而言,其基本背景即是西方所谓的"60年代危机",亦即上世纪60年代由民权运动和反战运动引发的社会大变动而导致的西方文化危机。这种危机感促使所有人文社会学科不但反省当代西方社会的问题,而且逐渐走向重新认识和重新检讨西方17世纪以来所形成的基本现代观念,这就是通常所谓的"现代性问题"或"现代性危机"。不妨说,这种重新审视的基本走向,正应了政治哲人施特劳斯多年前的预言:

> 彻底质疑近三四百年来的西方思想学说是一切智慧追求的起点。

政治哲学的研究在中国虽然才刚刚起步,但我们以为,从一开始就应该明确:中国的政治哲学研究不是要亦步亦趋与当代西方学术"接轨"，而是要自觉形成中国学术共同体的独立视野和批判意识。坊间已经翻译过来不少西方政治哲学教科书，虽然对教书匠和应试生不无裨益，但从我们的角度来看，其视野和论述往往过窄。这些教科书有些以点金术的手法，把西方从古到今的政治思想描绘成各种理想化概念的连续统，盲然不顾西方政治哲学中的"古今之争"这一基本问题，亦即无视西方"现代"政治哲学乃起源于对西方"古典"政治哲学的拒斥与否定这一重大转折；还有些教科书则仅仅铺陈晚近以来西方学院内的细琐争论，造成"最新的争论就是最前沿的问题"之假象，实际却恰恰缺乏历史视野，看不出当代的许多争论其实只不过是用新术语争论老问题而已。对中国学界而言，今日最重要的是，在全球化时代戒绝盲目跟风赶时髦，始终坚持自己的学术自主性。

要而言之，中国学人研究政治哲学的基本任务有二：一是批判地考察西方政治哲学的源流，二是深入疏理中国政治哲学的传统。有必要说明，本文库两位主编虽近年来都曾着重论述施特劳斯学派的政治哲学，但我们决无意主张对西方政治哲学的研究应该简单化为遵循施特劳斯派路向。无论对施特劳斯学派，还是对自由主义、社群主义、共和主义或后现代主义等，我们都主张从中国的视野出发深入分析和批判。同样，我们虽强调研究古典思想和古典传统的重要性，却从不主张简单地以古典拒斥现代。就当代西方政治哲学而言，我们以为更值得注意的或许是，各主要流派近年来实际都在以不同方式寻求现代思想与古典思想的调和或互补。

以自由主义学派而言，近年来明显从以往一切讨论立足于"权利"而日益转向突出强调"美德"，其具体路向往往表现为寻求康德与亚里士多德的结合。共和主义学派则从早年强调古希腊到马基雅维里的政治传统逐渐转向强调罗马尤其是西塞罗对西方早期现代的影响，其目的实际是缓和古典共和主义与现代社会之张力。最后，施特劳斯学派虽然一向立足于柏拉图路向的古典政治哲学传统而深刻批判西方现代性,但这种批判并非简单地否定现代,而是力图以古典传统来矫正现代思想的偏颇和极端。当然,后现代主义和后殖民主义各派仍然对古典和现代都持激进的否定性批判态势。但我们要强调,当代西方政治哲学的各种流派无不从西方国家自身的问题出发,因而必然具有"狭隘地方主义"(provincialism)的特点,中国学人当然不应该成为任何一派的盲从信徒,而应以中国学术共同体为依托,树立对西方古典、现代、后现代的总体性批判视野。

中国政治哲学的开展,毫无疑问将有赖于深入地重新研究中国的古典文明传统,尤其是儒家这一中国的古典政治哲学传统。历代儒家先贤对理想治道和王道政治的不懈追求,对暴君和专制的强烈批判以及儒家高度强调礼制、仪式、程序和规范的古典法制精神,都有待今人从现代的角度深入探讨、疏理和发展。近百年来粗暴地全盘否定中国古典文明的风气,尤其那种极其轻佻地以封建主义和专制主义标签一笔抹煞中国古典政治传统的习气,实乃现代人的无知狂妄病,必须彻底扭转。另一方面,我们也并不同意晚近出现的矫枉过正,即以过分理想化的方式来看待儒家,似乎儒家或中国古典传统不但与现代世界没有矛盾,还包含了解决一切现代问题的答案,甚至以儒家传统来否定"五四"以来的中国现代传统。深入研究儒家和中国古典文明不应采取理想化的方式,而是要采取问题化的方式,重要的是展开儒家和中国古典传统内部的问题、矛盾、张力和冲突;同时,儒家和中国古典传统在面对现代社会和外部世界时所面临的困难,并不需要回避、掩盖或否认,倒恰恰需要充分展开和分析。中国政治哲学的开展,固然将以儒家为主的中国古典文明为源头,但同时必以日益复杂的中国现代社会发展为动力。政治哲学的研究既要求不断返回问题源头,不断重读古代经典,不断重新展开几百年甚至上千年以前的古老争论,又要求所有对古典思想的开展,以现代的问题意识为归依。古老的文明中国如今已是一个高度复杂的现代国家,处于前所未有的全球化格局之中,我们对中国古典文明的重新认识和重新开展,必须从现代中国和当代世界的复杂性出发才有生命力。

政治哲学的研究在我国尚处于起步阶段,无论是批判考察西方政治哲学的源流,还是深入疏理中国政治哲学传统,都有待学界同仁共同努力,逐渐积累研究成果。但我们相信,置身于21世纪开端的中国学人正在萌发一种新的文明自觉,这必将首先体现为政治哲学的叩问。我们希望,这套文库以平实的学风为我国的政治哲学研究提供一个起点,推动中国政治哲学逐渐成熟。

2005 年夏

目　　录

引言：《文心雕龙》与文质之辨

　　文质说，是中国古典思想中一个重大而隐深的论题，在文论中也极为重要。如今的相关文论研究，却并未澄清这一重大论题的来龙去脉。如何理解文质说，学界大概迄今尚未取得共识，尽管没有人否认文质说对中国古典文论、政论乃至文明论的重要性。

　　本世纪初，胡经之主编的《中国古典文艺学丛编》（共三册）出版，是书以文论范畴为题，蒐集中国古典文艺学资料。第二分册（作品分册）列有"文质"一目，辑录从孔子到王国维历代数家对"文质"问题的相关说法。① 两千年来，关于文质关系的论说绵延未绝。一气读罢二十页篇幅的历代文质论说后，仍然感到困惑，"文质说"究竟在谈什么问题。编者在开头提要：

> 　　文质是中国古典文艺学中的一对基本范畴。文，即
> 作品的表现形式；质，即作品的思想内容。文质的关系是
> 文艺作品内容与形式的对立统一关系。②

---

① 胡经之主编，《中国古典文艺学丛编》（二），北京：北京大学出版社，2001，页207–227。同样性质的书，可参徐中玉主编的《中国古代文艺理论专题资料丛刊》，其中有侯毓信编选的《神思·文质编》分册，北京：中国社会科学出版社，1995。

② 胡经之主编，《中国古典文艺学丛编》（二），前揭，页208。

文质,是形式与内容的关系。如果真是这样,文质关系倒容易理解。翻检近三十年文质说研究,尤其是文论方面的文质说研究,可以见到,将文质关系等同于形式与内容,基本成了古典文论研究领域的一个主流意见。从古典文献上看,文质说的渊源在《论语》,不过,《论语》中的文质说与文学无甚关联。最初将文质说引入文学领域的,是西汉的扬雄。真正将文质说与文学论述糅合在一起并臻于成熟的,是南北朝时期写下《文心雕龙》的刘勰。① 对于从文论角度探讨文质关系的现代论者而言,,流意见来的文论研究尚未澄清的重大问题之一因此因此,《文心雕龙》可谓文质说的渊源所在。

《文心雕龙》号称中国文论"元典",②"体大而虑周"(章学诚,《文史通义·诗话》),③围绕《文心雕龙》展开的研究,如今已然成了一门响当当的学问,"龙学"。即便刘勰并未在《文心雕龙》中以"文质"名篇,现代研究刘勰"文质说"的论文数量仍不在少数,只是其中大部分都将文质关系等同于形式与内容的关系。④ 形式与内容真能将《文心雕龙》中的文质关系解释得通?《文心雕龙》未专辟"文质"一篇,通读《文心雕龙》,尤其是下半部分,可以清楚看到刘勰对文质说的领悟与重视。为何不设专篇讨论,值得考虑。

《文心雕龙》讨论文质,相对集中在《情采》与《时序》。《时

① 参孙耀煜,"中国文学理论中的文质说",见《阴山学刊》,1983(1);束景南,"从文化思想到文学理论——文质说的历史形成与发展",见《文献季刊》,1999(3)。
② 参戚良德,"开源发流,为世楷式——作为中国文论'元典'的《文心雕龙》",见中国《文心雕龙》学会编,《文心雕龙研究》第七辑,保定:河北大学出版社,2007,页79-102。
③ 章学诚,《文史通义校注》,叶瑛校注,北京:中华书局,2005。
④ 如齐树德,"从刘勰的文质说谈《文心雕龙》的研究方法",见《郑州大学学报哲社版》,1980(1);吴圣昔,"刘勰文质统一观初探——《文心雕龙》综论之一",见《齐鲁学刊》,1981(2);李凌燕,"浅析刘勰的文质说",见《娄底师专学报哲社版》,1984(3);吕永,"《文心雕龙》的文质观",见《许昌学院学报社会科学版》,1985(1);徐迎新,"从'文质说'到'情采论'",见《锦州师范学院学报》,2001(7)。《

序》开篇说:"时运交移,质文代变,古今情理,如可言乎!"要将古今变化背后的情理说出来,那就是"质文代变"。《时序》结尾赞曰:"蔚映十代,辞采九变。枢中所动,环流无倦。质文沿时,崇替在选。终古虽远,旷焉如面。"①《时序》开头与结尾谈论文质,中间部分历叙唐、禹、夏、商、周、汉、魏、晋、宋、齐十代政教与文风的流变。就其结构而言,首尾的文质说框住中间政教文学的流变,无异于说,理解政教文学的变化,应该从文质关系入手。《时序》不仅让读者看到政教与文学的变迁,也意在让读者看到变迁中不变的东西,见到"枢中所动,环流无倦"的东西。政教与文学,从变易的角度看,实为质文代变,从不易的角度看,则是文质相复。基于此,刘勰才说:"原始以要终,虽百世可知也"。一旦抓住"质文相复"这一时代变迁的核心,自然"终古虽远,旷焉如面"。《时序》谈论文质说背后的精神意蕴,指向的是政教和文学的变化实质,这似乎难与"形式和内容"扯上干系。

《时序》摆明文质说的精神指向,《情采》侧重文质说的内涵。"圣贤书辞,总称文章,非采而何",文章之所以为文章,在于文章之"采"。标题"情采"的"采",实指"文章"。"情采"的"情",谈的是"性情",属文章的"质"。《情采》言"文附质"、"质待文",背后是在讨论性情与文章的关系,这才是刘勰文质说的真正所指。理解"情采"与文质的关系,才能理解《情采》在《文心雕龙》下半部分(下文称"下编")中的位置。

在《序志》中,刘勰谈及《文心雕龙》篇章结构的安排。关于《文心雕龙》下编的编排,刘勰说:

> 至于剖情析采,笼圈(概括)条贯,摛(表现)《神》、
> 《性》,图(论述)《风》、《势》,苞(包)《会》、《通》,阅(考

---

① 吴林伯,《〈文心雕龙〉义疏》,武汉:武汉大学出版社,2002。

察)《声》、《字》,崇替于《时序》,褒贬于《才略》,怊怅于
《知音》,耿介(正直)于《程器》,长怀《序志》,以驭群篇,
下篇以下,毛目(纲领)显矣。(引按:引文或正文中括号
内的楷体字,系笔者酌情添加的文中夹注。)

刘勰论述《文心雕龙》下篇的结构与布局,为何以"情采"打
头。"剖情析采,笼圈条贯",似乎是说情采关系笼罩并贯穿整个
下编的论述。通读《文心雕龙》下编,的确会发现,各篇都隐隐有
"文章与性情"的线索在。《神思》、《体性》、《风骨》、《通变》、《定
势》各篇,与讨论人的性情相关,属"剖情"。《熔裁》到《指瑕》诸
篇,具体讲文章做法,属"析采"。其间的关键连接在《情采》,《情
采》统合起前面谈论性情心术的部分与后面谈论文章文术的部
分。从"文之发"的《神思》,到"文之成"的《指瑕》,"剖情析采"论
述文章的整个写作过程。[1] 紧接着三篇似乎是小结:《养气》教人
葆养性情,总"剖情";《附会》讲文章布局,总"析采";《总术》最后
作结,"剖情"才能"析采","析采"需要"剖情",文术的前提是心
术,或说文术的背后是心术。随后五篇,在更深层的意义上总结下
编,也可以说是对全书的总结:《时序》和《物色》说文章可能因社
会和自然的变化而变化,《才略》和《知音》谈论如何判读文章的变
化,最后是《程器》,主题上升到作家的性情与政治德行。换句话
说,作家应该对社会和自然的变化、以及由此带来的政教与文学的
变化,保持政治敏感,并用文章经国的气度来判断文章品质的优
劣。可以说,"情采"或"性情与文章"的关系,也就是刘勰所理解
的文质关系,支配着对《文心雕龙》下编甚至整部《文心雕龙》的理
解。如果单单用"形式与内容"的命题取代文质说,取代性情与文

---

[1] 参祖保泉,"《文心》下篇篇次组合试解",见张少康编,《文心雕龙研究》,武汉:湖
北教育出版社,2002,页365-367。

章的关系,恐怕难以触及刘勰论文的深度。"文心雕龙",文心,"言为文之用心",讲的是心术;"雕龙",讲的是文术。《文心雕龙》表面讲文术,背后隐隐在讲心术。

一部讲述文术的书,为何如此注重心术,刘勰的《文心雕龙》到底是一部什么性质的书。齐梁之际,笼罩在魏晋四百余年的玄谈遗风影响之下,文人"为文造情"、"言与志反",文风绮靡,文胜其质。要正文人文风,先正文人性情。《文心雕龙》上编重在谈论文章样式,下编重在讨论文章作法,文章出于作家的艺术构思,故下编以《神思》开头。作家"神思"基于自身性情,性情优劣决定神思品质,关乎文章的风格与品相。由此理解《体性》,《体性》谈的正是作家性情与文章品质最内在的关系,可谓下编"剖情"的核心。从《体性》到《风骨》,是从正性情到正文风,《体性》的深意,可在《风骨》中体会。如果再拉长视野,《风骨》中的文风问题在《时序》中得到充分发挥,《时序》之后又接讨论性情的《才略》,最后上升到《程器》,开始讲文人的政治德性,回归并提升《体性》的主题。

不过,《体性》一篇,须在"文之德"的前提下才能得到最高理解。《序志》开篇言,"夫文心者,言为文之用心也",作文需用心,用心须修性。《文心雕龙》是一部写给后世有志于成为文人之人的书,其根本的意图在于,通过重新表彰"文之德",让舞文弄墨的人明白,写作文章其实是极其郑重且高贵的事,必须慎之又慎。要写好文章,必先"雅制",陶铸文人自家性情。如果把《体性》放在《文心雕龙》中看,《体性》带起的是性情与文章、德行与文学的关系。德行与文学的关系如何摆,从《论语》中"孔门四科"的先后次第亦可见出。魏晋以来,儒学衰微,文风轻靡,在刘勰看来,实在是"近代词人"德性未修。《文心雕龙》开篇谈"文之德",结尾处已在大谈"人之德"。《才略》非议汉到魏晋之间十六位文人的德行,《程器》更进一步:"安有大丈夫学文,而不达于政事哉?"《文心雕龙》通过剖情析采，带出的是"修辞"与"修身"的关系问题。修身是"人之文"，修辞是"言之文"，"文质彬彬"说的不单是君子，也指文章。

成书齐、梁之际的《文心雕龙》，表面上纠弹齐、梁文弊，实际着力扭转魏晋玄学掀起的文学潮流，正是这股潮流拉开了文学与政教的关系。《文心雕龙》上编以文德开头，"文之为德也大矣"。下编起首引古人语，"形在江海之上，心存魏阙之下"，以文人的政治关怀开头。下编所讲的驭文之术，是在文人领悟"文之德"的前提下讨论的，换句话说，驭文之术体现的是文人对"文之德"的领悟。这样，为文不仅是舞文弄墨，更是上升到为政的层次。下编行至倒数第二篇《程器》时，谈的就是文人的政治德行与抱负，"摛文必在纬军国，负重必在任栋梁"。接着，刘勰以《序志》煞尾，如此看来，《文心雕龙》的立意当然不单单是在做文学批评。刘勰最终将文学与政教勾连在一起，在今人看来实在过于政治化。其实，政治关怀本来就是古代"文学"的题中之义。刘勰苦心积虑想要《文心雕龙》显行于世，在不少人看来是为扬名天下，却不知刘勰孤旨在于挽救政治时局，垂教后世。①

《文心雕龙》极重文质说，可是并未对"文质"这一概念以及文质说传统加以疏释。刘勰其对"文质"的把握与运用，直接来自于

---

① 刘永济先生对《文心雕龙》一书的性质以及刘勰的抱负，有过非常精彩的说法，可惜未成为后来《文心雕龙》研究的主流：

　　彦和(刘勰字彦和)之作此书，既以子书自许，凡子书皆有其对于时政、世风之批评，皆可见作者本人之学术思想，故彦和此书亦有匡救时弊之意。吾人读之，不但可觇(观)知齐、梁文弊之全貌，而且可以推见彦和之学术思想。盖我国文学传至齐、梁，浮靡特甚，当时执政者类皆苟安江左，不但不思恢复中原，而且务为淫靡奢汰，其政治之腐败，实已有致亡之势；彦和从文学之浮靡推及当时士大夫风尚之颓废与时政之靡驰，实怀亡国之惧，故其论文必重作者品格之高下与政治之得失。(刘永济，《文心雕龙校释》，北京：中华书局，2007，页1-2。)

他对古典文质说及其传统的理解。因此,想要搞清楚古典文论中的"文质说",就必须深入这一传统,直达这一传统的源头:《论语》。可是,《论语》本身并非现代研究者眼中的古典文论经典,诸多论者在文质问题上止步于《文心雕龙》,往往受制于其学科视野。若止步于《文心雕龙》,难以从根本上搞清楚"文质说"的内涵,甚至对《文心雕龙》本身的文质说也难以准确理解。在如今的古典文论研究中,少有论者会继续往前走,从汉儒一直追溯到孔子,追溯到《论语》。从汉儒上溯到孔子这一"文质说"源头,迄今涉猎者不多,主要原因在于,从现代文论的角度看,这一时期的文质说似乎并不属于"文论"。可是,我们值得反过来想想:为什么这一时期的文质说不属于"文论"。由此引出的问题是,古人如何理解"文学"。

现代学科的分化,导致许多传统命题的生命力被反复切割而急遽衰弱。分科带来的学问细化又使得新的概念不断增生,这些传统命题或是被淹没,或是被取代。比如"文质说",就逐渐被"形式与内容"等命题取代。一旦文质说局限于"纯文学"问题,或被其他命题取代,文质说自然就丧失了生命力。如今重提"文质说",不得不摆脱学术分科的局限,回到文史哲分家之前,以求获得整全的视野。因为文质说本身并不仅仅是文学问题,同样也是史学问题和哲学问题。将文质说单纯看作文学问题,是将问题简单化。文质说含有对文学性质的讨论,但其本身并非首先是个文学问题。研究文质说,必须回到问题源出的地方,必须回到《论语》以及《论语》所处的文化传统。搞懂《论语》中的文质说,对于历代有关"文质"关系的说法,若挈裘领。

"文质"一词以及对"文""质"关系的直接讨论,首见于《论语》。如今"文质说"研究的聚讼,源于"文质说"的本义蔽而不明。不仅如此,"文学"一词,也同样首见于《论语》,且"文学"一词的本来涵义又与"文质说"有微妙而深切的关系。本书拟将对"文质”的理解,还原到《论语》本身的文本之中,通过探源“文质说”的本义,尝试廓清中国古典文论中“文质”问题的基本面目。“质”与“文”的涵义看似浅显,实际深邃,使用起来相当灵活,把握起来困难很大。当时“文”的涵义极为宽泛,《论语》中出现的“文学”、“文章”这些概念,其实都是“文”的派生词,是“文”的细化。从这一意义上讲,从“文学”层面讨论“文质”问题,仅仅触及文质说的一个侧面。不仅如此,《论语》中的“文学”概念比起现代的“文学”概念,涵义同样要深广得多。搞清楚这些概念的本来涵义,对理解文质说至关重要。同时,对“文学”品质的古今嬗变,也能做到心中有数。讨论《论语》中的文质问题,不仅需要澄清“文”、“质”本身及其相关文辞的概念,还需要对《论语》本身的结构与思想有全局的把握,仅仅将提到“文”、“质”的章节挑出来做一番考证梳理,恐怕远远不够。孔子为什么拈出文质问题来讨论,仅仅是为了培养“文质彬彬”的君子吗,培养君子为何要从文质关系入手。不搞清楚这些问题,难以想通文质关系背后的深刻意义。要回答这些问题,不仅要对《论语》全书的思想深入理解,对先秦思想的流变也要做足功课。

第一章　天文与人文

一、文王之德

"周监于二代,郁郁乎文哉,吾从周"(《八佾》),①孔子对"周文"的向往与敬仰,溢于言表。要搞清楚孔子所谓"周文"的概念,却并不容易。理解"周文",须理解周代的政制,以及如此政制背后所包含的对人世的概念见识。惟其如此,才能在恰切的意义上谈论周文,谈论孔子口中的文质彬彬。

清末民初的政制革命和文化革命,造成中国三千年未有之变局。奠定之前三千年基本政教格局的,是殷周之际的政制革命和文化革命。之所以有这场革命,在于周人对整个人世政治的认识,发生了深刻变化。周人对人世政治的洞识,发轫于文王,集成于周公。② 据《吕氏春秋·古乐》记:

> 周文王处岐,诸侯去殷三淫(三种罪过)而翼文王。

---

① 黄怀信等撰,《论语汇校集释》,上海:上海古籍出版社,2008。本文所引《论语》章次,将略去书名,直接标注所属篇次。
② 参马银琴,《两周诗史》,北京:社会科学文献出版社,2007,页 93–102。

> 散宜生(文王之臣)曰:"殷可伐也。"文王弗许。周公旦
> 乃作诗曰:"文王在上,於昭于天。周虽旧邦,其命维
> 新。"以绳(赞誉)文王之德。①

　　文王经营周邦,诸侯因憎恶纣王淫乱过度,多来归附。文王谋臣散宜生见天下形势利于翦灭殷邦,进谏文王说:"殷可伐也",文王并没有响应这一建议。为什么不在周邦已经"三分天下有其二"(《泰伯》)的情况下乘势伐殷,成了理解文王的关键。周公据此作诗,称颂文王之德,诗云:"文王在上,於昭于天。周虽旧邦,其命维新。"这是《大雅·文王》开头的第一章,《文王》是《大雅》首篇。《文王》既为周公所作,②且周人对人世政治的认识主要基于文王与周公的洞察,《文王》一诗的政教含量便可想而知。这可能也是《文王》列于《诗经》"大雅"之始的原因,《文王》一诗很可能保存着从文王到周公所积累的政治经验。在当时,此诗与乐相配,主要演奏于宗祀明堂、天子诸侯朝会以及诸侯相见之际,可以说,《文王》一诗,几乎就是周代的"国歌"。③ 要想理解殷周之际政制革命与文化革命的内涵,甚至理解中国三千年政教的根基,《文王》一诗或许是不错的入口。《文王》一诗,凡七章,不长,可以逐章细读。

> 文王在上,於昭于天,周虽旧邦,其命维新。
> 有周不(丕)显,帝命不时(丕显)。文王陟降,在帝

---

① 王利器,《吕氏春秋注疏》,成都:巴蜀书社,2002。
② 关于《文王》的作者问题,可参陈子展,《诗三百解题》,上海:复旦大学出版社,2001,页909;方玉润,《诗经原始》,李先耕点校,北京:中华书局,2009,页475;冯登府,《三家诗遗说》,房瑞丽校注,上海:华东师范大学出版社,2010,页103;皮锡瑞,《经学通论》,周春健校注,北京:华夏出版社,2011,页166。本文所引《诗》,文本据王先谦的《诗三家义集疏》,吴格点校,北京:中华书局,2009。
③ 参陈子展,《诗三百解题》,前揭,页909。

左右。

《毛序》称:"文王受命作周也",《郑笺》云:"受天命而王天下,制立周邦"。① 《文王》一诗,讲的是文王受天命制立周邦。② 《诗大序》言:"言天下之事,形四方之风,谓之雅。雅者,正也,言王政之所由废兴也。政有大小,故有小雅焉,有大雅焉。"《文王》既为大雅之始,言下之意,至少周代王政的品质,可以由此诗窥见。"文王在上",可以理解为文王死后,神灵升天;也可理解为在民之上,统领民人。据《史记·周本纪》,文王原为西伯,即西方诸侯之长,文王之治,"笃仁,敬老,慈少","礼下贤者,日中不暇食以待士"。③ 因为文王修治文德,民、士、大夫等各阶层的人日益归附。由于民心所趋,文王之德昭见于天。"周虽旧邦",殷邦的始祖契与周邦的始祖稷,都是舜的大臣,商与周皆为古国,并非周邦后起或周邦是殷邦的分封国,殷、周是两个并存的邦国,只是大邦殷乃天命所系,小邦周臣服于殷而已。"周虽旧邦,其命维新",这个"命"新在哪里,我们现在似乎只是隐约知道,这个新命可能与文王的德行有关。"有周不显,帝命不时",如果周邦没有众人的归附,没有显出周德,周邦就没有资格接受上天的"命"。正是由于文王的文德,使得周邦承接新的天命,从而国运开始发生变化。不

---

① 见王先谦,《诗三家义集疏》,前揭,页823。

② 关于文王受命的问题,历代聚讼,争执焦点在于文王所受之命,到底是"天命"还是"纣王之命",前者是今文经师的立场,后者是古文经师的立场。清人俞樾作《文王受命称王改元说》(见俞樾,《九九消夏录》,北京:中华书局,1995),基本澄清了这个问题:当时,天下诸侯多归附于文王,文王称王,是"三分天下有其二"的既定事实,所谓王者,"天下所归往也"。因此,文王受命当是受天命,《文王》一诗中,"命"字出现了八次,皆取"天命"之义,再加上《诗经·文王之什》中反复申言"有命自天,命此文王"(《大明》)、"帝谓文王"(《皇矣》)、"文王受命,有此武功"(《文王有声》),文王所受之命乃天命,可无疑也。参陈子展,《诗三百解题》,前揭,页910-913。

③ 韩兆琦编撰,《史记》(评注本),长沙:岳麓书社,2004。

是因为周邦古老，而是因为文王之德，天命才降临到旧邦周，这是《文王》第一章要告诉我们的内容。"文王陟降，在帝左右"，文王死后成神，跟随在天帝左右，也就是说文王的文德获得了左右天命的正当性。

> 亹亹文王，令闻不已。陈锡哉周，侯文王孙子。
>
> 文王孙子，本支百世。凡周之士，不（丕）显亦世。

"亹亹文王，令闻不已"，亹亹，勤勉之义。"文"字比"德"字出现得早，但"文"的具体含义很难确定。金文中的"文"字，中间多出一个"心"符。这种新写法，是"忞"的前身，"文"与"忞"是同一个字。① 从"文"到"忞"，其中可能包含着殷周之际对"文"字内涵的认识，发生了微妙变化。"德"字，在周人那里写作"悳"，"悳"字从直从心，有直心、正心的涵义。② "文"字从"文"变成"忞"，很可能与"悳"字"正心"的涵义有隐微联系。虽然"文"字古义难明，但"忞"字的涵义却可推见。《说文》云："忞，自勉强也，从心文声"。③ 忞，指自身勤勉不已，从文从心，有勤勉地文心、修身之义，而文心和修身正是周人修"德"的方式。可以说，"忞"的目的就是"悳"，通过勤勉修身而正心，通过"文"的努力而成"德"。"陈锡哉周，侯文王孙子"，陈锡即申锡，反复施予文德。"哉"，鲁诗与韩诗均作"载"，"载，始也"，文王反复施予的文德，始可制立周邦。小序言"文王受命作周"，很可能是因为文王的文德赢得新的天命，周邦才真正开始成为人间政治正当性的担当者。"文王孙子，本支百世。凡周之士，不显亦世。"正是有了这个新的

---

① 参季镇淮，《季镇淮文选》，夏晓红编选，北京：北京大学出版社，2010，页 12。

② 参郭沫若，《青铜时代》，北京：中国人民大学出版社，2005，页 16；刘翔，《中国传统价值观诠释学》，上海：华东师范大学出版社，2009，页 97。

③ 段玉裁，《说文解字注》，许惟贤整理，南京：凤凰出版社，2007。

天命以及文德所带来的具体政治举措,周代的子民才能在后世数代绵延滋长。《文王》此章的要旨,是讲文王以文德创世垂统。

> 世之不(丕)显,厥犹翼翼。思皇多士,生此王国。
> 王国克生,维周之桢。济济多士,文王以宁。

"世之不显,厥犹翼翼",即便周代以文德称盛于世,文王仍然满腹忧虑。"犹",谋也,"翼翼",谨慎。文王深谋远虑,知道要维系周代的累世繁盛,关键不仅在于君王的文德,更在于对"士"的培养。"思皇多士,生此王国。王国克生,维周之桢。"思,愿也,"桢",干也,愿更多的"士"能降生在周邦,这些士,才是周邦真正的栋梁。"济济多士,文王以宁",《汉书·贾山传》记贾山对这句诗的评论:"天下未尝无士也,然而文王独言以宁者何也? 文王好仁则仁兴,得士而敬之则士用,用之有礼义。"[1]天下的士本来层出不穷,只是散布各地,遭遇不同,唯有文王能礼贤下士,真正安顿好士人的身心位置。[2] 孔子后来重视教养君子,很可能出于同样的考虑。

> 穆穆文王,於缉熙敬止。假哉天命,有商孙子。
> 商之孙子,其丽不亿。上帝既命,侯于周服。

"穆穆文王,於缉熙敬止",穆穆,庄敬之美;缉熙,《毛传》释之为光明,不过,缉熙与光明之间尚有一些差异。《说文》:"缉,绩

---

① 班固,《汉书》,江建中标点,上海:上海古籍出版社,2003。
② 据《史记·周本纪》记载:"(文王)礼下贤者,日中不暇食以待士,士以此多归之。伯夷、叔齐在孤竹,闻西伯善养老,盍往归之。太颠、闳夭、散宜生、鬻子、辛甲大夫之徒皆往归之。"文王对士的重视,正是因为认识到了士这一阶层才是国家政治的脊梁,文王不仅殷情招贤纳士,言下之意,亦在于重视本邦对"士"的教养。

也"，绩与积通，熙为光明，"缉熙"，是说一点点地积累以至于盛大光明。一个人的通明盛德，是点滴积累而成。"日就月将，学有缉熙于光明"（《诗·周颂·敬之》），说的也是这个道理。敬，不仅有"敬畏"的意思，也有"警"的涵义。同样是《诗·周颂·敬之》，开头道"敬之敬之，天惟显思，命不易哉"，天理昭彰，保守天命难乎其难，受命者既要敬之，又要自警。"缉熙敬止"是一个极好的象，缉熙是对光明的追求，在追求光明的过程中，自身也渐渐变得光明。敬止，不仅敬畏光明，同时不断警醒自己尚未达到光明，要不断寻求，不可自满，终日乾乾。"假哉天命，有商孙子"，假，毛传训为"固"，只有做到"缉熙敬止"的"穆穆文王"，才能固守天命。这个天命是"新"的天命，"新"的另一层涵义是说，原本属于殷邦的天命转移到了周邦，促成这种转移并能巩固新天命的，是文王的"缉熙敬止"之德。缉熙敬止成了天命转移的凭据，凭借这点，文王赢得了殷邦的子孙。换句话说，文王以其德行赢获了天命。以德行赢获天命，是殷周之际的深刻变革，天命眷顾有德者，唯有德者可以固守天命，这是周人的政治识见。上博战国竹书《孔子诗论》第七简简文云：

> ……"怀尔明德"，曷？诚谓之也。"有命自天，命此文王。"诚命之也，信矣。孔子曰："此命也夫，文王虽欲已，得乎？此命也。"①

"怀尔明德"出于《大雅·皇矣》，"有命自天，命此文王"出于《大雅·大明》，这两首诗均属"文王之什"。上帝对文王说"怀尔明德"的"明德"，相当于这里所谓的"缉熙敬止"之德，因为文王的诚明之德，上帝才授命文王。孔子所言"文王虽欲已"，就是《泰

---

① 陈桐生，《〈孔子诗论〉研究》，北京：中华书局，2004，页257。

伯》中孔子所谓的"三分天下有其二，以服事殷"的心态。文王并不想武力推翻殷邦而王天下，但天下却归往文王，乃天命所归，文王虽欲推讓，也不得不王。孔子对文王受天命而王的认识，与他说"文王既没，文不在兹乎"的担当，恐怕可以接通。"商之孙子，其丽不亿。上帝既命，侯于周服。"尽管殷邦的子孙千千万万，但天命并不以统治者所统治的人数为转移，而是以统治者的德行为转移。

> 侯服于周，天命靡常。殷士肤敏，裸将于京。
> 厥作裸将，常服黼冔。王之荩臣，无念尔祖。

天命靡常，是殷周之际周人对人世政治最为深刻的洞察之一，这一见识支配了周朝初期的整个政制建构。武王克殷之后，非但没有沉湎于胜利，反倒惶恐不已，夜不能寐。据《史记·周本纪》：

> 武王至于周，自夜不寐。周公旦即王所，曰：曷为不寐？王曰：……我未定天保，何暇寐！

在武王和周公看来，天命本在殷邦，周人战胜自称"不有命在天"的纣王，以事实表明"天命靡常"。如果天命不定，那如何保证如今在周人的天命不会再次转移。如何解释殷周之际的天命转移，以及如何保有天命，成了文王、武王、周公这些周初政制奠基者深思的主题。正因为周人的极深忧患，他们对人世政治制度的思考与创设才足以奠定后来中国政制的基础。

"殷士肤敏，裸将于京"，殷士即殷侯，《汉书·刘向传》和《白虎通·三正》都以为殷侯就是微子，微子是纣王的兄长。纣王淫乱无道，微子多次进谏无果，便离开王庭，隐居乡野。据《汉书·刘向传》：

　　向上疏谏曰：臣闻《易》曰："安不忘危，存不忘亡，是以身安而国家可保也。"故贤圣之君，博观终始，穷极事情，而是非分明。王者必通三统，明天命所授者博，非独一姓也。孔子论《诗》，至于"殷士肤敏，裸将于京"，喟然叹曰："大哉天命！善不可不传于子孙，是以富贵无常；不如是，则王公其何以戒慎，民萌何以劝勉？"盖伤微子之事周，而痛殷之亡也。虽有尧、舜之圣，不能化丹朱之子；虽有禹、汤之德，不能训末孙之桀、纣。自古及今，未有不亡之国也。

　　刘向所引《易》，见于今本《系辞下》。"安不忘危，存不忘亡"，正是这里周初统治者的精神。王政"通三统"的要旨，更在于接通周人的政治见识——天命"非独一姓也"，因此要居安思危，戒慎行事。刘向随即引述孔子对"殷士肤敏，裸将于京"这句诗的评论，孔子叹曰"大哉天命"，是叹息即便像微子这样的肤敏之士，仍然无法阻止殷商的灭亡。紧接着，孔子提出一个更重要的问题："善不可不传于子孙"，但是，如何将"善"传及子孙，又如何让王公戒慎，民人劝勉。提出"德"的概念，并将"德"贯穿于整个政制建构之中，是周人思索这个问题给出的答案。在周人看来，真正好的统治，不可太过冀望统治者，而应冀望于好的政治制度。

　　"裸将"，微子为周天子助祭，行灌鬯之礼。《白虎通·三正》："《诗》曰：'厥作裸将，常服黼冔'，言微子服殷之冠，助祭于周也。"①黼，殷人的礼服，黑白相间；冔，殷人的冠冕。微子穿戴殷人的礼服与冠冕，助祭周天子，这种"通三统"式的制度，要在警醒当时统治者牢记前朝灭亡的教训。《汉书·翼奉传》载翼奉之言：

---

① 陈立撰，《白虎通疏证》，吴则虞点校，北京：中华书局，2007。

周公犹作诗书深戒成王,以恐失天下。《书》则曰
"王毋若殷王纣",其《诗》则曰"殷之未丧师,克配上帝;
宜监于殷,骏命不易"。

这里所引的诗是《文王》第六章。据翼奉所言,周公作《文王》
一诗的目的,亦在述文王之德以深戒成王,这层含义从"王之荩
臣,无念尔祖"一句可以读出来。这句诗之前的语境本来是说殷
士微子,但最后这一句已不太可能是继续谈论微子。荩臣即进臣,
"无念"的"无"为发语词,无念就是念。周公告诫成王:不要忘记
你先祖文王的德行,正是文王的文德保障政治的稳定,如果忘记这
一点,恐怕会像殷人一样失去天下。

无念尔祖,聿修厥德。永言配命,自求多福。
殷之未丧师,克配上帝。宜鉴于殷,骏命不易。

"无念尔祖,聿修厥德",聿,述也,此章的文脉接通上章最后
一句诗,周公戒成王不要忘记文王,要述修祖德,"天不可信,我道
(语气词)惟文王德延(推广)"(《尚书·君奭》)。① "德"字始见
于周文,②是周人反思天命提出的概念,殷周之际政制革命的关
键,就是在于如何理解天命,以及如何理解天命与德的关系。③ 由
此可见,政制革命背后实际是思想革命,实质在于重新摆正天人关
系,而天人之间关系的纽带便是德。"天命有德"(《尚书·皋陶
谟》),"德"成了革命与统治的正当性基础,"为政以德"成了周人

---

① 孙星衍,《尚书今古文注疏》,陈抗、盛冬铃点校,北京:中华书局,2004。
② 参郭沫若,《金文丛考》,见《郭沫若全集》第五卷,北京:科学出版社,2002,页67-
69。
③ 参郑开,《德礼之间:前诸子时期的思想史》,北京:北京三联书店,2009,页267-
272。

政治哲学的核心,对德的体认,也成了后来政治学问的主题。

"永言配命,自求多福",这句诗有两种理解:"永言"就是常言,念念不忘要配得起天命,时常告诫自己当述修祖德,这样,上天自然会降福。另一种理解是说,要想永保天命,享受福禄,需要自己争取,而不是等天命降福。自己争取,当然还是指向述修文德。两种理解最终的指向一样,配命的关键在于修德。

"殷之未丧师,克配上帝。宜鉴于殷,骏命不易"。师,众也,用今天的话来说,就是广大的人民群众。骏,大也;"不易",郑玄训为"不可改易",与诗所要表达的意思不太相符。这句诗的意思是说,当以殷邦丧失民心为鉴,懂得保持天命是多么不易。"不易"当取不容易的意思。纣王之前,殷邦未丧民心的时候,能配天命而行。换句话说,殷王朝的覆灭,在于统治者不修其德,从而丧失民心。文王、武王、周公这些周初的统治者,通过反思殷亡的教训,发现天命背后是人心,人心的向背是天命转移的根据,[1]因此发展出"敬德"、"保民"的思想。在周人那里,天的观念开始道德化。[2] 由此,西周认识天命的逻辑进程基本可以概括为:"天命无常"—"天命惟德"—"天意在民"。[3] 政治的正当性在于"德","王其德之用,祈天永命"(《尚书·召诰》),"德"成了政教的基础。德政指向于"民","德以治民,君请用之"(《左传·僖公三十三年》)。[4] 民的生活状况体现了君王之"德",上帝对君王的考察,往往通过民情而知,"天视自我民视,天听自我民听"(《尚书·泰誓中》)。因此,君王政治生活的重心,从事神转变成了以德治民,"夫民,神之主也,是以圣王先成民而后致力于神。"(《左传·桓公

---

① 参刘家和,"历史理性在古代中国的发生",见氏著《史学、经学与思想:在世界背景下对中国古代历史文化的思考》,北京:北京师范大学出版社,2007,页51-53。

② 参陈来,《古代宗教与伦理》,北京:北京三联书店,2009,页176-183。

③ 参陈来,《古代宗教与伦理》,前揭,页209。

④ 洪亮吉,《春秋左传诂》,李解民点校,北京:中华书局,2008。

六年》)由此可以理解,周代"采诗观风"的制度,其实是对君王推行德政的反馈,以补察其政。周人创设的政治制度将民众的生活品质与君王的德行联系在一起,同时又将二者与"天"联系在一起,实在高明。

> 命之不易,无遏尔躬。宣昭义问,有虞殷自天。
> 上天之载,无声无臭。仪刑文王,万邦作孚。

"命之不易,无遏尔躬",周公告诫成王,保存天命极为不易,不要让天命遏止在你的手中。"宣昭义问,有虞殷自天",宣召,宣明;义,善也,问,通"闻",义问即善闻,与"亹亹文王,令闻不已"的"令闻"意思相近,皆指美好的名声。有,同"又";虞,考虑,鉴戒,不仅要宣明自己的好名声,还要鉴戒殷商的灭亡乃出于天意。"上天之载,无声无臭",天意冥冥行事,无声无色,不可捉摸。"仪刑文王,万邦作孚",仪刑文王的原因,其实就在于自文王起,才真正明白无声无臭的天意所在,效法文王即是效法文王深究天意的前提下所创立的周邦政治制度。《周颂·维天之命》似乎正是对这层意思的回应:

> 维天之命,於穆不已。於乎不显? 文王之德之纯。
> 假以溢我,我其收之。骏惠我文王,曾孙笃之。

"维天之命,於穆不已"相当于"上天之载,无声无臭"。天命的予夺,天道的运行,难以探知,天命、天道如何显明,人又如何知晓天命、天道呢。"文王之德之纯",正是因为文王之德,天道才变得可知。《维天之命》的意思是说,文王之德好比天之德,天德不可探知,文王好比天德的文德却可以效法,这是仪刑文王的理据所在。这四句诗,《中庸》曾做过解释:

> 《诗》曰："惟天之命,於穆不已。"盖曰天之所以为天
> 也。"於乎不显,文王之德之纯。"盖曰文王之所以为文
> 也,纯亦不已。

这里的解释正如刘勰《文心雕龙·原道》所言:"道沿圣以垂文,圣因文以明道",天道正是因为圣人之"文",才变得明朗起来,文王之"文",可当"道之文"。《维天之命》后四句的大意是说,文王的文德可以安定我的邦家,我要继承文王之道,遵循文王制定的制度,世世代代贯彻力行。天命靡常,当仪刑文王,文王对政治的见识,成了保有天命的凭据,成了后世政制的根基。这与《文王》开篇言"文王在上,於昭于天。……文王陟降,在帝左右",正好构成深刻对应。

天命靡常,是周人对天道运行的"新"洞见。天命变动不居,周人的深刻之处就在于从变易的天命中,见到不易之理。对易与不易的辩证思考,形成了周人对人世政治的准确把握,此为文王演《易》的精神所在。文王对《易》的推演,代表着对人世政治的重新认识,这一认识奠定了整个周代的思想基础。相传"昔西伯拘羑里,演《周易》"(《史记·太史公自序》),《易》虽然不一定是文王所演,①但演《易》背后所蕴含的重新看待人世政治的精神,已经足够鲜明。介于文王对天意的体察与对周邦的创制,后来周人将对《易》的认识托于文王,也并没有什么奇怪。《易》称"周易",足见《易》的精神与周人的联系。"《易》之兴也,其当殷之末世,周之盛德邪? 当文王与纣之事耶?(《周易·系辞下》)②《易》之兴,正当殷周之变的忧患之世,正当现世政治秩序陷入危机之际,周代的文明政制,也正是因为周初统治者的忧惧之深,才极富远见,此亦为

---

① 见潘雨廷,《易学史丛论》,上海:上海古籍出版社,2007,页 55−57。
② 李道平撰,《周易集解纂疏》,潘雨廷点校,北京:中华书局,2006。

忧患作《易》的关键。①

　　搞清楚孔子所谓的"郁郁乎周文"，须深刻体会"文王之德"。
文王谥号"文"，本身就可能有极深涵义。"文王之德"，最初见于
我们刚才所讨论的《维天之命》，"於乎不显，文王之德之纯"。
《诗·周颂·清庙》曰"济济多士，秉文之德"，《郑笺》将"秉文之
德"解释为"执行文王之德"，也就是说，"文王之德"后来简化成了
"文之德"。《论语·季氏》中，孔子说："远人不服，则修文德以来
之"，孔子口中的文德，很可能演化自"文王之德"。我们所要讨论
的"文质"关系，须放在"文德"所笼罩的语境中加以考察，若不搞
清楚"文德"以及文德背后所蕴含的政治见识，对"文质"关系的把
握，就可能偏离"文质"关系源生的语境，从而无法触及"文质说"
的原初意旨。

二、天之历数

　　在《大雅》"文王之什"中，有一首《灵台》，毛《诗小序》云：

---

① 《周易》提到"文王"的地方有两处，一为《系辞下》所引，上文已经提及；一见于《明
夷·彖》：

　　　　明入地中，"明夷"。内文明而外柔顺，以蒙大难，文王以之。"利艰贞"，
　　晦其明也，内难而能正其志，箕子以之。

　　明夷卦，上坤下离，《序卦》云："夷者，伤也"，明夷之象，日落入地中，光明为地
所蔽，明夷之时，为社会黑暗衰微之际。"内文明而外柔顺"，是说文王有明德，"三
分天下有其二，以服事殷"（《泰伯》），"以蒙大难"，是说纣王囚文王于羑里，于此
"明夷"之时，文王深思政治以演《易》。文王蒙难为外难，箕子之难为内难。箕
子为纣王叔父，见纣王无道，多次谏言无果，被发佯狂以守其志，为纣王贬为奴
隶，《论语·微子》记曰："箕子为之奴"。箕子蒙此内难，韬晦养明，终传《洪范》
之道。《易》与《洪范》最终成为后世统治的根本大法，皆是忧患之中蕴育出的政
治见识。

"《灵台》,民始附也。文王受命,而民乐其有灵德以及鸟兽昆虫焉。"①这首诗描写民众开始归附于文王,《灵台》首章云:

> 经始(开始规划营造)灵台,经之营之。庶民攻(建造)之,不日成之。经始勿亟(同"急"),庶民子来(如子事父一般前来)。

文王为什么要"经始灵台",修筑灵台与民众的归附之间有什么关联,什么是灵台。《续汉志》引《礼纬·含文嘉》云:

> 礼:天子灵台,所以观天人之际,阴阳之会也。揆(度量)星度(星辰运行的度数)之验,征六气(自然气候变化的六种现象:阴、阳、风、雨、晦、明)之端,应神明之变化,睹日气(日光散发的热气)之所验,为万物获福于无方之原。

灵台,是古时帝王观察天文星象与妖祥灾异的地方,有点像现在所谓的天文台。不同的是,灵台作为王家的天学机构,是古代帝王的通天之所,乃国家政治的核心机关之一。陈立《白虎通疏证》在讨论灵台时,引《五经异义》之言:

> 《公羊》说,天子三台,诸侯二[台],天子有灵台以观天文,有时台(古代诸侯所筑观察四时气象之台)以观四时施化,有囿台(为观赏鸟兽鱼鳖之台)以观鸟兽鱼鳖。诸侯当有时台、囿台,诸侯卑,不得观天文。②

---

① 见王先谦,《诗三家义集疏》,前揭,页861。
② 陈立撰,《白虎通疏证》,吴则虞点校,北京:中华书局,2007,页264。

在筑台方面,天子与诸侯的区分就在灵台,灵台与天子的王权之间可能有直接联系。据《易纬·乾凿度》所记:文王"伐崇(古国名,商的盟邦)作灵台",[1]《大雅·文王有声》曰"既伐于崇,作邑于丰",《诗纬·含神雾》言"作邑于丰,起灵台",又据《郑笺》"文王受命而作邑于丰,立灵台",[2]可以推知,文王当伐崇并迁都于丰之后,在丰修筑灵台,文王修筑灵台时,尚是诸侯身份。前面提到,"天子有灵台以观天文","诸侯卑,不得观天文"。按礼,诸侯没有资格修灵台,文王之所以修筑观天文的灵台,似乎与文王受命有隐秘关系。不过,观天文与王权到底有什么关联?

前面讨论过,仪刑文王的理据,就在于文王拥有对神秘天道的见识。在民众眼中,文王的身位是"在帝左右",文王与天有着某种神秘联系。自上古颛顼帝绝地天通之后,这种与天的神秘联系,就一直被限制在极少数人的范围之内,甚至只有帝王本人才能成为通天的巫。通天,被看作是王权的正当性来源。虽然通天包裹着一层神秘面纱,但通天的实质,主要在于观象授时。国家的政治生活包括普通民人的农耕生活,几乎都须按照王家颁布的历书进行安排,这才是观天文与王权之间的关联所在。[3] 因此,文王修筑的灵台,可以说是周邦领受"新命"的标志性建筑,灵台奠立了周邦在世间的政权合法性,也为革殷之命奠立了合法性。随着周人对天命认识的深入,发现天命背后隐藏着天道,天道的运行可以通过地上的观测得知。据春秋时的相关记载来看,天道其实就是指天上星辰的运行。[4] 通过灵台观测天道运行以掌握人间四时的变化规律,这一点之所以如此重要,就在于人的力量与宇宙自然相

[1] 见林忠军,《〈易纬〉导读》,济南:齐鲁书社,2002,页100。
[2] 见王先谦,《诗三家义集疏》,前揭,页861,863。
[3] 关于天学与王权之间的联系以及对《灵台》一诗的讨论,可参江晓原,《天学真原》第三章(沈阳:辽宁教育出版社,2004),尤其是页81-93。
[4] 参陶磊,《从巫术到数术:上古信仰的历史嬗变》,济南:山东人民出版社,2008,页119。

比,实在太过渺小,人终究无法与自然抗衡。所以,人间政治的指导原则就应该是与自然和谐相处,人的政治生活应与自然生长收藏的四时节律合拍,理想政治制度的创立必然以天道运行为基本准则。

粗览《大戴礼记·五帝德》的记载,会发现上古帝王之德有个共同点。黄帝,"顺天地之纪"、"时播百谷草木……历离(逐一别其位次)日月星辰";颛顼,"履时(推步四时)以象(法)天";帝喾,"顺天地之义","历日月而迎送之";帝尧,"四时先民治之";帝舜,"敦敏而知时";禹,"履四时,据四海":①对于天道运行,尤其是对四时的准确把握,是上古帝王德治的基本原则。搞清楚帝王与天时之间的关系,才能恰当理解文王修筑灵台的政治含意,也才能恰当理解《论语·尧曰》的开头:

> 尧曰:"咨,尔舜,天之历数在尔躬,允执其中。四海困穷,天禄永终。"舜亦以命禹。

何谓"天之历数",历代古注多有附会。孔安国注《尚书·大禹谟》中的"天之历数",将"历数"训为"天道",正是确诂。所谓历数,就是日月星辰的运行规律。②尧以"天之历数"传之于舜,舜亦将此"历数"传之于禹。"天之历数"乃一年四时变化的历法象

---

① 黄怀信等撰,《大戴礼记汇校集注》,西安:三秦出版社,2005。
② 徐干的《中论·历数》对"历数"以及历数的作用作了很好的解释:

> 昔者,圣王之造历数也,察纪律(规律)之行,观运机(能转动的观测天象的仪器)之动,原星辰之迭(交替变化)中,瞩(察)景景(晷表之投影)之长短,于是管仪以准之,立表(日晷)以测之,下漏(漏刻)以考之,布算(布筹运算)以追之。然后元首(岁之始)齐乎上,中朔(中数日岁,朔数日年)正乎下,寒暑顺序,四时不忒。夫历数者,先王以宪(公布)杀生之期,而诏作事之节也,使万国之民不失其业者也。(徐干,《中论校注》,徐湘霖校注,成都:巴蜀书社,2000。)

数,尧舜已能掌握,并将此作为政治统治交接时的头件大事,足见其举足轻重的地位。似乎掌握"天之历数",就拥有了政治统治的正当性。尧、舜、禹以天之历数相传,以天道的运行规律作为标准来安排与管理人道政务,正是孔子删定《尚书》的理据所在。[1]《尚书》以《尧典》开篇,正是基于天之历数的政治正当性,这是孔子所构建的法天道统。有了这个见识,可以恰当理解《尚书·尧典》开篇:

> 曰若稽古,帝尧曰放勋,钦明文思安安,允恭克让,光被四表,格于上下。克明俊德,以亲九族。九族既睦,平章百姓。百姓昭明,协和万邦。黎民于变时雍。
>
> 乃命羲和,钦若昊天,历象日月星辰,敬授民时。分命羲仲,宅嵎夷,曰旸谷。寅宾出日,平秩东作。日中,星鸟,以殷仲春。厥民析,鸟兽孳尾。申命羲叔,宅南交。平秩南为,敬致。日永,星火,以正仲夏。厥民因,鸟兽希革。分命和仲,宅西,曰昧谷。寅饯纳日,平秩西成。宵中,星虚,以殷仲秋。厥民夷,鸟兽毛毨。申命和叔,宅朔方,曰幽都。平在朔易。日短,星昴,以正仲冬。厥民隩,鸟兽鷸毛。帝曰:"咨!汝羲暨和。期三百有六旬有六日,以闰月定四时,成岁。允厘百工,庶绩咸熙。"

《尧典》开篇叙述尧之政绩的这两段话共 225 字,第一段抽象赞颂尧的功德,第二段系天学内容,详述尧制定历法节令的情况,共 172 字,占据大半篇幅。《尧典》开篇给人的感觉仿佛是说,尧

---

① 参潘雨廷,《易学史丛论》,前揭,页 3。

的主要政绩在于他对天时的厘定。① 其实,第二段描写的就是"天之历数",尧的政绩正在于"历象日月星辰,敬授人时"。孔子修《春秋》,一年之内必书四时次第,与天之历数亦有关系,且史书本身的这种体例很可能受天之历数的思想影响。②

天之历数之所以作为帝王传承的核心秘识,关键就在于数代帝王积累起来的政治经验让他们懂得,最好的人间政治是法天道的政治,人间政治必须与天道自然的节律合拍。随着天文观测的发展,天从远古不可测的"神"变成可测的自然,观天文的核心是体察天道,找到天体的运行规律。天道关乎生物,宇宙论进一步具体推演万物的生成过程,因此,春秋战国时期宇宙论的兴起(记录于《鹖冠子·环流》、《郭店楚简·太一生水》、《上博楚书·恒先》、《淮南子·天文》等篇章),可以看作是对天道的深入认识。③随着宇宙论的发展,作为认识宇宙自然的数术也有相应进展,《淮南子·缪称训》有言:"欲知天道,察其数"。④ 观《汉书·艺文志·数术略》六类数术,头两类"天文"、"历谱"本就是天学,"五行"与"杂占"也皆与天学有极深关系,可以说,数术的根底在天学。⑤ 中国古代,天与数其实并没有太大分别,天文与数总是结合在一起。⑥ 随着对数术的深入探究,逐渐产生了阴阳、五行之类的

---

① 参江晓原,《天学真原》,前揭,页 30-31;关于《尧典》历法体系的研究,可参冯时,《中国天文考古学》,北京:中国社会科学出版社,2010,页 218-259。

② 观《周官》一书,便能明显见出其对人间政制的设计取法天道。后来《吕氏春秋》的谋篇,亦是完全将天之历数与人间政事的安排相结合(参庞慧,《〈吕氏春秋〉对社会秩序的理解与构建》,北京:中国社会科学出版社,2009,页 50-53)。成熟于西汉时候的"三正"思想,言王者受命必改正朔,亦是对天道的遵循与修正,在"三正"的思想看来,天之历数不仅决定了政治的正当性,甚至决定了政治的品质。

③ 参陶磊,《从巫术到数术》,前揭,页 132。

④ 刘文典,《淮南鸿烈集解》,殷光熹校点,安徽大学出版社、云南大学出版社,1998。

⑤ 参江晓原,《天学真原》,前揭,页 40-45。

⑥ 参冯时,《中国天文考古学》,前揭,页 77。

概念,这些概念与数术一起构成了中国文明生长的基础。①

三、从天文到人文

据说春秋时期天道观的发展有两条线索,一是人文主义路向,重视天的道德秩序;一是自然主义路向,重视自然法则的意义。② 其实两条线并非平行,而是相互缠绕,对自然法则的认识,最终是为了重新整饬人间的政治秩序,对天道认识的深入,同样带起对人道的重新认识,在天文与人文之间,有着极为深切的联系。天文关

---

① 也正是因为对"数"的深入认识与探究,《易》成了哲学,《易》发展到《周易》,是周民族在之前漫长历史积累起来的象数基础之上,进一步认识象数及阴阳变化并系之以辞,《易》辞所言之吉凶,根源于象数结构本身与客观事物的阴阳变化,关于《易》的认识也因此由卜筮的迷信走向了哲理的思索。参潘雨廷,《易学史丛论》,前揭,页 26。对十三经中的"数"的细致梳理,可参俞晓群,《数与数术札记》,北京:中华书局,2005。《大戴礼记》的最后一篇是《易本命》,《易本命》开篇云:

> 子曰:夫易之生,人、禽、兽、万物昆虫各有以生。或奇或偶,或飞或行,而莫知其情;惟达道德者,能原本之矣。天一,地二,人三;三三而九,九九八十一;一主日,日数十,故人十月而生。八九七十二,偶以承奇,奇主辰,辰主月,月主马,故马十二月而生。七九六十三,三主斗,斗主狗,故狗三月而生。九五十四,四主时;时主豕;故豕四月而生。五九四十五,五主音,音主猿,故猿五月而生。四九三十六,六主律,律主禽鹿,故禽鹿六月而生也。三九二十七,七主星,星主虎,故虎七月而生。二九十八,八主风,风主虫,故虫八日化也。其余各以其类。

> 《易本命》之前一篇为《本命》,《本命》讲的是人的性命之理,并从人的性命之理引申出人间礼法,因此可以说,《本命》是在人的性命之理的基础上谈论人间政治。《本命》之后的《易本命》则更深一层,将人间政治的基础,即性命之理,进一步追溯到自然的生成。自然生成万物(人仅居其一),背后的原则是数,而这个数,只有"达道德者",能够知晓。从《本命》到《易本命》,是从人间政制过度到自然法则,整个《大戴礼记》的内容可收束于《本命》,而《本命》的基础在于《易本命》,《大戴礼记》的篇目布局似乎是要表明,人间政制礼法来源于自然法则,人道政制的根基在于天道自然。

② 参陈来《古代思想文化的世界》,北京:北京三联书店,2009,页 76-99。

注天体的变易,天体变易背后有规律可寻,观天文可以定四时。如果说天文背后不变的东西是天道运行的规律,那么人文背后不变的东西则是"人的天性",且"天性"一词本身就突显"天"与"人"之间的深刻关系。《中庸》开篇言"天命之谓性",换句话说,人的"性"具有先天性,是上天的禀赋。"天形成人,与物斯理"(《郭店楚简·语丛三》),①人与动物、植物一样,都是天生地养。《大戴礼记·本命》开篇言:"分于道谓之命",性,来自上天之命,人的性命是道的分有,这种分有对人而言,就是道之"德",德者"得"也,得其性也。对人而言,道之"德"有两个层面:一是"自然法则"层面,即分于道所得的"天性";一是"人文主义"层面,即后天对"人性"的规范、引导与提升,在这个意义上的"德"又训作"升",《说文》取的是后一种解释。由此可见,恰切理解"德"的涵义与恰切理解人性密不可分,"德"的两种涵义,恰恰包含了对人性先天与后天的见识。可以说,"德",是建立在对人性的认识基础之上所提出的概念。

殷周之际,周人革命最关键的一点,在于将天子、诸侯、卿大夫、士、庶民这些社会阶层,统统纳入到"德"的纲纪之中,将社会组建成一个道德团体,整个社会政治制度的设立,皆以"德"为准绳。周代的制度典礼,实际上是"道德之器械"。② 在中国历史上,"德",是周人提出的概念,③殷周政制转变的核心在于,建构政制的要件从"天命"变成了"德","德"的观念贯穿西周时期的制度与义理,成了政制秩序的基础。之所以说中国政制与文化的变革,

---

① 李零,《郭店楚简校读记》,北京:中国人民大学出版社,2007。下文中郭店楚简的引文,皆引自此书,但简文的名称保留荆门市博物馆编定《郭店楚墓竹简》上的名称,北京:文物出版社,1998,页24。

② 参王国维,《殷周制度论》,见氏著《观堂集林》,彭林整理,石家庄:河北教育出版社,2003,页231-144。

③ 参郭沫若,"先秦天道观之进展",见氏著《青铜时代》,前揭,页15以下;刘翔,《中国传统价值观诠释学》,前揭,页91-105。

莫过于殷周之际,原因就在于周人将国家政制的根基从天上拉回了人世(但显然并未隔断天人之间的关系),为人间政治的好坏,保留了人自身的努力空间。周人大力提倡"德"的背后,隐藏的可能恰恰是对人性的重要认识。"观人文",最终落脚于对"人性"的体察,体察人性的目的在于最终厘定何为真正的德性标准。德,有内外两种向度,郑玄注《周礼·地官》云:"德行,内外之称,在心为德,施之为行",内在的德是对性情的调理,从而使得性情变成德性,然后德性外显变成人的言语行动,是谓德行。德性与德行,是德的内外两种向度,外显的这种德行向度,后来渐渐演变成行为规范,这些行为规范反过来又可以匡正人的性情,因此,这些德行的行为规范就慢慢沉淀为礼仪节文。[①] 礼,成了德行的范化,[②]成了示德的方式和载体。"道德仁义,非礼不成"(《礼记·曲礼上》),[③]道德仁义一方面不仅需要用礼来彰显,反过来,礼也可以通过规范人的行为而使人养成德行。在先秦,礼基本上等同于文,《乐记》云:"礼之外发故曰文",孔子也讲,想要成德,需要"文之以礼乐"(《宪问》)。朱熹注《论语·子罕》云:"道之显者谓之文,盖礼乐制度之谓",[④]从外在可见的层面讲,礼乐制度等都可以称之为"文"。"三代之时,一字数用,凡礼乐、法制、威仪、言辞,古籍所

----

① 郭沫若在谈到德与礼的关系时说:

　　从《周书》和"周彝"看来,德字不仅包括着主观方面的修养,同时也包括着客观方面的规范——后人所谓"礼"。礼字是后起的字,周初的彝铭中不见有这个字。礼是由德的客观方面的节文所蜕化下来的,古代有德者的一切正当行为的方式汇集下来便成为后代的礼。(郭沫若,《青铜时代》,前揭,页16。)

② 参顾颉刚、刘起釪,《尚书校释译论》,北京:中华书局,2004,页1033-1036。
③ 孙希旦,《礼记集解》,沈啸寰、王星贤点校,北京:中华书局,2007。
④ 见黄怀信等撰,《论语汇校集释》,前揭,页763。

载,咸谓之文。"①由于礼是德的外显,因此,所谓的礼乐文教,要旨就在于教养人的德性,此即文、德之间的相通之处。

观天文,可以确立人间统治的正当性;观人文,可以确立人世政教的原则,从而达到"以化成天下"的目的。对天道运行规律的探求,衍生出对人道运行规律的探求(人文其实在根底上亦属天文之一种),天道是人道的基础。如果勾销天道,对人道运行规律的探求就会发生混乱,以至于丧失最后的评判理据。在中国二十五史中,"天学三书"(主要为天文志、律历志、五行志三者,其在二十五史中的名称稍有不同,并偶有缺失)的位置异常瞩目,常居各志之首,可见其在中国政教体系中的重要性。② 可是,明清以降,舶来的西方天文学逐渐瓦解并代替中国的天学,西方的天文学与中国的天学是两种性质截然不同的学问:中国的天学,旨在指导人间政治,带有政治神学或宗教哲学的色彩,传入中国的西方天文学本质属自然科学,与人间政治关系不大。由于人学的根基在天学,所以近代西方天文学进入中国并逐渐瓦解中国古典天学之后,中国古典人学也开始动摇。人学动摇之后,中国政制随即发生巨变。清末民初时候,德先生与赛先生联手进入中国,恐怕并非巧合。

---

① 刘师培,《文说·耀采》,见《刘师培中古文学论集》,北京:中国社会科学出版社,1997,页 205。

② 参江晓原,《天学真原》,前揭,页 26–30。迄今所见的古代类书,如唐代的《艺文类聚》、宋代的《玉海》和清代的《古今图书集成》等,同样皆以"天部"列于首位。参江晓原,《天学真原》,前揭,页 36–37。

第二章　《论语》中的文与质

一、《论语》中的文章与文学

文章

在中国古典文献中,"文章"一词首见于《论语》。全书共出现过两次,其一见于《泰伯》:

> 子曰:"大哉,尧之为君也。巍巍乎,唯天为大,唯尧则之。荡荡乎,民无能名焉。巍巍乎,其有成功也,焕乎其有文章。"

这一章,孔子称颂"尧之为君",尧是孔子心目当中的理想君王,通过这一章,兴许我们可以了解孔子为何要祖述尧的治法。①"巍巍",高大之称,这里同时形容天与尧的高大。"唯天为大,唯尧则之","唯"字尤需注意,在整个宇宙中,唯天最大,无所不

---

① 《礼记·中庸》云:"仲尼祖述尧舜,宪章文武。"

包。天笼罩着整个人世，甚至可以说，地上的人间事务本是天的一部分，人间的运行法则出自于天，人道出自天道。"唯尧则之"，在治理人间事务时，唯有尧，取法于天。换句话说，正是尧发现了天道与人道之间的关联，人间的治道当取法天道，在孔子心目当中，这是尧之为君真正称得上"大哉"的地方。《周易·系辞上》所言："天生神物，圣人则之；天地变化，圣人效之；天垂象，见吉凶，圣人象之；河出图，洛出书，圣人则之。"应该是这一思想的延伸，不过这一思想的系统表述，源于更早的老子：

> 有物混成，先天地生。寂兮寥兮，独立而不改，周行而不殆，可以为天地母。吾不知其名，字之曰道，强为之名曰大。大曰逝，逝曰远，远曰反。故道大，天大，地大，王亦大。域中有四大，而王居其一焉。人法地，地法天，天法道，道法自然。(《道德经》二十五章)①

在老子的思想中，道可当宇宙的先天理则，独立不改，周行不殆，是天地的本源，因其不可名状，所以字之曰道，因其无所不包，强名之谓大，"大"是对道的称呼。天、地为道所生，人又为天地所生，在古人心中，天、地、人构成宇宙的基本结构。中国古代思想对人的把握，来自于对天地的把握以及对人在天地中的位置的把握。读《道德经》的这一章，还需注意一个细节，老子所谓的"域中有四大"，分别是道大、天大、地大、王亦大，王为四大之一。但在随后的一句中，"王"变成了"人"，为什么老子不接着说"王"，或不在

---

① 河上公(托名)，《老子道德经河上公章句》，王卡点校，北京：中华书局，2009。

前面将"人"而非"王"看作四大之一？① 这一转换为了表明什么？王与人的区分在哪里？"大"，是对道的称呼，天地为道所生，人又为天地所生，在人与道之间，尚有天高地厚的间隔，仅有极少数人可以参透天地。能看透天地人背后道之运行的人，就有作王的资格。《说文》解"王"字时引：

> 董仲舒曰："古之造文者，三画而连其中谓之王。三者，天、地、人也，而参通之者王也。"孔子曰："一贯三为王。"

董仲舒的解释，其实是对孔子说法的发挥，王者，是贯通天、地、人三才之道的人。王者是人间政治的掌控者，要掌控人间政治，需要上知天文，下知地理，中知人类，需要对三才之道有深刻的见识和整全的视野。虽然人与天、地构成宇宙的基本结构，但只有王者可以与天、地、道并称为"大"，因为"大"是道的别名，言下之意，王者应是通道之人。老子在论述"域中四大"的语境中，单独强调"域中有四大，而王居其一焉"，突出王者之道在四大中的位置，最终意图是为了在道、天、地、人这一宇宙结构中，搞清楚人道的位置，搞清楚王道政制正当性的基础所在。老子宇宙论式的论述看似玄之又玄，最终目的却在于重返人间治道，这是老子作为史官"究天人之际"的真正含意，也是老子所云"大曰逝，逝曰远，远曰反（同"返"）"的根本意图。老子宇宙论式的形而上学论述背后，是对王道政制正当性的探索。古代的宇宙论多是一种目的论式的宇宙论，这种宇宙论假设万物背后都有一定的规律与目的，人

---

① 《老子》博奕本"王亦大"作"人亦大"，"王居其一焉"作"人居其一焉"，将两个"王"字改作"人"字，如今的译注本多有从之，如陈鼓应的《老子今注今译》（商务印书馆，2003）。新出土的帛书本老子与楚简本老子均作"王"，可见"王"字本不误，改作"人"，反倒可能抹掉了文章本来的用心。

与人世同样是这一规律和目的的一部分,其正当性源于更大的宇宙论或天道说之中。基于这一认识,人对人世政制的设计就不应该从自己的理智出发,而应效法天地之道。"释(放弃)道而任(任用)智者必危,弃数(数术)而用才者必困"(《淮南子·诠言训》),这是老子要人君"绝圣弃智"的真正原因。人间政制的安排不能全凭人自以为是的智慧,"君好智则倍(背)时而任己,弃数而用虑,天下之物博而智浅,以浅澹(满足)博,未有能者也。独任其智,失必多矣。"(《淮南子·诠言训》)春秋时期,面对人君日益张狂肆心的时局,老子反思政制正当性所给出的答案就是"人法地,地法天,天法道,道法自然",用孔子的话概括说,相当于"唯天为大,唯尧则之"。理想的圣王统治,必然是则天的统治,惟其如此,人间政治才能最终保有对最佳政制的辩护理据。

《尚书》自《尧典》开篇,《论语》以《尧曰》结尾,皆以尧为准绳,关键就在于尧"则天"的治道打通了天道与人道,这很可能接近于孔子心目当中的最佳政制模式。孔子"祖述尧舜",看中的也许并不是通常所谓的尧舜禅让这件事,而是看重他们对人间政制正当性的洞察,对天人关系的理解。不过,像尧这样极少数能效法天道、"格于上下"(《尚书·尧典》)的王者,普通民众自然无法认识,对于尧的天德,"百姓日用而不知"。

只有在理解尧"则天"政制的深意后,才能恰当理解"文章"的涵义。尧统治的成功,正在于其焕乎之文章。包咸注云:"焕,明也;其立文垂制又著明",朱熹注云:"文章,礼乐法度也",①《礼记·大传》郑注云:"文章,礼法也",②可见,文章实为礼乐典制,焕乎之文章,说的正是尧统治时的政治制度。孔子说"唯天为大,唯尧则之",如果尧之为君取法于天,那么用以实行统治的"焕乎文

---

① 见黄怀信等撰,《论语汇校集释》,前揭,页723。
② 见郑玄注,孔颖达疏,《礼记正义》,龚抗云整理,北京:北京大学出版社,1999,页1001。

章"，显然就应该是取法天道的"法则"，礼乐典制实际上就应该是
"道之文"。

礼乐典制后来慢慢成文，具有了言语文字层面上的"文章"
义。《论语》中，"文章"一词还见于《公冶长》：

> 子贡曰："夫子之文章，可得而闻也，夫子之言性与
> 天道，不可得而闻也。"

"夫子之文章，可得而闻"，应该是指言语文字意义上的文章。
不过，夫子之"文章"，尚不能与后世的文章相提并论，因为，夫子
文章同样具有"制度"的涵义，"圣人吐辞为经，故凡所言，都为制
作。"①用孔子自己的话来说，孔子"述而不作，信而好古"（《述
而》），但所述之六艺文章，皆先王政典，同样是"制度"含义。另
外，此章还应该注意的是，子贡虽然表面说文章可闻，性与天道不
得闻，其实很可能在提醒读者，应重视"文章"与"性与天道"之间
的关系。夫子虽未明言性与天道，其对性与天道的认识却深藏于
文章之中，好学深思者可通过文章，得闻性与天道。

作为政教典制的文章，实乃则天的"道之文"。如果说这大致
代表着文章与天道的关系，那么，文章与性的关系，又从何说起？
《周易·说卦》云：

> 昔者圣人之作《易》也，将以顺性命之理。是以立天
> 之道曰阴与阳，立地之道曰柔与刚，立人之道曰仁与义。
> 兼三才而两之，故《易》六画而成卦。分阴分阳，迭用柔
> 刚，故《易》六位而成章。

---

① 廖平，《廖平选集》，李耀仙编，成都：巴蜀书社，1998，页193。

在《周易》中，"章"为"既济"之象，①"六位而成章"是成既济。圣人作《易》是顺性命之理，何为性命之理。《易·系辞上》云："一阴一阳之谓道，继之者善也，成之者性也。"人之性，由阴阳之气交合而成，套用"易一名而含三义"的说法，②阴阳之气交合而成的"性"也有三种含义：其一为"性简"，性由阴阳二气交合而成；其二为"性易"，构成性的阴阳二气在每个人身上有其独特性，在后天亦有其变化调整的空间，好比爻位的"之正"；③其三为"性恒"，无论性在后天如何变化，构成性本身的阴阳二气不变，阴阳之间阳尊阴卑的关系也不变。在这个意义上，就可以继续谈论"性命之理"与文章的关系。

《周易·系辞下》云："物相杂，故曰文"，物者，阴阳也。④"物相杂"，就是阴阳相交，《说文》解"文"字时说"错画也，象交文"，本身就有"物相杂"之象。具体到人性本身而言，人性天生虽是阴阳杂成，但可以通过后天的学习调整人性先天带来的阴阳关系，从而"之正"以达到人性的理想状态，这种人性中恰当的阴阳格局就是既济之"章"。人天生的性情本身"含章可贞"，"文章"的意义就在于用对人性情的正确认识（阴阳关系的最佳格局）——先王所积累下来的政教典章，来引导人的性情"之正"走向既济，这个走向既济的过程就是修身的过程。换句话说，文章对性情的规定，实为德性标准。因此，用来引导人修身养性的文章，本来就应当对

---

① 参潘雨廷，《周易表解》，上海：上海社科学院出版社，2004，页278。

② 《易纬·乾凿度》云："易者易也，变易也，不易也。"郑玄发挥此说法作《易赞》及《易论》云："易一名而含三义：易简一也，变易二也，不易三也"。参王弼、韩康伯注，孔颖达正义，刘玉建导读，《〈周易正义〉导读》，济南：齐鲁书社，2005，页88。

③ 关于"之正"的思想，参林忠军，"虞翻的象数易学"，见姜广辉主编，《中国经学思想史》（第二卷），北京：中国社会科学出版社，2003，页606-616。

④ 比较虞翻注："乾阳物，坤阴物。纯乾纯坤之时，未有文章。阳物入坤，阴物入乾，更相杂成六十四卦，乃有文章，故曰文。"见潘雨廷，《周易虞氏义象释》，张文江整理，上海：上海古籍出版社，2009，页445。

人性本身怀有极其精当的认识,不然,不仅不能担当引导性情的重任,反倒会败坏人性。《系辞下》云:"物相杂,故曰文;文不当,故吉凶生焉。"文不当,就是阴阳关系没有摆对,引申而言,对人性阴阳关系认识不当,从而制作的文章没有导人"之正"的能力,反倒可能导人走向既济的反面,使得性情错乱。至此,算是初步瞥见文章与性的关系,比较上面探讨过文章即国家政教典章的这层含义,可以说,"文章"本身其实已经包含了修、齐、治、平的各个层面,说文章乃"经国之大业,不朽之盛事"(曹丕,《典论·论文》),丝毫没有夸张的成分。刘勰著《文心雕龙》,开篇第一句话就说"文之为德也大矣","文章"的德有多大,在于我们对"文章"的认识有多深。

文学

"学",在《说文》中写作𢎥,"𢎥,放也",放与仿字古通用,因此,"学"可以训为"效仿"。𢎥,上为"爻",下为"子",意为"子"在学"爻"。《易·系辞下》云:"道有变动,故曰爻",如果爻代表道的变动,那么,"学"的活动,很可能与"明道"有关。"学"字,在《论语》中凡六十五见,共计四十三章,大体归纳起来,不外乎"学文"、"学道"、"学《诗》","学礼"四个方面,所学内容均在政治伦理的范围之内。[①]《子路》篇记"樊迟请学稼",受到孔子的批评,学稼与明道近乎无关。学《诗》与学礼可以归入"学文"的范畴,如果"文"是"道之文",那么学文的目的最终也是为了学道,至少在《论语》中,"学"的确指向于"明道"。

与"文章"一样,"文学"一词同样首见于《论语》。孔门四科,第四科即为"文学"。

---

① 参赵纪彬,《论语新探》,北京:人民出版社,1976,页 208。

德行：颜渊、闵子骞、冉伯牛、仲弓；言语：宰我、子贡；
政事：冉有、季路；文学：子游、子夏。"(《先进》)

皇侃引范宁言："文学，谓先王典文"，①先王典文即前文论述
过的"文章"，因此，文学实际上就是文章之学，文学要效法的是先
王的政教典章。由于文章兼具修身与治国之义，作为"文章之学"
的文学，同样承继这两层含义。孔门文学科一共举了两位善于学
文的弟子：子游和子夏。子游善学礼乐，为武城宰时，以礼乐教民：

子之武城，闻弦歌之声，夫子莞尔而笑曰："割鸡焉
用牛刀。"子游对曰："昔者偃也闻诸夫子曰：'君子学道
则爱人，小人学道则易使也。'"子曰："二三子，偃之言是
也。前言戏之耳。"(《阳货》)

子游之以礼乐为政，是因为孔子曾经教导"君子学道则爱
人"。在《论语》中，"道"字凡八十八见，除开"道路"、"言说"与
"治理"之义外，皆就"礼乐"而言。② 此章的"弦歌之声"，正是"学
道"的典型。③ 另一位文学科代表是子夏，子夏善学古典遗文，在
《论语》中多言"学"论《诗》。据《史记·仲尼弟子列传》记载，孔
子死后，子夏教学西河，成了魏国的帝王师。从子游与子夏两位文
学科代表的生平来看，文学一科并非单单指读书诵诗、学礼习乐，
文学一科同样旨在文教。

---

① 见黄怀信等撰，《论语汇校集释》，前揭，页 961。
② 参赵纪彬，《论语新探》，前揭，页 384。
③ 参考俞正燮，《癸巳存稿·君子小人学道是弦歌义》，沈阳：辽宁教育出版社，2003，
  页 64-65。"通检三代以上书，乐之外无所谓学"(页 65)，俞正燮论述时举子游为
  武城宰的例子为证，说明孔子时候仍是如此，甚至到汉代成书的《王制》与《乐记》
  仍是如此。不过，观孔子创立"文学"一科可知，所学的内容，就三代而言已有所
  变化。

"学"与"教"为同根字,意思相通,《尚书·兑命》言"敩学半",敩,就是教。文学之学,先学而后教,文学一词本已含有"文教"之义。文学一科的总旨,在于通过文章之学最终担负起文教事业,观子游为武城宰、子夏教学西河可知。文教的意图,在于教人通过"文学"认识并砥砺自身性情,使得人本来的"性"成为"德性",由于人本来的性情有着过与不及的各种情况,"文学"的目的就在于引导性地"长善救失"。因为文学实乃"文章之学",所以文学背后的深意,是要将先王的政教典章,无声无息地融入学子的性情之中。从这个意义上讲,作为文教的文学,自然有安邦定国的意义。文学的"学"是教养自身,文学的"教"是教养社会。

孔门四科为"德行","言语","政事","文学",其顺序颇值得注意:德行是后三者的基础,列在最先;言语须以德行为基础,言语若不以德行为据,就很可能成为"鲜矣仁"的"巧言";"政事"须以德行和言语为基础,"不学诗,无以言"(《季氏》),且"诵诗三百,授之以政,不达,使于四方,不能专对,虽多,亦奚以为"(《子路》);"文学",应以德行、言语、政事为基础,文学是前三者的集成,以德行为根基,以言语为用,并深切理解政事,方可言文学。"德行"、"言语"、"政事"这三种门类的教养古已有之,惟"文学"一门创立于孔子。孔子为何创立"文学",为何修撰六艺文章并致力于推行文教,这与春秋时期的政治格局相关。

自平王东迁,治道亏缺,列国祸乱,四夷交侵,王章既失,陵夷而不返,西周之斯文,至东周扫地。周室既微,礼乐征伐自诸侯出,"春秋之中,弑君三十六,亡国五十二,诸侯奔走不得保其社稷者不可胜数。"(《史记·太史公自序》)春秋之际,诸侯力政,原来西周的政制典章对各诸侯国的礼文有严格规定。周室式微之后,诸侯列国纷纷变乱先王礼法,销毁成文典章,造成各国之间车不同轨、书不同文、行不同伦、乐不同声的局面。各国政教衰变,纲纪废弛,西周奠立的大一统政治格局至春秋近乎崩溃。孔子虽为一介布衣,却满怀救世之心。东周王政失统,官守渐失,先王典籍散于四方,文教坠地。孔子周游列国,目的之一就是收集散佚典籍,重整周代文教。孔子删述六艺,设帐授徒,使得先王典章得以传世,天不丧斯文,其文在兹。孔子所谓"入其国,其教可知也",亦是有感而发。列国之教有得有失,孔子所见,恐怕多为其失。修订并讲授六经,意在以六经文章重振列国衰变之政教。孔子言"文王既没,文不在兹乎",可见其踵继文王修文之志,创设"文学"一科,以文教整肃当世政制并垂范后世,意味极其深远。

文学的出现,与官学的破败有极大干系,孔子提出"文学",恰在礼崩乐坏、政教凌迟之时,在这个意义上几乎可以说,文学与文教,就是素王经世的方式。孔子修撰六经,并以此设教,使得当时岌岌可危的先王政典得以传承,由于六经文章皆先王思考人间政治而订立的典章制度,因此,孔子重修经典,本身就意味着对现实政治的拨乱反正,如果按照今文经师的看法,孔子撰定六经的行为就是在为人间政治立法。《礼记·学记》云:"建国君民,教学为先",《学记》之所以将教学看作建国君民的头等大事,原因就在于所教所学的六经文章,正是建国君民的根本大法。

二、《论语》中的文质关系

质与性

讨论《论语》中的文质关系,最难确定的是"质"的内涵。章学诚的《文史通义》中,有一篇文章题名叫《质性》。据《章学诚遗书》,《质性》篇本有一段小序:

前人尚论情文相生,由是论家喜论文情,不知文性实为元宰。离性言情，珠亡椟在，撰《质性》篇。①

"前人尚论情文相生"，如《世说新语·文学》有"文生于情，情生于文"的说法，②《文心雕龙·情采》有"为文造情"、"为情造文"的说法。后来的论家探讨文情之间的关系，倾向于将"情"作为"感情"之"情"去理解，不知"情"应当理解为"性情"之"情"，不知"文性"才是真正的"元宰"。正因为后人不太清楚"文情"与"文性"之间的关系，章学诚才撰"质性"一篇。王宗炎《复章氏书》认为"质性"一词在往古典籍中几乎未曾见过，以为"'质性'二字近生譔"。③ 由此可见，在历代谈论文质关系的论说中，勾连起"质"与"性"二者关系的，实在罕有。

王宗炎说"质性"二字近乎生譔，几乎未见于古籍，这个说法虽点出问题关键，仍有失于考据。"质性"一词固然鲜见，但在章学诚之前并非没有出现过。"质性"最早见于《韩非子·难言》："捷敏辩给（口才敏捷而善于辩说），繁（富）于文采，则见以为史（文胜于质）；殊释（弃绝）文学，以质性言，则见以为鄙。"④韩非的这句话，脱胎于孔子关于"文质"关系的论说。《楚辞·远游》开篇四句说："悲时俗之迫阨（逼迫）兮，愿轻举而远游。质菲薄而无因（凭藉）兮，焉托乘而上浮？"由于时俗的逼迫，诗人决定远游求真。"质菲薄而无因兮"，王逸《楚辞章句》的训释为"质性鄙陋，无所因

① 章学诚，《章学诚遗书》，北京：文物出版社，1985，页24。
② 刘义庆著，刘孝标注，《世说新语笺疏》，余嘉锡笺疏，北京：中华书局，2011。
③ 章学诚，《文史通义校注》，前揭，页418。
④ 对"质性"是作"质性"还是"质信"，目前几个主要的校注本之间还有分歧：王先慎的《韩非子集解》（中华书局，2003）作"质性"，《韩非子》校注组编写的《韩非子校注》（周勋初修订，南京：凤凰出版社，2009）、陈奇猷校注的《韩非子新校注》（上海：上海古籍出版社，2000）以及张觉的《韩非子校疏》（上海：上海古籍出版社，2010）作"质信"。若按文脉来看，当作"质性"更为恰切。

也"，①将"质"解作"质性"。诗人虽欲远游求真，由于质性弊陋而无所凭籍，如何远游求真自然成了问题。《说苑·建本》云："质性同伦而学问者智"，是说在彼此天性高低相若的情况下，好学好问者更加聪慧。《汉书·刘立传》记："立少失父母，孤弱处深宫中，独与宦者婢妾居，渐渍（沾染）小国之俗，加以质性下愚，有不可移之姿。"这里的"质性下愚"而"不可移"，直接化用《论语·阳货》"唯上智与下愚不移"的说法，由此也可以看出，"上智"与"下愚"是在谈论人的"质性"。陶渊明《归去来兮辞序》"序"云："眷然（反顾貌）有归欤之情。何则？质性自然，非矫励（勉力磨练）所得。"②此处的质性，亦指人的性情。

质（質），从貝从斦，《说文》释为"以物相赘（抵押）"。贝是先秦货币，在纸币出现之前，中国的货币几乎都是以实物的价值作为流通标准，如黄金，白银，铜等。所以，作为先秦货币的贝，本身就因具有某种价值而显得贵重。斦，从二斤，也就是斤斤，《诗·周颂·执竞》："自彼成康，奄有（全部占有）四方，斤斤其明。"《毛传》云："斤斤，明察也"，成语"斤斤计较"，义从此来。"质"字，从贝从斦，从构字上看，是斤斤于贝，也就是要彻底搞清楚此物的性质与价值。引申开来说，物的价值要从其性质来判断，不同的物有不同的质，人也有人的质，人的质就是人的性。

先秦时，直接将"质"当作人性的看法，还见于《庄子·庚桑楚》："性者，生之质也"。③ 后来，董仲舒因为人们不太清楚人之性，同样说，

今世闇（不明）于性，言之者不同，胡不试反性之名？

① 王逸，《楚辞章句疏证》，黄灵庚疏证，北京：中华书局，2007。
② 陶渊明，《陶渊明集笺注》，袁行霈笺注，北京：中华书局，2011。
③ 钟泰，《庄子发微》，上海：上海古籍出版社，2008。

性之名,非生与? 如其生之自然之资,谓之性。性者,质也。(《春秋繁露·深察名号》)①

将"性"理解为"质",这个质应取"自然之资"的意思,且"资质"一词本身谈的就是一个人天生的禀赋。《孝经纬·援受契》也认为:"性者,生之质"。《礼记·礼器》"释回(邪)增美质"郑注云:"质,犹性也"。文质之"质",其实是在讲人的本质,即人性。之所以《论语》中的文质关系难以理解,后世歧解极多,原因就在于"质"本指涉人"性"这一点,一直没有明晰地讲出来。之所以不明说,很可能与夫子不言"性与天道"有关,想要搞清楚"质"(人性)的真实内涵,自然困难。

在《论语》中,"质",是天命之性,是人的性情;"文",是修道之教,是礼文,包括礼乐制度与文章文学。质与文的关系,是人的内在性情与外在礼文之间的关系。礼文的制定,实际上本于圣人对人之性情的认识和调教。所谓的"德"(惪),所谓的"正心",其实就是调理性情。性情调理得当,渐渐稳定下来,便成了"德性"。有助于调理性情的这些规矩,慢慢演化成礼文典制,这些礼文典制其实是先王积累下来的政治经验。简单说:质,是人原生的性情;文,是按德性标准对性情进行调理和制约的外在礼文。

文质彬彬

大致摸清《论语》中质与文的基本含义,就可以接着讨论《论语》中的文质关系。《论语》提到"质"的地方,一共四章,我们逐章来看。

子曰:"质胜文则野,文胜质则史,文质彬彬,然后君

---

① 董仲舒,《春秋繁露校释》,钟肇鹏主编,河北:河北人民出版社,2005。

子。"(《雍也》)

"质胜文则野",质是性情,文是外在礼文。质胜文,人的内在性情不受外在礼文的约束,或外在制度并不约束人的内在性情,于是人容易率性而为。"有直情而径行者,戎狄之道也"(《礼记·檀弓》),按照自己的性情行事,没有外在礼文的调节或规范,或不受礼文的调节或规范,就是戎狄之道,野人的生活方式。"野",是郊外,王城之外,王化之外,礼乐所不及之地。"野",言其粗鄙。"先进于礼乐,野人也"(《先进》),可见礼乐与野的对应。"质胜文则野",野人疏于礼乐,质胜于文,这里的质,指的是未经礼乐修治的性情。《韩非子·难言》云:"殊释文学,以质性言,则见以为鄙",文学正是通过外在礼文砥砺自身性情,如果丢掉文学,凭自己的质性行事,自然流于鄙野。子路由于不懂夫子"正名"举措中礼制名教的涵义,夫子斥之为"野"。①

"文胜质则史",文胜质,外在的礼文过盛,使人务饰于外而湮灭内在性情,或者说外在的制度规范并不考虑人的性情,以某种制度或法规对人的性情强加约束。"史",一般解作记书之史,《韩非子·难言》云:"捷敏辩给,繁于文采,则见以为史",《仪礼·聘礼记》言:"辞多则史",②王充《论衡·量知》云:"能雕琢文书,谓之史匠也",③皆言记史者的文胜特征。修史者颇采华辞,往往掩盖事情本质,文胜于质,其间已经有"文过饰非"的倾向。也有人将"史"理解为"祝史",《礼记·郊特牲》云:"失其义,陈其数(各种具体的仪规度数),祝史之事也"。祝史主要司仪式威仪,做的是礼文的表面工作,至于内心诚敬,则非其分内之事。《论语·八佾》中,孔子谈到"祭如在,祭神如神在"的精神,恰是祝史行为的

---

① 参《论语·子路》中的"正名"章。
② 郑玄注,贾公彦疏,《仪礼注疏》,王辉点校,上海:上海古籍出版社,2008。
③ 王充,《论衡校释》,黄晖校释,刘盼遂点校,北京:中华书局,2006。

反面。内心的诚敬与外在的礼文同样重要,于是孔子接着说,"吾不与祭,如不祭"。将"史"理解为祝史,似乎更为贴切。当然,前面那种理解也很好,而且对于从文质说的角度理解"文学"的涵义也很重要。"史",在《论语》共出现三次,除此之外还有两处。其一为"史鱼"(《卫灵公》),史鱼是卫国大夫,字子鱼,也是史官,因此称史鱼。其二为"史之阙文"(《卫灵公》),这里的史,当为"史乘",即史官所修之书。在这里,需要考虑"文质彬彬"章讨论文质关系的语境,是为了厘定君子修养的标准,是以人为对象,因此,此章的"史"可能更应取"史官"之义。不过,将史理解为"史官",似乎尚有一层深意没有充分表出。《周礼·天官·宰夫》记:"史,掌官书以赞治",①古代史官司典章制度,礼乐教化皆出于史官,三代制度皆由史官掌管。史官,虽然保存着往古的礼乐典制,若不知损益变通,以过去不变之法准绳现在,则落于"文胜质"之弊,此涵义比取"祝史"之义更深一层。《礼记·经解》言:"疏通知远,《书》教也。……《书》之失诬"(《礼记·经解》)。什么是诬,方苞云:"远慕上古之事,或以为后世可以复行,是之谓诬"。②

文与质之间最好的关系是"文质彬彬",《说文》作"文质份份","彬",古文作"份"。份,从人从分,分,"别也",所谓"文质份份",指人分别兼有"文"和"质"两方面。不过,"彬"字的涵义更为形象贴切。彬,从林从彡,"彡"的本意为"毛饰画文",取其文饰之义。"林"从二木,《论语·子路》云:"刚、毅、木、讷,近仁",王肃曰:"木,质朴。"③把"木"的这种不加修饰的原生品质用在人身上时,是取其"质朴"的涵义,"木"代表着人的"质"。"彬彬",是对原生之木加以雕饰,放一个"彡"在木的旁边,使得原木既有其质,也有其文,是为"彬彬"之义,也是"绘事后素"之义。木的品质

---

① 郑玄注,贾公彦疏,《周礼注疏》,彭林点校,上海:上海古籍出版社,2010。
② 方苞,《礼记析疑》,见《四库全书》第 128 册,上海:上海古籍出版社,1987。
③ 见黄怀信等撰,《论语汇校集释》,前揭,页 1218。

为"朴",《说文》云:"朴"为"木素"。老子主张"见素抱朴",是要返回这个未经雕饰的"朴",返回"质"。《庄子·应帝王》言"雕琢复朴"(《庄子·山木》亦有"既雕既琢,复归于朴"的说法),与老子的"见素抱朴"看似稍有区别,其实不然。"雕琢复朴",是通过雕琢,打磨掉后天的不良染习,呈现出原木本来固有的品质。雕琢过后的"朴"与雕琢之前的"朴",不同之处在于:雕琢之前的朴,作为木的固有品质隐约不明,雕琢之后"复归于朴",是说雕琢的功夫并未改变原木本来的品质,而是通过雕琢将原本隐约不明的品质呈现出来。"彬彬"之"彣",当从这个意义上去理解,"彣"不是要掩盖而是为了凸显木本来的品质。不过,如果"彣"要做到不掩盖("胜")"木"本来的品质,那么"彣"的前提便要对"木"之"朴"(质)有准确的认识。因此,要做到文质彬彬,前提就在于准确地认识"质"(人的性情),如此才能恰切地饰以"文"(文教)。所谓"文质彬彬",实际上讲的是典制文章与性情教养之间的关系。

何以文为

> 棘子成曰:"君子质而已矣,何以文为?"子贡曰:"惜乎,夫子之说君子也,驷不及舌。文犹质也,质犹文也,虎豹之鞟,犹犬羊之鞟?"(《颜渊》)

棘子成,《汉书·古今人表》与《三国志·秦宓传》写作革子成,"棘"通"革"。[1] 棘子成的身份,仅见何晏《论语集解》中所保留的郑玄注:"棘子成,卫大夫"。因其批评孔子及其学生的"文为"事业,刑昺《论语注疏》推断棘子成"意疾时多文章",朱熹后来说"疾时人文胜",[2]也是这个意思。晚近康有为作《论语注》,认

---

① 陈寿撰,裴松之注,《三国志》,卢守助校点,上海:上海古籍出版社,2002。
② 参黄怀信等撰,《论语汇校集释》,前揭,页 1088–1092。

为棘子成"盖老子、晏子之流,以崇质尚俭为宗",①就此章内容而言,这些假设基本可以成立。棘子成于春秋之时,看到周代文胜之弊,主张反质。因孔子汲汲于礼乐文教之事,故对孔子的行为有所批评。此章主题虽是谈论君子,背后同样涉及治国之理。在孔门弟子中,子贡有口舌之才,颇有文胜之象,棘子成反问子贡,意在孔子。

在这一章,理解棘子成的立场并不难,但要搞清楚子贡的回答,却不太容易。因为子贡的回答,在文意与断句方面,难以定断。朱熹认为,"惜乎夫子之说君子也驷不及舌"这一句应该这样读:"惜乎! 夫子之说,君子也。驷不及舌。"②按照朱熹的读法,这句的大意是说:夫子,您的话,真是君子之言,可惜的是,您说错了。若按照子贡对答的思路来看,朱熹的理解显然有问题,无怪朱熹之后注疏《论语》者,很少采用朱熹的理解。按照子贡回答的思路,这句话应该读作:"惜乎,夫子之说君子也,驷不及舌。"大意是说:可惜,夫子您关于君子的说法,其实有问题,一言既出,驷马难追啊。子贡不同意棘子成说法的地方在哪儿? 子贡接着说"文犹质也,质犹文也,虎豹之鞟,犹犬羊之鞟。"鞟,革也,去毛之皮。这句话在朱熹看来,是一个陈述句,代表子贡对文质关系的看法,即文、质对等,没有本末轻重的差异。朱熹认为子贡虽然意在批评棘子成的说法,子贡自己却矫枉过正,同样没有搞清楚文质关系。其实,子贡的回答,是顺着棘子成的逻辑在走。"君子质而已矣,何以文为",按照棘子成的说法,君子应该凭借自己的质性行事,不必依奉某种外在规定的礼文仪节。换句话说,棘子成是要让君子以质为文,将自身的质性当成是一种不同于外在典制礼文的"文",以质为文,是将文完全看作是质的表现,因此"文"就并没有

---

① 康有为,《论语注》,北京:中华书局,1984,页 180。
② 朱熹,《四书章句集注》,北京:中华书局,2006。

通常意义上的外在规范性。这是子贡所理解的棘子成谈论君子的逻辑,子贡顺着这个逻辑说:如果质就是文,文就是质,那么虎豹的皮与犬羊的皮又有什么区别呢? 这句话,应作反问句而非陈述句来理解,言下之意,不能像棘子成认为的那样,以质为文,放弃文事。

文与质本不相同,棘子成尚质不文,以质为文,如此一来,文犹质而质犹文,文与质便没有区别。虎豹与犬羊的区分在皮毛之色,若去其毛色仅存其皮,则虎豹之鞟与犬羊之鞟难以区分。正因为二者很难区别,就容易认为二者实“质”相同,将虎豹等同于犬羊。这一章讨论的对象是君子修养,子贡的回答,以虎豹喻君子,以犬羊喻小人。言下之意是说,如果以质为文,将抹去君子与小人的差异,因为君子与小人在质上的区分正表现于外在之文。“虎豹无文,则鞟同犬羊;犀兕(似牛野兽,皮坚韧,可做铠甲)有皮,而色资(凭借)丹漆,质待文也。”(《文心雕龙·情采》)

子贡这里谈到的虎豹之文,与《周易》革卦的“虎变”、“豹变”之说颇有相通之处。革卦九五与上六之《象》云:“大人虎变,其文炳也”,“君子豹变,其文蔚也”,大人言“文炳”,君子言“文蔚”,皆重视“文”。大人虎变,君子豹变,其实是修身积德的结果,是由内而外的变化结果。只有通过毛色,才能看到皮囊包裹着的是怎样的心,是虎豹之心,还是犬羊之心,是君子之心,还是小人之心。革卦的卦象为泽火革,“文明以说”,说,悦也,得之于心。“学而时习之,不亦说乎”,亦有文明以说之象,学而时习之,是虎变、豹变的前提。

棘子成的话无意中还隐藏着这样一个逻辑:如果以质为文,那么先天质优的人则优,先天质劣的人则劣,先天完全决定后天,从而勾销了人在后天的升降空间。儒家尚为人保留后天由修身所带来的提升空间,修身所凭藉的正是文教之事。可以说,文,成全了人追求卓越的心,如此才会有虎变、豹变的人出现。如果不以“文为",反倒成全了低劣的人。由此,倒是可以追问一个问题:自由民主政制,到底尚质还是尚文,到底鼓励人做虎豹还是犬羊。

质直而好义

> 子张问:"士何如,斯可谓之达矣。"子曰:"何哉,尔所谓达者?"子张对曰:"在邦必闻(具有名声),在家必闻。"子曰:"是闻也,非达也。夫达也者,质直而好义,察言而观色,虑以下人。在邦必达,在家必达。夫闻也者,色取仁而行违,居之不疑,在邦必闻,在家必闻。"(《颜渊》)

此章谈论的对象是"士",士与君子有相通之处,戴望云:"学以居位曰士",[①]士与君子的差异在于"位",君子不必有位。子张请教孔子,士如何能做到达,可子张所谓的达在孔子眼中仅仅叫做"闻",也就是"闻名",有名声。在孔子看来,真正的达需要做到三点:"质直而好义,察言而观色,虑以下人",首先就是"质直而好义"。要理解"质直而好义",就要理解什么是"直"。《论语》中,"直"字共二十二见,[②]概括来说,"直"基本上指称的是人未受后天粉饰过的"真性情",可以说是"性情之正"。[③] 坤卦六二云:"直方大,不习无不利",郑玄注曰:"直也,方也,地之性",《论语》此章之"直",是人之性。坤卦六二《象》曰:"六二之动,直以方也",王弼注曰:"动而直方,任其质也"。直,得之于天,将"质直"理解为人的真性情,应该没有问题。可是,"质直而好义"该如何理解。

---

① 见黄怀信等撰,《论语汇校集释》,前揭,页1124。
② 参杨伯峻,《论语词典》,附于其著《论语译注》,中华书局,1980,页256,赵纪彬在《论语新探》统计的是17见,漏掉不少,甚至漏掉了"质直而好义"这一句,见《论语新探》,前揭,页180。
③ 参钱穆,《四书释义》,北京:九州出版社,2010,页63—67。

坤卦《文言》曰:"直其正也,方其义也。君子敬以直内,义以方外,敬义立而德不孤。"①要以"敬"来葆养人天生的性情,使其天生的性情不受后天污染,同时,在君子行动的时候,又要以外在"义"为标准行事。义,是对人行为的外在规定,这些规定就是礼文(礼文背后当然也以礼义为支撑)。因此,"质直而好义",同样是在讲性情与礼文的关系。搞清楚"质"与"义"的内外关系,才能真正准确理解"义以为质"的说法。

义以为质

> 子曰:"君子义以为质,礼以行之,孙(同"逊")以出之,信以成之,君子哉!"(《卫灵公》)

本章谈论的对象同样是君子,《论语》中出现"质"的这四章,几乎都是在谈论君子的修养。关于"君子义以为质"这句,历代注疏家多有所失,因为这里的"为"不能理解成"当作",这句的意思不是在说"君子要把义当作自己的质性"。"为"应该取"修治"的意思,君子应该以"义"的标准来修治自己的质性。质与义有内与外的关系,义隐含着德性的标准,因此可以用来引导与调理性情。恰当地理解这一分句,整句的意思才能贯通,后面三个分句中的"之"代指的都是第一句中的"质":君子应该以义的标准修治自身性情,按礼的规矩贯彻自己的想法,用谦逊的姿态表达内心的志意,以信实修成自己的性情,如此,可称君子。这一章,其实呈现出内在质性与外在礼文的互动,在两者的相互牵引中,渐渐达至文质

---

① 刘沅《周易恒解》云:

　　直乃承天之施,而生物无不遂(顺应),其正则然。方乃顺天之化,而物各得其所,其义则然。内欲其直,则敬以居心;外欲其方,则义以行事。敬义者,内外交饰之功,实人心自然之理也。(见马振彪,《周易学说》,张善文整理,广州:花城出版社,2002,页48。)

彬彬的状态。

此章的"成"字尤其重要,在《论语·宪问》中,子路曾问孔子如何"成人",孔子回答说:

> 若臧武仲之知,公绰之不欲,卞庄子之勇,冉求之艺,
> 文之以礼乐,亦可以为成人矣。

这里的"知"、"不欲"、"勇"、"艺",都是指人的质性品质,单凭这些好的质性品质还不能算是成人,还须"文之以礼乐"。换句话说,成人的关键,是要用礼乐之文来校准本身的质性,即便这些质性是好的质性,这一校准的过程也必不可少。《礼记·礼器》云:"礼也者,犹体也,体不备,君子谓之不成人。"这层意思,可以参考《泰伯》中孔子的说法:"恭而无礼则劳,慎而无礼则葸(畏缩),勇而无礼则乱,直而无礼则绞(尖刻)。""恭"、"慎"、"勇"、"直"都是好品质,但若不用礼加以规范与校准,好的品质也会走向极端,变得不好。

第三章　质性与古代政治

一、性情与心术

　　文质说的基本涵义,讲的是性情与文章(制度)的关系。性情与文章二者,可以说,正是古代政教的基础。深入分析性情与文章以及与文明典制之间的关系,不仅是探究文质说的必然要求,也是深入理解古代政教的关键。反过来,也能看到文质说与古代政教的深刻关联,甚至可以说,文质说本身就是古代政教的关键要核。

　　在中国古典文献中,最凝练表达质性与政教关系的是《中庸》开篇:"天命之谓性,率性之谓道,修道之谓教。"搞清楚这句话并不容易,需要仔细玩味。

　　"天命之谓性",郑玄注云:"天命,谓天所命生人者也,是谓性命",郑玄又引《孝经说》:"性者,生之质命,人所禀受度也。"①"天命之谓性",讲的是人性受之于天,这一思路与晚近湖北荆门郭店

---

① 　见郑玄注,孔颖达疏,《礼记正义》,前揭,页1422。

出土的楚简《性自命出》的思路如出一辙。①《性自命出》言"性自命出,命自天降",性来自于命,命来自于天。换句话说,人性本身不受人的宰制,而是来自于高于人的"天命",《说文》:"命,天之令也"。《中庸》的首句,将人性与天建立起联系,性是天性。至于性的具体内容是什么,《中庸》没有明言,《性自命出》相对说得详细一些:

> 凡人虽有性,心无定志,待物而后作,待悦而后行,待习而后定。喜怒哀悲之气,性也。及其见于外,则物取之也。性自命出,命自天降。道始于情,情生于性。(《郭店楚简·性自命出》)②

"喜怒哀乐之气,性也",性就是喜怒哀乐之气。孟子云:"气,体之充也"(《孟子·公孙丑上》),赵岐注:"气,所以充满形体为喜怒也"。③喜怒哀乐之气充于体内,并未表现出来,就是性。这层涵义,相通于《中庸》所言的"喜怒哀乐之未发谓之中","中庸"之"中"的涵义,就是"性"。④喜怒哀乐之气"未发"时,人性并不

---

① 关于《性自命出》与《中庸》在思想上的关联,可参姜广辉,"郭店楚简与《子思子》",见姜广辉主编,《中国哲学20:郭店楚简研究》,沈阳:辽宁教育出版社,1999,页84;丁四新,《郭店楚墓竹简思想研究》,北京:东方出版社,2000,页209;陈来,"郭店楚简《性自命出》初探",见氏著《竹帛〈五行〉与简帛研究》,北京:北京三联出版社,2009,页34-35。

② 关于《性自命出》的注解,可参刘昕岚,"郭店楚简《性自命出》笺释",见武汉大学中国文化研究院编,《郭店楚简国际学术研讨会论文集》,武汉:湖北人民出版社,2000,页300-354;李天虹,《郭店楚简〈性自命出〉研究》,武汉:湖北教育出版社,2003,页123-200;陈伟,"郭店简书《性自命出》校释",见谢维扬、朱渊清主编,《新出土文献与古代文明研究》,上海:上海大学出版社,2004,191-202;李零,《郭店楚简校读记》,前揭,页135-156。

③ 见焦循,《孟子正义》,沈文倬点校,北京:中华书局,2007,页196。

④ 参陶磊,《思孟之间儒学与早期易学史新探》,天津:天津古籍出版社,2009,页17注释3,页62-66。

可见,人性的显现,需要外物的刺激或诱发,"待物而后作","及其见于外,则物取之"。性受到外物的刺激,喜怒哀乐"见于外",就是性之"情"。[①] 情来自于性,即简文所谓的"情生于性"。"性"的古字本写作"生","情"的古字写作"青","生"字的本意是草从地下生出,"青"是从地下生出来的草的颜色,是草可见的部分。性与情的关系,是生与青之间关系的延伸,[②]情生于性,由情可以见性。

性是人的先天禀赋,情是性的外在显现。虽然人人都有天赋之性,但"心无定志"。《说文》:"志,意也。从心之声","志"乃"心之所之",指心的具体动向。[③] "心无定志",是说人天性中的"喜怒哀乐之气"并没有统一的指向,情的外发并没有天生统一的节度可寻。孟子云"夫志,气之帅也"(《孟子·公孙丑上》),"志",正是人心引导与调整喜怒哀乐之性情的关键。《性自命出》不仅说人"心无定志",同样也说"凡心有志也",言下之意,人在天性上虽然没有统一的志向,但人人自身却可以有各自的志向。人人"有志"而又"无定志",从性情层面表明人的相同之处与不同之处,搞清楚性情与志的关系,才能回头想明白"率性之谓道"的涵义。

理解"率性之谓道"的关键,在于理解"率"字的涵义,郑玄注云:"率,循也。循性行之,是谓道。"[④]郑玄的看法在宋代得到程颐和朱熹等人的继承,[⑤]从而成为主流意见。不过,由于人人"心无定志",性情没有得到一定的约束与规范,如果循性而动,不免有

---

① 这与《乐记》"人心之动,物使之然也,感于物而动"以及"人生而静,天之性也,感于物而动,性之欲也"的思想基本一致。
② 参欧阳祯人,《先秦儒家性情思想研究》,武汉:武汉大学出版社,2005,页85-86。
③ 参刘翔,《中国传统价值观诠释学》,前揭,页215-217。
④ 见郑玄注,孔颖达疏,《礼记正义》,前揭,页1422。
⑤ 参程颢、程颐,《二程集》,王孝鱼点校,北京:中华书局,2004,页151;朱熹,《四书章句集注》,北京:中华书局,2006,页17。

点类似于"直情径行"的戎狄之道。"率"字,在古典文本中,除了
"循"的含义之外,还有"帅"的意思。郑玄注《仪礼·聘礼》"帅众
介(随行人员,由士担任)夕(暮夕时见国君的专称)"时说:"古文
帅皆作率",可见"率"与"帅"相通,只是文字写法不同。[①]《说文》
辵部有一"達"字,"達,先道也",段玉裁注:

> 達,先道也。道,今之导字。達,经典假率字为之。
> 《周礼》:"燕射,帅射夫以弓矢舞",故书帅为"率",郑司
> 农云:"率当为帅"。大郑以汉人帅领字通用帅,与周时
> 用率不同故也。此所谓古今字。《毛诗》"率时农夫",
> 《韩诗》作"帅时"。许引《周礼》"率都建旗",郑《周礼》
> 作"帅都"。《聘礼》注曰"古文帅皆为率",皆是也。又
> 《释诂》、《毛传》皆云"率,循也",此引伸之义。有先导
> 之者,乃有循而行者,亦谓之達也。[②]

段玉裁的梳理让我们基本可以摸清"率"字的涵义:"率"的原
初义本为"先导",即"帅",郑玄训注的"循"义,实为"率"的引申
义,"有先导者,乃有循而行者"。因此,"率性",不应理解为"循
性",而应理解为"帅性"或"导性"。人人"心无定志",性情需要
引导,这一引导的过程就是"定志"的过程。"率性之谓道",讲的
是引导性情的过程,"率性"就是"道",也就是"导","道"与"导"
相通。《性自命出》言:

> 性自命出,命自天降。道始于情,情生于性。始者近
> 情,终者近义。……凡道,心术为主。道四术,唯人道为

---

① 参金德建,《经今古文字考》,济南:齐鲁书社,1986,页6。
② 见段玉裁,《说文解字注》,前揭,页124。

> 可道也,其三术者,道之而已。《诗》、《书》、礼乐,其始出
> 皆生于人。

"道始于情",是说对人性情的引导从可见的情开始,因为"情生于性",对情的引导会作用于性。引导性情称之为"道",实质是"心术"。《礼记·乐记》言:"夫民有血气心知之性,而无哀乐喜怒之常,应感起物而动,然后心术形焉。"心术,是在认识性情的基础上,对性情的反向调教,从而让喜怒哀乐之发遵循一定的节度。人虽天生有性,性情却没有固定的倾向,或说人人性情的倾向并不相同("心无定志"),心志的确定,来自后天的修习("待习而后定")。由于"志"具有引导性情倾向的能力,因此,心术的关键,就是对"志"的树立与培养。① 心术,通过培"志"调教人的性情,从而使得人"发乎情而止乎礼义"(《毛诗大序》)。性情通过礼义的调节,渐渐趋向于德性,这也就是《性自命出》"始者近情,终者近义"的意思。从这个意义上讲,作为性情指向的"志",当然与道德品质相关。

> 子曰:富与贵,是人之所欲也,不以其道得之,不处
> 也。贫与贱,是人之所恶也,不以其道得之,不去也。君
> 子去仁,恶乎成名?君子无终食之间违仁,造次必于是,
> 颠沛必于是。(《里仁》)

人的好恶相近,是否以合乎礼义的方式"得之"、"处之"或"去之",体现出人在志向品性上的差异,为君子与小人的分际。志向的养成过程,也就是教化的过程,"四海之内其性一也,其用心各

---

① 董仲舒将"质"训为"志",又说《春秋》重志"(《春秋繁露·玉杯》),其间包涵着对"志"的精深认识。

异,教使然也"(《性自命出》)。不同的教习,产生不同的用心与志向,并带起不同的行动和生活方式以及看待人世的方式。如何定志,如何调养性情,不仅对个人极为重要,对一个政治共同体而言,也是根本问题。《性自命出》在讲到"心术"的语境中,言及"《诗》、《书》、礼乐,皆生于人",无异于说,先王修撰的《诗》、《书》、礼乐,正是共同体对人培志养性的政治大法。

中庸之"中",《中庸》本身已经给出解释:"喜怒哀乐之未发谓之中",朱熹说"喜怒哀乐未发,无所偏倚,此之谓中。中,性也。"[1]"中",是喜怒哀乐未发之性,"庸,用也",[2]从这个意义上理解,"中庸"就是"用中","用中"即是"用性",换句话说就是"率性",《中庸》的主旨是在讲"率性之道"。[3]"中也者,天下之大本也",郑玄注此句时说:"中为大本者,以其含喜怒哀乐,礼之所由生,政教自此出也。"[4]作为人性的"中",之所以是天下之大本,就在于先王认识到:人性世代不变,通过看清人性的秘密,即可找到规范人性的礼义法则,从而为人间政教奠立基本法则。

> 故圣王修义之柄、礼之序以治人情。故人情者,圣王之田也。修礼以耕之,陈义以种之,讲学以耨之,本仁以聚之,播乐以安之。(《礼记·礼运》)

礼乐典制的设立,乃是基于对性情的洞识,"先王本之情性,稽之度数,制之礼义"(《礼记·乐记》)。孔子云:"礼者,所以制中也"(《礼记·仲尼燕居》),礼以制中,即是说礼乐典制反过来调

---

① 黎靖德编,《朱子语类》,王星贤点校,北京:中华书局,2007,页1511。
② 《说文》与郑玄注《礼记》,皆将"庸"训作"用"。
③ 参陶磊,"子思《中庸》思想新论",见氏著《思孟之间儒学与早期易学史新探》,前揭,页62—66。
④ 见郑玄注,孔颖达疏,《礼记正义》,前揭,页1422。

理人的内在性情。孔子又云："礼也者,理也"(《礼记·仲尼燕居》),"理"字,取调理、治理之义。因为"礼"是调理性情的最佳节度,又引申为常理之"理","礼也者,理之不可易者也"(《礼记·乐记》)。① 调理性情之术,就是前面说的"心术",也就是"修身"之术。儒家所谓的修身,其实是修心,修身之术即心术。

"率性之谓道",讲的是引导性情的心术。"率性"之"率",本身又有"道"(导)的涵义,因此,率性之心术,其实就是道术,②"人心之危,道心之微"中的"道心",③就是在讲道(导)心之术。由此,可以进一步理解《中庸》开篇的第三句"修道之谓教"。"修道",说的是对"道术"、"心术"的修习(表现为修习礼乐),从而达到对性情的引导与调教。《性自命出》言:"教,所以生德于心中也","中"是内在性情,"教"的目的就是引导内在性情成为德性。由于礼乐乃先王本诸人的性情而作,因此,礼乐就是先王统领人道的心术,"安上治民,莫善于礼;移风易俗,莫善于乐。"(《孝经·广要道章》)

搞清楚性情、心术与礼乐的关系,方可理解《论语·述而》中一句简单又费解的话:"子不语怪、力、乱、神。"何晏的《论语集解》中保留了王肃的注文:"怪,怪异也。力,谓若奡(夏代寒浞之子,力士)荡舟、乌获(战国时秦国力士)举千钧之属。乱,谓臣弑君、子弑父。神,谓鬼神之事。"④简单说,怪力乱神,实为孔子之前存在的各种统御人的心术,"子不语"的理由,在于这些心术最终无

---

① 参考《管子·心术上》的说法:"义者,谓各处其宜也。礼者,因人之情,缘义之理,而为之节文者也。故礼者谓有理也,理也者,明分以谕义之意也。故礼出乎义,义出乎理,理因乎宜者也。"黎翔凤撰,《管子校注》,梁运华整理,北京:中华书局,2006。
② 比较《郭店楚简·性自命出》的说法:"凡道,心术为主。道四术,唯人道为可道也。"从这一句中,也可以看出道术实为心术。
③ "人心之危,道心之微"的说法,首见于《荀子·解蔽》篇所引的《道经》。
④ 见黄怀信等撰,《论语汇校集释》,前揭,页620。

法正确引导人的性情归正。《述而》中,"子不语怪、力、乱、神"的
前后两章颇值得注意:

> 子曰:我非生而知之者,好古,敏以求之者也。
> 子不语怪、力、乱、神。
> 子曰:三人行,必有我师焉,择其善者而从之,其不善
> 者而改之。

《述而》开篇为"子曰:述而不作,信而好古,窃比我于老彭。"
孔子自言对六经的修撰是"述而不作,信而好古",孔子倾心古代
典籍,在于看到古典中隐藏的经世之道。"敏而求之",是对这些
道理的探求。孔子之前,典籍散乱,"敏而求之"还有一层涵义是
搜集先王典章加以整理刊削,刊削的原则可能与"不语怪力乱神"
有关。"子不语",恰好反证出之前的人"语怪力乱神"。[①] 孔子
"不语",截断众流,厘正心术,因为作为怪力乱神的心术,最终无
法导人向善,理当刊除,而政典中原有的礼乐政刑这些非"怪力乱
神"的心术,当予以修述。这种刊削与修述的原则,即是"择其善
者而从之,其不善者而改之"。所谓"三人行,必有我师焉",或许
是孔子损益三代礼制的隐微说法,与后来公羊家"通三统"的说法
相通。子不语怪力乱神,道出夫子刊修六经的标准,隐恶扬善,从
正面教育入手,示人大道,使人心思无邪。"三人行"章之后两章,
是"子以四教:文、行、忠、信","文"教排在首位,"文"即是孔子修
撰之六经,文教即是孔子的修道之教。

"天命之谓性,率性之谓道,修道之谓教",《中庸》的开篇三句
精准地道出性情与政教的深层关系。由于人的本质在于"性",对
性情的调理就成了心术或道术的核心内容。"修道之谓教",揭示

---

① 参廖平,《知圣篇》,见李耀仙《廖平选集》,成都:巴蜀书社,1998,页189-190。

出古典政教的基本原则,乃基于对人性的认识而规范人道,圣人设教实本于性情与心术。从这个意义上讲,对"质"(人的性情)的认识,正是恰当施以"文"(文教)的前提。

二、性相近习相远

细读《中庸》开篇,大致可以摸清性情与政教之间的关系,也可以明白孔子一生活动的重心为何要落在"修道之教"。人的性情虽然可以通过文学与文教来引导和规范,不过,是不是政治共同体中每个人的性情都能加以引导,每个人的"志"都可以通过培养而指向同一目标? 在如今启蒙的语境中,这似乎已经成了不言自明的问题。

《论语》开篇首章为:

> 子曰:学而时习之,不亦说乎? 有朋自远方来,不亦
> 乐乎? 人不知而不愠,不亦君子乎?

这是《论语》首章,在某种程度上可以说,对此章的理解深度可能支配着对整部《论语》的理解深度。《论语》首章言"学",至于学什么并未明言,正因其不明言,"学而时习之"这个开头才历时两千余年仍如源头活水一般,滋养着读书人的心性。不过,"学而时习之"当有所指,故言"不亦说乎"。前面谈过"学"字,意为子在学爻,爻为阴阳之动,对应于性情中的阴阳之气,学爻的实质是通过学习,在阴阳变动之中摸清自己性情中阴阳二气的格局。"不亦说乎"的"说",通"悦",郭店楚简《性自命出》云:"逢性者,悦也",所谓"逢性",就是逢遇自己的性情,"不亦说乎",说的是通过学习撞见并看清自己的性情,认识自己,所以心中喜悦。"学"为什么能认识自己?《礼记·学记》讲"一年离经辨志","离经",

就是点读古典经书,因为古书并没有如今的标点,需要将经文圈点开;辨志,通过点读,辨析古典经文所要表达的志意,并在辨析经文志意的过程中,渐渐搞清楚自己的性情倾向,即志向。[①] 同一班学子,即便学习的东西相同,最终仍然会表现出不同的心性倾向,"学而"的"而",正是展现出志向确定之前与之后的转折。"学",是在变化(爻动)之中慢慢认清并校正自己的性情倾向。"养性者,习也"(《性自命出》),搞清楚自己的性情指向,下一步便是"时习",在"心之所之"的方向上不断加强与提升自己。学习自己"心之所之"的东西,这就是"逢性"之"悦"。

"学而时习之,不亦说乎",通过学与习,学者心性渐定,志向渐明,同时人与人之间在性情与志向上的差异也渐次呈现出来。在这个意义上,才能理解第二句"有朋自远方来,不亦乐乎"。据考证,"有朋"旧本皆作"友朋",今本写作"有朋",或"朋"下省一"友"字,或"有朋"之"有"为"友"的借字。另外,《学而》中也出现过"与朋友交"的文字,因此,此句中的"朋",可以理解为"朋友"之义。[②] "朋",包咸注云:"同门曰朋",郑玄补充说:"同门曰朋,同志曰友",[③]朋友,是志同道合的人。第一句"学而时习之",讲的是认识自己的性情与志向,第二句进一步谈论朋友。《经典释文》云:"自内曰悦,自外曰乐",[④]认识自己是内在的"悦",有朋自远方来是外在的"乐"。由于人与人在志向上差异,志趣相投的人成了朋友,志趣相异的人渐渐疏远,整个人类出现了"人以群分"的局面。"有朋自远方来",朋友可以跨越空间地理上的距离,因此,"人以群分"的实质性分别,并非地理位置上的远近,而是心性志

---

① 参张文江,"《学记》讲记",见氏著《古典学术讲要》,上海:上海古籍出版社,2010,
   页8。
② 参黄怀信等撰,《论语汇校集释》,前揭,页22-23。
③ 见黄怀信等撰,《论语汇校集释》,前揭,页23、24。
④ 同上,页23。

向上的差异。"有朋自远方来",是个人心性"习相远"的结果,"朋"的聚集,造成了人世间不同人群参差不齐的格局。

"学而时习之",是性情在时间中的变化。"有朋自远方来",是性情在空间上的变化。"人不知而不愠",是君子这类人在具体时空中的处境与态度。"学而时习之",心性渐明,志向确定之后,带起心性位置的变化。"有朋自远方来"的"远方",不仅指示地理位置的远方,亦暗指时间意义上的"远方"。孔子"适周,将问礼于老聃"(《史记·老子列传》),是地理位置的远方。孔子梦见周公,前后相隔百年,却能精神相通,"孔子云:诵《诗》读《书》,与古人居;读《书》诵《诗》,与古人谋",①以及孟子所谓的"尚友古人",是时间意义上的远方。② "远方"所展现的人性格局,不仅有四方上下的意义,亦有古往今来的意义。换句话说,"人以群分"的性情格局,是人类在宇宙中的永恒状态,这是孔子对人性的见识。搞懂人世间的性情格局,才能深入理解第三句"人不知而不愠,不亦君子乎。"

《论语》开篇第一章最终指向"君子",《论语》结尾章孔子所言的对象也是君子,对君子的培养,成了《论语》从始至终的主题。潜在的君子先通过学习,厘清自己的性情与志向,然后就有道而正,拜师交友,讲习学问,砥砺品性,在搞懂自己以及自己的友人之后,还要清楚人与人之间的差异这一人类社会最基本的政治事实("知人")。"人不知而不愠",讲出君子入世的态度与方式,同时,也表明人间不同心性的人难以达成共识,误解在所难免。相对来说,君子是人群中心性较高的一类人,用《论语》的话来说,属"中人以上"。由于"中人以下,不可以语上",所以,成为君子就要

---

① 《意林》、《御览》六百十六引《尸子》语,见朱海雷,《尸子译注》,上海:上海古籍出版社,2006,页83。

② 参考陈澧的说法:"每读书至夜半以后,人静灯残,超然默契于二千载之上。"见陈澧,《陈澧集》(二),上海:上海古籍出版社,2008,页724。

明白：对于比自己心性低的人，君子不能像要求自己一样要求别人。曲高者和寡，普通人够不到君子的心性高度，无法理解君子钦慕的东西，这属于"人不知"。之所以称"不亦君子乎"，在于君子深知人性格局的高低之分以及随之而来的"人不知"的状况，能够做到"不愠"。君子不强求别人理解自己，不执着于将自己认为"好"的东西强加给别人。所以，孔子云"知者不失人，亦不失言"（《卫灵公》），应该从人性的差序格局上去理解。面对"人不知"的人世处境，君子的态度相当坦然，依乎中庸，遁世无闷。

　　《论语》首章，看似简单，三句话已经勾勒出人类社会政治格局的形成过程和基本状况。由于人与人之间心性上的差异，造成人以群分的局面，不同的人群有不同的志向追求，由此，包含不同心性类别的政治共同体如何协调人群彼此之间的心性差异，就成了大问题。首章中的前两句讲出人以群分的生成过程，第三句落脚在君子，或许，君子与政治共同体处理"人与群分"的问题有某种关联。《论语》为什么旨在培养君子？孔子曰："君子矜而不争，群而不党"（《卫灵公》），"矜而不争"相通于"人不知而不愠"。君子这类人，本来就是人中间的一种心性类型，是许多群中的一个，但君子这类人的独特之处，就在于"群而不党"。《论语》首章第二句的"朋聚"之象，不仅指君子这类人心性相投，亦暗指其他心性类型的人抱团成为"朋党"，比如"小人"，结党而营私。从这个意义讲，君子与小人之分，在于小人只懂得自己关切的事，而君子非但懂得自己的性情好恶，同样能够理解其他心性类别的人。不仅如此，君子"群而不党"的涵义还在于，君子能够担负起协调不同群类的工作。荀子云"君者，善群也"（《荀子·王制》），①这里的"君"虽然可能指称"君主"，但君子一词本身就是由在位者的称号

---

①　王天海校释，《荀子校释》，上海：上海古籍出版社，2005。

变化而来,①且孔子言君子"群而不党",其实已经含有了善群的涵义。涣卦九四爻辞曰:"涣其群,元吉。涣有丘,匪夷所思。"《象》曰:"涣其群元吉,光大也"。当九四之时,天下涣散,人群各为私党,离心离德,唯六四能涣散朋党私群,进而承五,离散小群而成天下大群,此即所谓君子"群而不党",合天下之人为大群,以天下为公。"匪夷所思",相应于"人不知",君子不偏不党,去己之私为天下计,实在"匪夷所思",非普通人所能理解。

理清《论语》首章,可以进一步揣摩"性相近,习相远"的涵义。"子曰:性相近也,习相远也",这是《论语》中孔子唯一言及"性"的章次,位于《阳货》第二章。《论语》编者为何将此章列于《阳货》的这个位置,颇值得考虑。② 先来看《阳货》的首章:

> 阳货欲见孔子,孔子不见,归(同"馈")孔子豚(小猪),孔子时(伺)其亡(不在家,外出)也而往拜之,遇诸途,谓孔子曰:"来,予与尔言。曰:怀其宝(道)而迷(任其混乱)其邦,可谓仁乎? 曰不可。好从事而亟(屡次)失时,可谓知乎? 曰不可。日月逝矣,岁不我与(年岁不等我)。"孔子曰:"诺。吾将仕矣。"

阳货本为季氏家臣,后来逐渐掌控季氏一家大权,进而掌控鲁国大权,比照孔子的说法,阳货正是"陪臣执国命"(《季氏》)的典型。公元前502年,阳货与鲁国三桓③的家臣勾结,企图剪灭三桓,后来事败,逃亡晋国。这一章,阳货欲见孔子,劝孔子出仕,可能发生在阳货阴谋筹备推翻三桓之际,想借助孔子声望达到去三

---

① 关于君子内涵的演化,见本章第六节"得见君子"。
② 关于《论语》篇章结构的编排问题,详另文。
③ 三桓,春秋鲁国卿大夫孟氏、叔孙氏、季氏三家的合称,因三家出自鲁桓公,故史称"三桓"。

桓的目的。

　　阳货欲见孔子，打着"张公室"的招牌，想借孔子之力去三桓。孔子避而不见，知道阳货张公室的说法背后是一己之私：铲除三桓，总揽鲁国国政。阳货招孔子，孔子不来，于是阳货"归孔子豚"。阳货赠孔子礼物，按礼，孔子将前往拜谢。"礼"，成了陪臣弄权的手段。"孔子时其亡而往拜之，遇诸途"，孔子终究无法绕开现实政治的逼迫。① 这个简短的开篇，清楚挑明阳货与孔子之间的差异：阳货欲去三桓，以张公室的名义招孔子为朋党；孔子虽有张公室、去三桓之志，但"道不同，不相为谋"。孔子与阳货之间，存在着志向本身所隐含的道德品质上的分歧。

　　孔子与阳货半路相遇，阳货振振有词地说了一大段话，② 似乎之前早已打好腹稿，自问自答，一气呵成，以"不仁"、"不知"的名义批评孔子，从道德角度迫使孔子出仕。孔子与阳货之间的差异，不在于实际的政事或说具体的手段，而在于这些手段所要达到的目的。换句话说，孔子与阳货的差异，在"志"而非"事"。阳货去三桓事败不久，孔子出仕鲁国，相继为中都宰、鲁司空和鲁司寇，做的同样是张公室、去三桓的事。不过，如果不考虑阳货本人的"志"，阳货用来批评或劝说孔子的话，不仅没错，反倒显得精辟。因此，《阳货》开篇促使我们去想这样一个问题：人人皆受阴阳之气而生，都有喜怒哀乐之情，如果人与人的性情大体相近，那么人与人之间的根本区分到底在什么地方，人与人之间为什么会生出志向上的差异？对《学而》首章以及《阳货》首章的简单分析，已能感到"志"的重要，如此，才能恰当切入《论语》中孔子唯一言及"性"的章节，即

---

① 可比较柏拉图《理想国》开篇中苏格拉底的处境。
② "谓孔子"之下至"孔子曰"之前，皆是阳货自问自答的话。参毛奇龄，《论语稽求篇》，见黄怀信等撰，《论语汇校集释》，前揭，页1513。

《阳货》篇的第二章。

> 子曰:"性相近也,习相远也。"

"性相近",说的是人的先天禀赋,"习相远",说的先天禀赋在后天的修习。由于所修习的东西有品质上的差异,因此人与人之间的差异便渐次呈现出来。"凡人虽有性,心无定志,待物而后作,待悦而后行,待习而后定。"(《郭店楚简·性自命出》)人人生来皆有性情,但并无定志,志向最终稳定,在于外物的诱导与自身的时习。《文心雕龙·体性》云:

> 夫才由天资,学慎始习,斲(砍削)梓(材质上佳之木)染丝,功在初化,器成采(彩色丝绸)定,难可翻移(改变)。故童子雕琢(指雕琢性情),必先雅制(以雅正的作品为先),沿根讨(寻究)叶,思转自圆。

选择什么东西为童子发蒙,至关重要。"性相近,习相远"一章,主要有两个层面的涵义:一是强调志向的重要,志向关乎人的道德品质;二是强调教养的重要,教养可以在某种程度上引导和归正人本有的性情。引导与归正性情同样是通过"培志"这一过程实现,因此,这两个层面的涵义并没有分离。既然"性相近,习相远"强调引导与归正人本有的性情,也就意味着,人性可以教化,通过后天染习,人可以往上走,也可以往下走,人与人逐渐呈现出高低善恶之分。如果人性可以教化,那是否意味着人人都可以教化,是否意味着可以用一个统一的善"志"来引导和教化每个人?《阳货》第三章给出教化的界限:

> 子曰:唯上智与下愚不移。

并非人人皆可教化,孔子说,像"上智"与"下愚"之类的人就没办法教化。要理解这一章,可与《论语》中的另外一章参看:

> 孔子曰:"生而知之者上也,学而知之者次也,困而学之又其次也,困而不学,民斯为下矣。"(《季氏》)

"生而知之"者相应于上智,"困而不学"相应于下愚。在这一章里,孔子给我们呈现出四等人:生而知之、学而知之、困而学之和困而不学。孔子区分这四等人的标准是"学",这与"习相远"的思路一致。上智之人不学而知,下愚之人没有学习欲望,教化皆无从下手。孔子说"唯上智与下愚不移",这个"唯"字表明,除开上智与下愚,居于上智与下愚之间的"中人"可移,这是孔子所厘定的教化对象。"上智下愚,谓之不移,中庸之流,要在教化"(《后汉书·杨终传》),中庸之流,即是中人。对于上智与下愚之间的中人,又应该如何教养?

> 子之武城,闻弦歌之声,夫子莞尔而笑曰:"割鸡焉用牛刀"。子游对曰:"昔者偃也闻诸夫子曰:'君子学道则爱人,小人学道则易使也。'"子曰:"二三子,偃之言是也,前言戏之耳。"

这是《阳货》的第四章。《阳货》开篇让我们去思考人与人之间的根本区分;然后第二章告诉我们,造成这种区分的原因在于后天的染习,因此需要加强人的后天教化;第三章随即圈定人群中可施教化的范围;第四章,讲明具体的教化方式:礼乐之教。子游是孔门文学科代表,正好担负着文教的责任。孔子进入武城,处处听闻弦歌之声,知道子游以礼乐化导武城之人,不禁莞尔一笑,这是

《论语》中孔子唯一一次充满欣慰的笑。①

三、性分与道术

孔子虽然言"性相近",但在孔子那里,人其实已经有了"生而知之"、"学而知之"、"困而学之"、"困而不学"四种层级的区分。"生而知之"相应于"上智","困而不学"相应于"下愚","学而知之"相应于"中人以上","困而学之"相应于"中人以下"。即便对于整个可以教化的中人阶层,依然有"可以语上"与"不可以语上"的区分。在孔子的思想中,整个人群有着明晰的格局。可是,既然"性相近,习相远",那么,是否可以通过后天教养,弥合这种差序格局? 如果能够弥合,就证明这种差序格局不是天生存在的,人的努力可以打破这种等级差异。如果最终不能弥合,说明这种差序格局是人类本来的面相,如此一来,孔子又是在何种意义上谈论"性相近、习相远"? 人性到底在哪种层面上能施加教化,又在何种层面上不能加以教化?"性相近,习相远"的洞见,是孔子修撰六经、推广文教的人性论前提,正是因为人可以"习相远",六经才能通过教养人而成为经纬国家的政治法典。六经与"习相远"的关系比较明显,与"性相近"的关系则要隐微得多。孔子未言"性相同"而言"性相近","相近"到底有多近,"相远"又到底有多远?

在先秦,最早称引六经并对六经加以说明的是《庄子·天下》,②《天下》篇引出六经的语境匪夷所思。

---

① 《论语》中一共记载了孔子两次笑,这里是一次,还有一次见于《先进》末章,孔子让几位弟子谈谈自己的志向,待子路言志之后,"夫子哂之"。这里的"哂"也是笑,不过微微隐含讽意,与孔子在武城的笑,本质上有很大差异。

② 参廖名春,"'六经'次序探源",见氏著《中国学术史新证》,成都:四川大学出版社,2005,页3-26。

　　天下之治方术者多矣,皆以其有,为不可加矣! 古之
所谓道术者,果恶乎在? 曰:"无乎不在"。曰:"神何由
降? 明何由出? 圣有所生,王有所成,皆原于一。"

　　《天下》开篇谈的是道术与方术的紧张,治方术者太多,以至
于古之道术蔽而不见,若想真正探明道术,道术又似乎"无乎不
在"。古之道术最初来自于何处,"曰:神何由降? 明何由出? 圣
有所生,王有所成,皆原于一。"《天下》篇的作者引导我们去认识
古之道术的出处。"神何由降? 明何由出?"是两个反问句,《庄
子·天道》篇云"天尊地卑,神明之位也",神从什么地方降下来,
难道不是天吗;明从什么地方出来,难道不是地吗。这两个反问句
将我们引向具有"神"性品质的天道和具有"明"性品质的地道。
接着"圣有所生,王有所成",讲圣、王所代表的人道。"圣"与
"王"的区分在于:"圣"者法天,"王"者法地。"圣"者法天,故言
"有所生","王"者法地,故言"有所成",所谓"乾知大始,坤作成
物"(《周易·系辞上》),天生而地成。圣与王可以是两种不同的
人,也可以是一个人的两种面相,即"圣王",内圣而外王,既法天
又法地。圣、王所代表的人道与前面两个问句所引出的天道、地道
构成了天、地、人三才之道。"人法地,地法天,天法道,道法自然"
(《老子》二十五章),①人道、地道、天道实际上都源于自然之道,
即"皆原于一"。《天下》篇的作者说道术无乎不在,然后引出涵括
宇宙万象的天地人三才之道,换句话说,天道、地道、人道皆可称之
为"道术",或说"道术"存在于天道、地道、人道之中。引出三才之
道后,《天下》篇的作者便提出"天下七品说",极为精确地叙述人

---

① 前面我们已经讨论过这一章中"人"与"王"之间的关系,这里也需要注意这个问
　题,"人法地"隐含的"王法地"。

世间的七等人：天人、神人、至人、圣人、君子、百官与民。① 接着，引出对六经的著名概说：

> 《诗》以道志，《书》以道事，《礼》以道行，《乐》以道
> 和，《易》以道阴阳，《春秋》以道名分。

从《天下》篇的文脉来看，在天、地、人三才之道的语境下接着谈论天下七品人，是在专门谈论"人道"或关于人的道术。后引出六经，意在表明古之道术其实保存于六经之中。《天下》篇作者在谈论关于"人道"的道术时，精细区分出七等人，似乎是说，古之道术的要核在于分辨人的等级秩序。换句话说，对人性秩序拥有整全认识才可以称之为道术，仅对某一类人的人性拥有见识，并以为因此认清全部人人性，则是方术。《天下》篇开篇行文暗示出古之道术保存于六经之中，也就是说，六经保存着对人性秩序的整全认识。因此，在方术盛行之际，重新回归道术，就须重新回归六经。

在孔子那里，人分为三品或四品（这三品或四品亦可涵括整个人类），在《天下》篇中，人更精细地分成了七品。在《天下》篇的作者看来，七种人的等差构成了人世间的固定格局。《天下》篇的作者虽然精要点出七种人的性质，但并没有说明这七等人究竟如何生成。《大戴礼记》倒数第二篇《本命》，谈论的主题是人的性命之理，《本命》开篇云：

> 分于道谓之命，形于一谓之性。化于阴阳，象形而
> 发，谓之生。化穷数尽，谓之死。故命者，性之终也。

---

① 对《庄子·天下》篇"总论"以及对这七品人的精妙分析，参刘小枫，《共和与经纶：熊十力〈论六经〉〈正韩〉辨正》，北京：北京三联书店，2011，页 238—280；张文江，"《庄子·天下》篇总论析义"，未刊稿。这里的"天下七品说"，沿用的是刘小枫先生的说法。

《大戴礼记·本命》的这段开篇之语,亦见于《孔子家语·本命》,后者更为详尽地记载了这段话的谈论语境:

> 鲁哀公问于孔子曰:"人之命与性何谓也?"孔子对曰:"分于道谓之命,形(形成)于一谓之性,化(化育)于阴阳,象形(依据形体)而发(产生)谓之生,化穷数(天命之数)尽谓之死。故命者,性之始也,死者,生之终也,有始则必有终矣。……一阳一阴,奇偶相配,然后道合化成,性命之端,形于此也。"(《孔子家语·本命》)①

鲁哀公询问孔子,什么是"命与性"。也就是说,命与性是两个东西,鲁哀公的询问中已隐含着两者之间的差异。孔子回答说"分于道谓之命,形于一谓之性"。《系辞上》曰:"一阴一阳之谓道",分于道,即是禀受道的阴阳之气,阴阳二气"形于一",具体会聚到个人身上,就叫做"性"。② 性与命之间的差异,在于"性自命出,命自天降"(《性自命出》),具体个人禀受的阴阳之气源自于命,但分于道(即源于天)的命并不非均衡分配,而是充满了命运的偶然。由于命上的差异,人天性禀受的阴阳之气就有偏全、厚薄、清浊、昏明之分,从而造成人在先天上的差异,这种天性上的差异,就是人各自分于道的"性分"。

因此,要理解人性,需要从两个方面入手:一是"性情"的后天角度,一是"性分"(或"性命")的先天角度,只有兼具两个视角,才能对人性有较为完整的认识,这也是《道德经》所谓"玄之又玄,众妙之门"的奥秘之处。《道德经》首章云:

---

① 杨朝明、宋立林主编,《孔子家语通解》,济南:齐鲁书社,2009。
② 参黄怀信等撰,《大戴礼记汇校集注》,前揭,页1363-1364。

    道可道,非常道。名可名,非常名。无名,天地之始;
有名,万物之母。故常无欲,以观其妙;常有欲,以观其徼
(归也)。此两者同出而异名,同谓之玄。玄之又玄,众
妙之门。

    据河上公的理解,天地之间的人大致可分为"无欲"与"有欲"
两种,这两种人"同出而异名"。"同出"是"同出于人心","异名"
是"有欲"与"无欲"之间的名称差异。"同谓之玄","玄"即是
"天",有欲与无欲之人都"受气于天"。"玄之又玄",在河上公看
来,就是"天中复有天",人虽然禀气而生,但"禀气有厚薄,得中和
滋液则生贤圣,得错乱污辱则生贪淫也。"因此,"众妙之门",就是
"能知天中复有天,禀气有厚薄,除情去欲,守中和,是谓知道要之
门户也。"①

    "玄之又玄,众妙之门",其实讲述了人性的两层奥秘,一是先
天性分,一是后天性情。性分受之于天,教化难以翻移;性情是先
天秉性的外显,可以通过教化加以引导和规范。由于人兼具性分
与性情两面,因此,教化就有性分上的限度(比较"上智与下愚不
移"),教化不可能完全改造人,只能在人本来的性分基础上对人
加以引导。"知天之所为,知人之所为者,至矣"(《庄子·大宗
师》),搞清楚人性中不变与可变之处,无疑是政教的前提,或说道
术的前提。

    在《天下》篇的七等人中,"天人"、"神人"、"至人"相应于"上
智"(生而知之),"君子"相应于"中人以上"(学而知之),"百官"
相应于"中人以下"(困而学之),"民"对应于"下愚"(民斯为下)。
"下愚"之"愚"的真正涵义,不是"愚蠢"的"愚",而是不愿向学的
意思,庶民没有改善自己心性的欲求。圣人,介于生而知之与学而

---

①   参河上公,《老子道德经河上公章句》,前揭,页 2-3。

知之之间。孔子自云"我非生而知之者,好古,敏以求之者也"
(《述而》),又云:"十室之邑,必有忠信如丘者焉,不如丘之好学
也"(《公冶长》)。对于"天人"、"神人"、"至人"这上三品人而
言,教化几乎不起作用,他们生性"不移"。上三品之人虽然生活
在人世,但对于人间的具体事务却无甚兴趣,他们"不离于宗"、
"不离于精"、"不离于真",过着与天道自然相熔融的生活。"君
子"的身位比较特殊,孔子之前,"百官"本称君子,君子本是在位
的贵族之称,孔子重新厘定君子身位,将君子从对执政官员的称呼
变成"道德之称"。① 此后,即便身为庶民,如果身修道德,亦可称
为君子。由此,君子、百官、庶民之间的差异,并不是实际政治身位
的差异,而是彼此心性类型的差异,孔子以"学"的标准区分四种
人,背后同样是以心性标准来划分人的等级。没有实际政治身位
的君子,之所以擢拔于百官之上,是因为君子"以仁为恩,以义为
理,以礼为行,以乐为和,熏然慈仁",以德性作为自己的修身标
准。不管是孔子,还是《天下》篇的作者,皆以心性类型而非以实
际的政治身位来划分人的等级。在这个意义上,也许会回过头明
白"性相近,习相远"的说法,很可能仅仅针对君子、百官、庶民这
下三品之人。上三品人为生知,"习"对于他们没有作用。"圣
人",则可遇不可求,不可能通过教化教出圣人。这样,谈论"习相
远"的对象,很可能就是下三品人。至此,或者才会想清楚,《论
语》为什么以君子而非以圣人或上三品人为培养目标。

有了这些见识,可以回头进一步理解《中庸》开篇。《中庸》开
篇通过讨论"性"、"道"、"教"三者之间的关系,探讨人间政教的
法理基础。"天命之谓性"的"天命"之"性",已带有性分意味,从
这个思路上讲,"率性之谓道"是不同性分层次的人,各自安守自
身性分的"道",因此,人间存在着不同等次的"道",且"道并行而

---

① 这一转变,详见本章第六节"得见君子"。

不相悖"(《中庸》)。第三句"修道之谓教",不仅含有教化各层性分之人的涵义,同样含有协调不同性分之人的意思,从这个意义上才能明白,《中庸》首章为何落脚在"致中和,天地位焉,万物育焉"。前面讨论过,"中"就是"性",因此"中和"有两层含义:一是说性情本身的喜怒哀乐发而中节,也就是符合礼义的"中和";另一层含义是说,由于作为"性"的"中",本有性分上的差异,所谓的"中和",就是调和不同性分之间的差异,使得"道并行而不悖",达到"天地位焉,万物育焉"的效果。明白"中和"调理性情和调和性分的涵义,才能进一步理解礼乐的性质。"夫礼者所以定亲疏,决嫌疑,别同异,明是非也"(《礼记·曲礼上》),"礼者为异"、"礼者别宜"(《礼记·乐记》),"无别不可为礼"(《左传·僖公二十二年》),"登降揖让,贵贱有等,亲疏有体,谓之礼"(《管子·心术》),如此等等关于礼的说法,其旨皆在于说明礼的实质在乎辨明人的等差,"礼达而分定"(《礼记·礼运》)。可是,如果一味强调区分,人与人之间就会越来越疏远,乐的作用,是反过来调和人与人之间的等差,所谓"乐以道和"(《庄子·天下》)。《乐记》云:"宫为君,商为臣,角为民,徵为事,羽为物",乐有五音,其中三音分别代表君、臣、民这三种等次的人,基本对应于《庄子·天下》篇中可施以教化的下三品人,另外两个音代表与人相关的事与物,五音基本涵括人间政治的基本格局。乐,按照一定的规律(或"道")反复排列、组合并演奏这五个音,从而达成五音之间的和谐,也达成不同等次之人彼此的和谐。

> 乐者为同,礼者为异。同则相亲,异则相敬,乐胜则流,礼胜则离。合情饰貌者礼乐之事也。礼义立,则贵贱等矣;乐文同,则上下和矣;好恶著,则贤不肖别矣。(《礼记·乐记》)

制礼作乐的精微且高明之处,在于对人性秩序的辨识、规范与调和,既显示差异,又调和不齐。不过,礼,维护社会秩序以达到和谐,但社会要达到"和"的目标,应该维系人之间的差序格局,还是取消人的差序格局而讲求平等。换句话说,究竟维系人之间的差序格局能最终达到"和"的状态,还是维系人之间的相互平等能达到"和"的状态。中国如今提倡"和谐社会",应该切实反思这一问题。

《中庸》第一章落实在"致中和",紧接着第二章引孔子的话:

> 仲尼曰:"君子中庸,小人反中庸。君子之中庸也,
> 君子而时中;小人之反中庸也,小人而无忌惮也。"

这里,"中庸"二字,在《中庸》一篇中首次出现。章次的排列表明,对"中庸"的理解,应从首章而来。"中庸",即是"用中",用中的目的在于"中和"。《广雅·释诂》云:"庸,和也","中庸"本身就有"中和"的涵义。在孔子的话中,"君子"与"中庸"紧密联系在一起。与君子同时出现且相对应的是"小人","君子中庸","小人反中庸",君子与小人在品质上恰好相反。"君子中庸",君子效法人性秩序,用中得和,"小人反中庸",是说小人不用中,不求和。用中求和的前提,是对人性秩序的认识,说小人不用中求和,言下之意,是说小人看不到人性的等差秩序。《论语·子路》中,孔子说:"君子和而不同,小人同而不和",同而不和的真正涵义,就是看不到人性差异。不仅如此,小人因为看不到人性等差,从而不相信等差存在,所以坚持"同而不和",自然无法达到中和。如果"中和"代表建基于人性秩序之上的理想政治秩序,小人反中庸,就很有可能是人间政治秩序破败的重要原因。"小人",决不可轻视,从政治层面的意义上讲,君子与小人的政治含量同样重要。另外,对小人的识别同样非常艰难,因为,他们往往以知者和

贤者的身份出现。①

君子"群而不党",君子善群的涵义正好与"和而不同"的意思相通。其实,二者背后都预设着君子对人性秩序的洞识,真正拥有这种洞识的人,方可称为君子,做到"群而不党","和而不同"。《周易·同人·象》云:"天与火,同人,君子以类族辨物"。同人下离上乾,火炎上而同于天,可谓"同声相应,同气相求。……本乎天者亲上,本乎地者亲下,则各从其类也"(《周易·乾·文言》),与"有朋自远方来"的精神相通。"天与火"的性质相亲,从而推出"君子类族辨物"之象。方以类聚,物以群分,君子类族辨物的要害不仅在于按照事物的种类作分判,更在于按照事物的性质作分判。具体到人,是要按人的性分与性情作分判,人以群分之分的标准在于性分与性情。"有朋自远方来",是人与人在性分与性情上契合与分判的表现。性分与性情不同,则道不同,道不同,自然不相为谋。君子类族辨物的关键,不仅在于区分人,更在于"同人"。反过来说,"同人"的前提是"类族辨物",只有真正做到类族辨物,才能真正做到"同人"。因此,"同人"之"同",与"小人同而不和"的"同"涵义不一样,"同而不和"的"同"是等同的意思,而"同人"之"同",是"和同"的意思。区分"等同"与"和同",是理解《礼记·礼运》提出的"大同"概念的关键。决不可将"大同"的"同"理解为"等同"的意思,这是关于"大同"说的相关研究亟待澄清的概念。

四、道心之微

人性,需要从两个方面来理解:一是先天性分或性命,一是后天性情。性相近,谈的是性分,习相远谈的是性情。不管从性分还

---

① 参《中庸》第五章。

性情的角度讲,人心都处于危局之中。于性情而言,人心容易受到
自身嗜欲、巧智等蒙蔽,从而意识不到自己的原初性分,逐渐堕落,
泯灭天性。正因为人心之危,所以需要"道心之微",道者,导也,
对心引导的关键在于"微"。《说文》:"微,隐行也",微者不可见,
如"喜怒哀乐之未发"之性,微而不可见。此时,還需要再回头来
看看《中庸》首章:

> 天命之谓性,率性之谓道,修道之谓教。道也者,不
> 可须臾离也,可离非道也。是故君子戒慎乎其所不睹,恐
> 惧乎其所不闻。莫见乎隐,莫显乎微,故君子慎其独也。
> 喜怒哀乐之未发谓之中,发而皆中节谓之和。中也者,天
> 下之大本也;和也者,天下之达道也。致中和,天地位焉,
> 万物育焉。

　《中庸》首章的语境在谈论人的性道,"不可须臾离也"的
"道",通"导",对性情的引导,不可须臾离开人性,如果道术脱离
人性,就不再是道术。人性不可见,君子需要对不可见的东西戒慎
恐惧,"莫见乎隐,莫显乎微,故君子慎其独也"。"慎独",郑玄理
解为"慎其闲居之所为","闲居"即孔颖达所疏之"独居",[1]朱熹
所理解的"人所不知而己所独知之地也"。[2] 如果按照这种理解,
那么,"慎独"的意思是说:君子即便独处,也要谨慎戒惧。反观
《中庸》首章文脉,始终着眼于人性,将慎独解释为独居,似乎过于
偏离人性这条主线,从明代开始,不断有学人怀疑这种理解。[3] 慎
独,并非郑玄所谓的"慎其闲居之所为","独",指的是人的内心。

---

[1]　见郑玄注,孔颖达疏,《礼记正义》,前揭,页 1422,1424。
[2]　见朱熹,《四书章句集注》,前揭,页 18。
[3]　参黄宗羲,《明儒学案》,北京:中华书局,1985,页 734。

"慎其独",是要"珍重出于内心者也"。① 换句话说,"慎独"就是
"慎中"。"莫见乎隐,莫显乎微"的隐微处,不是别人不在场时的
个人行为,而是自己独自一人也难以识见的性情深处。"所睹
者",是人的外表容止,"所闻者",是人的言语声音,人的言语容止
皆出于"性"。可人性却不见不显,故君子有所戒惧,反躬自省而
"慎其独",慎独的要旨,在于谨慎修养自己隐微不可见的性情。

　　君子率性的关键在于"慎独",此为君子的修身功夫。《中庸》
首章紧接着"慎独"谈论的是"中"、"和","中和"就是君子"慎独"
的结果,也是修身功夫的表现,同样也是"修道之教"的内容与意
义。"率性之道"是"用中","修道之教"是"和中",由于"庸"字兼
有"用"与"和"的涵义,因此,《中庸》开篇的三句总纲,其实是对
"中庸"二字最贴切的解释。"慎独"即"慎中",提醒君子重视修
养性情,让"喜怒哀乐发而皆中节",达到"中"之"和"。换句话
说,修养性情的关键是习礼乐,让礼乐来引导和规范未发之"中",
孔子云:"礼乎礼,夫礼所以制中也"(《礼记·仲尼燕居》)。所谓
的"中和",即是圣人洞见性情之精微平衡的标准,由此,才能明白
"中"的政治涵义:"人心惟危,道心惟微,惟精惟一,允执厥中"
(《尚书·大禹谟》),宋儒以此为圣王秘传心法。② 虽然"虞廷十

---

① 关于"慎独"的本义及其注疏史,廖名春做了相当精细的梳理,参廖名春,"'慎独'
本义新证",见氏著《中国学术史新证》,前揭,页73-93。关于"慎独"本义的辩证,
还可参梁涛,"郭店竹简与'君子慎独'",见氏著《郭店竹简与思孟学派》,北京:中
国人民大学出版社,2008,页292-300;陈来,"'慎独'与帛书《五行》思想",见《中
国哲学史》,2008(1),页5-12;陶磊,《思孟之间儒学与早期易学史新探》,前揭,页
139-142;王中江,"早期儒家的'慎独论'与'为己之学'及'公共关怀'",见氏著
《简帛文明与古代思想世界》,北京:北京大学出版社,2011,页286-320。最近,梁
涛、斯云龙编了一本专门讨论"慎独"的文集,《出土文献与君子慎独——慎独问题
讨论集》,桂林:漓江出版社,2011,有兴趣者可以参看。

② 见朱熹,《四书章句集注》,前揭,页14-15。"虞廷十六字"有过多思想上的纠葛,
本文不拟讨论,有兴趣者可以参考赵刚,"论阎若璩'虞廷十六字'辨伪的客观意
义——与余英时先生商榷",见《哲学研究》,1995(4),页23-31。

六字"真伪难辨,但不可否认,儒家的理想政制的确建立于对人性的精微认识之上,领受这种精微认识,便有资格当王。

"人心之危"不仅是表现为"性情"上的危局,同样表现在"性分"上的危局。由于人天生性分不同,再加上后天"时习"的程度各异,人与人之间逐渐产生高低差异,"人心之危"的第二个危局,便是人与人之间等差秩序的问题。由于先天性分的差异,后天"时习"最终无法弥补人世间先天性分造成的等级格局,因此,如何协调不同等差之间的人群,成了建立与维系政治共同体的根本问题。形象地说,要维系政治共同体的稳定,涉及如何处理《庄子·天下》篇中七种人的社会格局。如何处理七种品级之人的关系,涉及到政制的正当性问题。判断民主制、君主制或贵族制等政体优劣的最终标准,很可能取决于这些政体对人之性分的最终认识与调控。

既然后天"时习"无法弥补先天性分,那么,好的政制必然要求彻底认识人类性分的大致格局以及相应各个品级人群的性质,这就是《庄子·天下》篇总论"天下七品说"的高明之处。只有搞清楚政治共同体中"人以群分"的政治事实,才能对人群给予恰当地引导,这同样也是礼乐教化的核心要旨。《天下》篇的"天下七品说",精准剖析不同人群的品性,让我们看到,每一品性之人的生活方式,都与其他品性的人判然有别。如果强行将不同品性的人规范在同一种生活方式之下,必然会对某些品性的人造成伤害,甚至会带来严重的政治后果。因此,维系性分,维系人群之间的差序格局,就成了好政制的前提。好的政制必然让不同性分的人,选择与他们相应的生活方式。如此一来,政治共同体中必然呈现出彼此不同的多种生活方式,《中庸》所言的"万物并育而不相害,道并行而不相悖"就是这个意思,亦是"维齐非齐"的涵义。《荀子·王制》篇在引述《尚书·吕刑》的这句"维齐非齐"时,谈论的语境正是人世间的差序格局:

分均(名分等同)则不偏(属,指上下统属关系),势齐则不壹,众齐则不使(此三分句皆言名物无等差,则不能相制)。有天有地而上下有差,明王始立而处(治)国有制(等级制度)。夫两贵之不能相事,两贱之不能相使,是天数(自然之理)也。势位齐而欲恶同,物不能澹(通"赡",满足)则必争,争则必乱,乱则穷(指国亡)矣。先王恶其乱也,故制礼义以分之,使有贫富贵贱之等,足以相兼临(相互督促监视)者,是养天下之本也。《书》曰:"维齐非齐",此之谓也。

儒家所言的"修齐治平",最后落脚在"平天下"。可是"无平不陂(倾)",天下本是不平,如何平天下?平天下之"平",乃是使天下之人、事、物各得其所而已,这个道理与"大同"之义相通,与"维齐非齐"相通,同样也接通于庄子"齐物论"之"齐"。关于"齐物论"一名的涵义,历代说法纷纭,归纳起来大概有三种说法,一是连读"齐物",齐物论是"齐物"之"论";二是连读"物论",齐物论是整齐"物论";三是认为齐物论既是"齐物"之论,又意在整齐"物论"。① 第三种说法统合了前两种说法,前两种说法有其汇通之处。其实,"齐物论"的前提在于"齐物",所有的"物论"都是从对"物"的认识而来,整齐"物论"的前提在于"齐物",这个意义上的"齐物"与"格物"的意义相通。"齐物"的前提,在于认识物。要恰切地认识物,就要搞清楚"物以类聚,人以群分"的道理,如此才能真正认识到物的实际品质("人"亦是"物"之一种,"人物"是也)。认识到物的恰当品质,才能以此为标准,整齐各种关于"物"的论说,由此,可以回头想明白《天下》篇总论"天下七品人"的意

---

① 参陈少明"'齐物'三义",见氏著《〈齐物论〉及其影响》,北京:北京大学出版社,2004,页 13-28;刘麒麟,"《庄子·齐物论》之'齐'发微",见刘小枫主编,《古典研究》,2011(2),页 88-90。

义所在。战国之际，诸子蜂起，百家虽然异趣，终皆务为治。[①] 诸子政治论说的核心在于其对人性的见识，不同的子家对人性有着不同的认识，由此衍生出不同的"人论"。《天下》篇号称最早的先秦学术史，对当时诸子各派的主要说法——作了评定，其目的意在整齐百家之说。不过，要整齐百家政论背后的"人论"，前提就在于对整个人类有恰切的认识，"天下七品说"，即是《天下》篇作者的"齐人"之论。观《天下》篇的结构，可知作者正是以"齐人"之论，来整齐诸子的"人论"，从而整齐诸子的"政论"。在这个意义上，当然可以说《天下》篇的作者具有极高的政治见识和政治抱负。

　　体贴人群性分格局，成了庄子"齐物（人）论"的关键。此外，《齐物论》同时还提出了另外一个问题："其分也，成也；其成也，毁也。"区分人性的等次，虽是好政制的前提，但厘定这种差序格局之后，却又有"毁"的危险：总有看不到人性等差的人会站出来，试图夷平这种等差秩序。前面讨论过，君子与小人之分的关键，在于能否认识到人的性分差异，君子"中庸"善群，能够认识，小人却"反中庸"，小人要夷平等差，或按照自己的理解再造等差。这样来理解"毁"，貌似触及到一些问题，恐怕还未深入到"分"与"毁"的深层关系。

　　"其分也，成也"，建立好的政制，要求以识别"人群性分"为前提，没有搞清楚"人以群分"以及"群分"所带有的品级高低的问题，就不可能奠立恰当的政制。从这个意义上讲，"分"是"成"的前提。"其成也，毁也"，厘定性分，是对人类整体之象的"毁"，将人类整体区分开，这是"道术"最终蜕变为"方术"的关键转折。"道术将为天下裂"，是"毁"的实际所指。《庄子·庚桑楚》云："道通，其分也，其成也，毁也"，点出了"分"、"成"、"毁"的谈论对

①　参张舜徽，《周秦道论发微》，武汉：华中师范大学出版社，2005，页3。

象是"道"。所谓"道术",乃是对人类的整全认识,其中包含着对天下七品人的见识,这些见识并没有彼此独立,而是统合于"道术"之中。所谓的"方术",乃是道术的蜕变,方术脱胎于道术的某些见识。举个简单的例子,比如对"百官"的见识,成了韩非主张的核心,但韩非对其他某些品级之人的见识,则可能相对薄弱或有误,甚至蔽而不见。因此,方术的特点就是以为自己获得的部分见识就是道术的全部,"以其有,为不可加矣",实际却是"得一察焉以自好",从而不见"古人之大体"。《天下》篇在"天下七品说"之后,评论六派"方术",前五派方术的实质是"古之道术有在于是者,⋯⋯闻其风而说之"。可见,方术其实蜕变自道术,乃是道术的部分见识,只是百家往而不返,彼此难以相合。最后一派谈的是惠施以及桓团、公孙龙这类人的辩术,《天下》篇的作者不再采用"古之道术有在于是者,⋯⋯闻其风而说之"这种表达方式,整个这一节,也不再言及"道术"或"方术"。似乎在《天下》篇作者的心目当中,"辩术"似乎并不存在于古之道术中,自然也就算不上方术。辩术之所以不属于蜕变于道术的方术,在于辩术"饰人之心,易人之意,能胜人之口,不能服人之心,辩者之囿也"。这无异于说,辩术已经并没有引导人心的政治关怀,辩术不属心术,这是《天下》篇作者将辩术排除在道术与方术之外的根据。综观《天下》篇对六派的评述可知,"道术为天下裂",实际上是说"道术"为"方术"所裂,"其成也,毁也"。

"其成也,毁也",诸子终不见"道术"之整体,不见人类之整体,固执于一察之见以为全体。[①] 道术毁于方术,在于"为者败之,持者失之,是以圣人无为故无败,无执故无失。"(《道德经》六十四章)老子的意思是说,要避免"毁",最好避免"分",没有"分"哪有

---

① 比较《孟子·尽心上》的说法:"犹执一也,所恶执一者,为其贼道也,举一而废百也。"

"成",没有"成"哪有"毁"。可是,由于好政制的奠立需要以"分"为前提,如果为了避免"毁"而取消"分",那么,是否也要取消对好政制的期望?怀着这样的问题,可以接着《齐物论》的思路往下看:

> 其分也,成也;其成也,毁也。凡物无成与毁,复通为一。唯达者知通为一,为是不用而寓诸庸。庸也者,用也;用也者,通也;通也者,得也。适得而几矣。因是已,已而不知其然谓之道。

要破除"分"—"成"—"毁"的逻辑循环,需要跳出这个循环,在更高的层次把握"分"、"成"、"毁"。《天下》篇开篇问:"古之所谓道术者,果恶乎在?曰:无乎不在。曰:神何由降?明何由出?圣有所生,王有所成,皆原于一。"神、明、圣、王的道术,皆原于一,所有方术最终皆出于道术,而道术原出于"一","一"就是"道"。①要超越"分"、"成"、"毁"的循环,就要做到"复通为一"。这里需要注意,"凡物无成与毁,复通为一",并没有提到"分",庄子也许默认了"分"的前提或"分"的事实。既然"分"作为事实这一前提不可避免,要避免"成"与"毁",就需要从"复通为一"的高度把握"分",只有这样才能使得"分"没有脱离"道"的整体。不脱离整体的"分",就没有"成"而"毁"的危险。换句话说,"成"而"毁"的危险,在于"分"脱离"一"这个整体,方术脱离道术的整全。"唯达者知通为一",只有见识极高的达道的人,才能"知通为一"。相当于说,拥有对七品人的整全洞识,才能统合方术为道术。观《天下》七品人,"知通为一"之达者,唯有圣人可当。"为是不用而寓诸庸",这句话太高妙,庄子随即自作解释,"庸"

---

① 参张舜徽,《周秦道论发微》,前揭,页33-35。

就是"用"。"为是不用而寓诸庸",意思是说,唯有知通为一的达者,才能将"不用"寓诸于"用","不用"就是"不分","用"就是"分"。达者虽然有用以判别七品人的见识,但并不做这种区分,原因在于这种区分自然已经作出,达者没有必要将这种区分再明确标示出来,而是将这种区分寓诸于自然本有的区分之中。"庸"还有一层意思是"平常","寓诸庸",将人的性分秘密隐藏在庸常之中。"庸也者,用也",藏起来,不是不用,达者虽然"用"了,就像没有用一样。好比达者虽然设计了某些制度,但好像天然如此,跟没有设计过一样。这种精神,就是《庄子·应帝王》所谓的"雕琢复朴",对性分与性情的精确认识与设计出来的政制天衣无缝。达者的这种见识,可谓"适得而几矣",已经近乎道术,其原理就在于"因是已"。"是",是事物的本然状态,"因是",是遵循事物的本然状态,遵循人自然的性分格局。"已"可以训为"止于至善"的"止",因循天然性分,可达于至善。"已而不知其然,谓之道",因循于天然性分,却又"不用而寓诸庸",是谓道。

如此,不仅可以理解《庄子·知北游》的这句话:

> 天地有大美而不言,四时有明法而不议,万物有成理
> 而不说。圣人者,原天地之美而达万物之理。是故至人
> 无为,大圣不作,观于天地之谓也。

也可以理解《阳货》中孔子的名言:"天何言哉。四时行焉,百物生焉。天何言哉。"圣人虽有独见,哪些东西可以讲出来,哪些不讲,却都是经过极为审慎的考虑。因为讲出来的后果很有可能是"毁",不仅可能毁掉道术,还有可能毁掉某些人群的生存根基。这就是为什么圣人要隐微其术的原因,也是孔子为何不言性与天道的原因。

五、圣人不得见

《庄子·天下》篇评骘先秦诸子,皆固执道术之一隅,以为得其全体而无以复加,终成方术。战国诸子之争,究其实质,是道术破裂后的方术之争。而道术裂为方术,很可能在《天下》篇作者看来,是诸子本身造成的。在《天下》篇评述先秦诸子的谱系中,能明显却又有些惊讶地看到,作者并没有论及孔子。鉴于孔子在先秦的地位太过耀眼,所以,不能想象《天下》篇作者没有听过孔子的大名,或不了解孔子的主张,但为什么不提孔子。想清楚这个问题,不仅可以进一步理解《天下》篇作者的思想结构,对于理解孔子的学问品质,也至关重要。由此,对进一步把握"圣人"这类人的生存位置,也能获得一些更为深微的见识。

《天下》在开篇简短"总论"之后,开始评点先秦诸子,"古之道术有在于是者",诸子"闻其风而说之",诸子闻风而悦的仅仅是作为道术之一隅的方术。《天下》篇作者在评骘诸子方术的语境中不提孔子,无异于说孔子的学问与诸子的学问有品质上的差异。如果孔子的学问不属方术之列,那么,孔子的学问就只有两种可能:一是如惠施的辩术一样,连方术也算不上;另一种可能是说,孔子的学问属于道术。前一种推测不太可能,那么,孔子的学问就是道术? 这一种推测还有一个文本证据。在关于道术的"总论"中,《天下》篇作者说古之道术保存于六经,在论及《诗》、《书》、《礼》、《乐》这前四经时插入一句:"邹鲁之士、缙绅先生多能明之"。这里的"邹鲁之士",实为孔门流裔,"缙绅"是儒服,"缙绅先生"是儒家门徒。[①] 也就是说,孔子门徒多能明白保存于四经中的古之

---

① 参钟泰,《庄子发微》,前揭,页 759-760;顾实,"《庄子·天下篇》讲疏",见张丰乾编,《庄子天下篇注疏四种》,北京:华夏出版社,2009,页 21;钱基博,"读《庄子·天下篇》疏记",见张丰乾编,《庄子天下篇注疏四种》,前揭,页 102; (转下页)

道术,这无异于说以六经为教的孔子,深通保存于六经中的道术,孔子是深通道术的圣人。

虽然在《论语》中,孔子自己多次否认其圣人身份,但以孔子为圣人,几乎已成庄子时代的一个普遍意见。前面提过,所谓道术,是对整个人类的把握与引导,相当于对"天下七品人"有整全认识。可是,居于七品人之中的"圣人",如何能对天下七品人都有认识? 这里,需要再次考究一下《天下》篇对七品人的论述:

1. 不离于宗,谓之天人;

2. 不离于精,谓之神人;

3. 不离于真,谓之至人;

4. 以天为宗,以德为本,以道为门,兆于变化,谓之圣人;

5. 以仁为恩,以义为理,以礼为行,以乐为和,熏然慈仁,谓之君子;

6. 以法为分,以名为表,以参为验,以稽为决,其数一二三四是也,百官以此相齿;

7. 以事为常,以衣食为主,蕃息畜藏,老弱孤寡为意,皆有以养,民之理也。(引按:序号为引者所加)

作为上三品的天人、神人、至人,有一个共同的生存特点,那就是"不离于……"。① "宗"即是"道","道,渊兮似万物之宗"(《道德经》四章)。"精"是道之精,"真"是道之真。② 也就是说,上三品人的生活方式是"不离于道",但这个道是"天道"与"地道",尚

(接上页注①)谭戒甫,"《庄子·天下篇》校释",见刘小枫、陈少明主编,《经典与解释 23:政治生活的限度与满足》,北京:华夏出版社,2007,页 217。

① 参刘小枫,《共和与经纶》,前揭,页 242。

② 参高亨,"《庄子·天下篇》笺证",见张丰乾编,《庄子天下篇注疏四种》,前揭,页 174。

未深入"人道"(上三品并少与下三品直接交流),上三品人"独与天地精神相往来"(《庄子·天下》)。在上三品人之下,接着是圣人,圣人的生活方式不再是"不离于……",而是"以……",不仅圣人如此,下三品人的生活方式皆是"以……",上三品人与下四品人的区分,在于他们凭靠的生存根基不同。圣人的生存方式虽然是"以……",但圣人所凭靠的生存根基却与上三品人有紧密关联。"以天为宗",是法天道;"以德为本",是法地道;"以道为门",是总"天道"与"地道"精神而见"道"本身;"兆于变化",不仅直接见识天道、地道纷繁变化背后的道本身,并"以"这个"道"本身"兆于变化"。能"兆于变化",是说圣人有预知能力,有先见之明,不过,这个"兆于变化"是能预知什么变化? 圣人法天道与地道,然后以道为门,最终是为了"兆"于"人道"的变化,天道、地道、人道背后皆相通于道。能兆知人道变化,就不仅能沟通上三品人,也能辐射下三品人。

　　前文谈过"圣"、"王",很有可能是"圣王"的两种面相,就其接通上三品人而言,称其为"圣",就其导引下三品人而言,称其为"王"。圣王兆于变化,内圣而外王。"圣王"由内圣开出外王的过程,正好贯通天下七品人,说居于其间的"圣人"拥有涵括天下七品人的道术,并非无稽。不过,尚有一个疑问:既然圣王贯通七品,《天下》篇的作者,为何不言"……谓之圣王",而言"谓之圣人"?前文提到过一种可能,就是"圣"与"王"是两种人,这里不提"圣王",无非提醒注意"圣"与"王"的差异。"圣",并不具有实际的政治身位,在这一点上,"圣"显然有别于"王"。在庄子生活的战国时代,诸侯称"王"已是司空见惯,但"诸侯"称"王",并不能保证可以推行好的政制(王制),"王"的品质已经败坏。好政制的源头其实于"圣",而非在"王"。《天下》篇作者不言"圣王"而言"圣人",并将道术命脉系之于圣人而非王者,似乎暗示,只有掌管道

术的圣人，①才能为在地上生活的下三品人制作好的政制。作为
地上生活最高统治者的王，或并不具备制作好政制的能力（除非
他本人就是圣人）。因此，王者推行好政制的唯一可能，就是沿用
圣人制作的政制法典，这才是"圣有所生，王有所成"所讲述的
"圣"、"王"之间的真正关系。

《天下》篇的作者，在方术泛滥、王者迭出的战国时代，重新表
彰道术与圣人，足见其经世之心。拉开"圣""王"之间的距离，不
仅在于厘定好政制的来源，更在于为现实王者的政制寻找理想政
制的标准。人间政治的永恒秩序源于人性的秩序，理想政制的制
定者，只有可能来自于对天下七品人的人性差异拥有整全见识的
圣人。人间现实政治的王者，虽然不是圣人，但人间永恒的王者无
疑是圣人。圣人虽然没有现实的王者身位，却有着人间政治永恒
王者的身位，这是以"圣人"为"素王"的正当性理据。"玄圣素
王"之说，首见于《庄子》（《天道》篇），足见《庄子》一书对人世政
治的精深见识。

《天下》篇作者对圣人的界定用"以……"这样的句式，与下三
品的句式相同，从表面上将圣人与上三品人隔开，并与下三品人建
立起更为直接的关系。上三品人的生活与下三品人的生活方式截
然不同。上三品人虽然生活在尘世政治之中，却游离于尘世政治，
"独与天地精神相往来"。观《论语·宪问》中的晨门、荷蒉者以及
《微子》中的楚狂接舆、长沮、桀溺、荷蓧丈人，可以想见三上品人
的生活方式。上三品人与下三品人的生活方式格格不入，《微子》
中的子路，无法明白上三品人的生活伦理，子路用来批评荷蓧丈人
等人的言辞，依据的是属于下三品人的政治伦理。子路向孔子转
达上三品人的话，孔子怃然而叹："鸟兽不可与同群，吾非斯人之
徒与而谁与？天下有道，丘不与易也。"圣人选择与"人"生活在一

---

① 比较《荀子·解蔽》的说法："圣人者，道之管也"。

起,这里的"人",是"下三品"之人,这里的"鸟兽"是天地精神。孔子之所以要与人同群,不愿像上三品人一样往来于天地精神,原因就在于"天下无道"。圣人最终无法超脱的是悲悯救世之心,这一点也是圣人与上三品人的差异所在。上三品人"不离于"天地精神,圣人之所以"离于",就在于圣人离于天地精神而驻足人间。若天下有道,则"吾与点也"(《先进》),圣人又何尝不想过自在自得的生活。

前文提过,《论语》的目标是教养君子,由此可以理解,为何《论语》中的上三品人显得与《论语》所认同的价值伦理格格不入。在《论语》中,上三品人对孔子说过话,但孔子没有机会与上三品人展开对话,有过对话的是子路,可子路完全不理解上三品人的生活方式。在《论语》中,孔子并没有批评过上三品人,唯一的批评来自于子路(《微子》)。① 鉴于《论语》的教育宗旨,《论语》的编者隐去孔子与上三品人的对话以及对上三品人的评价,孔子与上三品人的沟通见于《庄子》与《列子》等书。《论语》之所以隐去这一点,因为上三品人遵循的生活原则并非人间的政治伦理原则,上三品人的性分属天,下三品人的性分属地,"本乎天者亲上,本乎地者亲下,则各从其类也"(《周易·乾·文言》)。《论语》隐去上三品人的生活原则,目的在于让上三品人的生活原则不去干扰下三品人的生活原则,他们之间的生活方式有太大的不同。隐去上三品人的生活原则,更在于为下三品人的生活立法,他们的性分使得他们都需要"以……"某种法则来作为生活的依靠。上三品人的生活"不离于"道,下三品人的生活"离于"道,因此,需要掌握道术的圣人来为脱离于"道"的下三品人制作"不离于"道的生活法则。

《论语》中,还有一个现象尤其值得注意,孔子反复否认自己

---

① 关于《微子》中隐者与子路以及孔子之间关系不同角度的分析,可参李长春"政治生活:批评与辩护",见陈少明主编,《思史之间:〈论语〉的观念史释读》,上海:上海三联书店,2009,页 210–224。

的"圣人"身份。在《述而》中，孔子自云："若圣与仁，则吾岂敢，抑
为之不厌，诲人不倦，则可谓云尔已矣。"孔子说自己不敢居圣人
身位，唯一能做的，是不断勉力进取。在《子罕》中，有一段太宰与
子贡的对话，太宰问子贡说："夫子圣者与？何其多能也"，子贡回
答说："固天纵之将圣，又多能也"。在太宰和子贡看来，孔子如此
多能，完全可当圣人身份。孔子听了这段对话，说："太宰知我乎？
吾少也贱，故多能鄙事。君子多乎哉？不多也。"太宰以"多能"的
标准来评价孔子为圣人，子贡说孔子的多能是上天赋予圣人的，孔
子却说，自己的多能并非天生，而是出于自小的锻炼积累，是"为
之不厌"的结果。孔子非但没有将自己看作圣人，还降低自己的
身位，说自己是"君子"。《述而》中，孔子说："圣人，吾不得而见之
矣，得见君子者斯可矣"。由于圣人"兆于变化"，能看到人性格局
的差序，圣人既能见出"性分"，又掩盖"性分"，甚至要隐藏自己的
"圣人"身份，为什么？

《周易·系辞上》在谈及"性"的生成时说：

> 一阴一阳之谓道，继之者善也，成之者性也。仁者见
> 之谓之仁，知者见之谓之知，百姓日用而不知，故君子之
> 道鲜矣。显诸仁，藏诸用，鼓万物而不与圣人同忧，盛德
> 大业至矣哉！

这短短的一节，谈论人"性"的生成之后，紧接着谈论了五种
人：仁者、知者、百姓、君子、圣人。仁者与智者比百姓的眼力高，对
于道，百姓日用而不知，仁者和智者却各有所见。"一阴一阳之谓
道"，继善而成之性本有阴阳，仁者所见为性之阳，智者所见为性
之阴，仁者与智者的问题在于，都以为自己见到了人性的全部。从
而根据自己所看的"部分"，衍生出一套关于"人"和"人世"的说
法甚至政治制度，这就是"方术"的来源。战国之际兴起的"性善"

说、"性恶"说之类的主张,皆可从这个层面加以理解。① 道术裂为方术,最终源于对"人性"的残缺认识,源于所谓的仁者、智者"皆以其有,为不可加矣"的自以为是。② "日用饮食,民之质矣"(《诗经·小雅·天保》),百姓关心的是衣食住行、生老病死,至于背后的道理,他们没有探寻的欲求。智性高一些的仁者与智者则不一样,他们并不满足于生活的表象,试图探求生活背后的道理,但囿于自身的视角,未见道的整体。此节说"故君子之道鲜矣",无异于说,君子既不是日用不知,也不如仁者智者执着于自己的偏狭见识。君子能统合仁智,对人性与人道已渐具粗略的整体之象,君子能善群,便源自这种整体见识。自然之道"显诸仁,藏诸用,鼓万物而不与圣人同忧",圣人忧虑什么? 圣人是人间政治的立法者,立法是为了稳定人间的政治秩序。前面四种人中,百姓日用不知,君子能善群并能服膺圣人教训,唯仁者与智者固执一己之见,有扰乱秩序的可能,这是圣人之所忧。进一步说,仁者与智者的见识,很有可能道听途说自圣人关于"性与天道"的说法。由于仁者与智者的性分有限,无法达到圣人的境界,即便听到性与天道的说辞,也无法深透理解,故"执一"而行,反而扰乱大道。圣人忧虑于此,便将性与天道之言隐去,效法天道,显诸仁而藏诸用。

> 圣人以此先心,退藏于密,吉凶与民同患。神以知来,知以藏往,其孰能与此哉? 古之聪明睿知,神武而不杀者夫。(《周易·系辞上》)

"先心",有的版本写作"洗心",刘瓛、王肃、韩康伯本作"洗",意为"洗濯万物之心",蔡邑《石经》、京房、荀爽、虞翻、董

---

① 详见第五章:"文质与政制品质"。
② 关于仁者、智者混淆道说的论述,可详参章学诚的《文史通义·原道》。

遇、张璠、蜀才本作"先"。① 据此处的上下文推断,当作"先心"为宜,正承上一句"蓍之德圆而神"而来。蓍神知来,故为先心,与《天下》篇说圣人"兆于变化"的预知能力相应,"先天而天弗违,后天而奉天时"(《周易·乾·文言》)。② "洗心",是说"洗濯万物之心",或说洗去一己私欲,廓然大公。不过,"洗心"似无必要退藏于密。唯"先心"须退藏于密,原因就在于"人心之危"。"先心"退藏于密的关键,在于对性分危局的认识,此先心唯圣人有能力持守,并做到廓然大公,不为一己之私。从这个意义上讲,先心兼具洗心之义并深于洗心。圣人之先心若不退藏于密,仁者智者"得一察焉以自好",道术恐毁之于方术,"故天下每每大乱,罪在于好知"(《庄子·胠箧》)。好知的后果,是以纷繁说辞扰乱人心,"天下脊脊大乱,罪在撄(扰乱)人心"(《庄子·在宥》)。在这个意义上,才能理解老子所谓的"绝圣弃智"(《道德经》十九章)。"绝圣弃智"相应于"先心藏密",学者多以此为道家反对儒家的证据,实为一孔之见,未达老子高明。退藏于密,吉凶与民同患,即老子所谓的"和其光,同其尘,是谓玄同"(《道德经》五十九章)。圣人虽然藏起先心,但并未藏起先心致福于民的向度。退藏于密,是藏先心之体而非藏其用,"为是不用而寓诸庸"而已。

如此,才能想通孔子为何说自己"述而不作",明明是参用四代,又说"祖述尧舜"、"宪章文武",③也才能更深一层理解夫子为何不言性与天道。夫子不言性与天道,不仅在于忧虑仁者智者固执一端破碎道术,同样在于性与天道实"天之所为",人力无法改善。夫子将先天之学隐藏起来,突出后天之学,隐藏"性分"而突出"性情"。所谓"性相近,习相远",是用"近"掩盖"性分",用

---

① 参李道平撰,《周易集解纂疏》,前揭,页597。
② 参潘雨廷,《周易虞氏义象释》,前揭,页401。
③ "述而不作"的问题,本文不作展开,详另文。

"习"突出"性情"。"性情"属于"人之所为"的范畴,所以孔子尤重"学""习"。"子曰:如有周公之才之美,使骄且吝,其余不足观也已。"(《泰伯》)"周公之才"属先天禀赋,"骄且吝"属天性情失修,孔子观人,看重的是后天的修身功夫。因为"性情"可加以引导和调教,故《论语》以"学"开篇。因为"君子"为道德之称,"性情"可通过后天调教渐成"德性",因此《论语》以"君子"作为教养目标。

六、得见君子

成书东汉的《白虎通》,在解释"君子"时说:

> 或称君子者何? 道德之称也。君之为言群也;子者,丈夫之通称也。故《孝经》曰:"君子之教以孝也,下言敬天下之为人父者也。"何以言知其通称也,以天子至于民。故《诗》云:"凯弟君子,民之父母。"《论语》云:"君子哉若人",此谓弟子。弟子者,民也。(《白虎通·号》)

"君子"作为"道德之称",到汉代几乎成了经师的共识。无论天子还是庶民,只要修身有德,都可以成为君子。君子不再是实际政治身位的名号,而是一种德性品质的称谓,后世所理解的君子,大都沿袭此义。不过,"君子"之称,最初其实与"道德"并无瓜葛,更非天子至于庶民的通称。西周以及春秋前期,君子都是指在位的贵族,[1]庶民即便有道德在身,也不能称君子。君子,从贵族

---

[1]　参赵纪彬,《论语新探》,前揭,页105;余英时,"儒家'君子'理想",见氏著《中国思想传统及其现代变迁》,桂林:广西师范大学出版社,2004,页139—140;李亚彬,《道德哲学之维——孟子荀子人性论比较研究》,北京:人民出版社,2007,页16—17。

之称变为道德之称,经历了比较漫长的演化历程,最后确定在孔子。① 在孔子的文章中,成为君子的前提不再是贵族身位,而是道德身位。《白虎通》以君子为道德之称,是对孔子厘定君子内涵的最终认定,君子成了精神贵族,"乐道者谓之君子"(扬雄,《法言·道术》)。②

《论语》以君子为教养目标,故其首尾两章的主题均为君子:

> 子曰:学而时习之,不亦悦乎? 有朋自远方来,不亦
> 乐乎? 人不知而不愠,不亦君子乎? (《学而》)
> 子曰:不知命,无以为君子;不知礼,无以立也;不知
> 言,无以知人也。(《尧曰》)

前文曾讨论过,"分于道谓之命"或"天命之谓性"的"命",就是"性分","知命",是知道自己的性分。孔子云"五十而知天命"(《为政》),微言是说最终认识到自己的"圣人"身位,于是有"子畏于匡"时的感叹:"文王既没,文不在兹乎"(《子罕》)。③ 这里的"不知命,无以为君子",是要君子认清自己的性分,而认清自己的性分或性命恰恰要通过"学而时习之"来实现。礼不仅是对性情的引导,也包含着对性分的规定,不同性分的人对应不同的礼数,并以此维系整个社会的人性格局。"有朋自远方来",正是说明人在世间心性格局中升降挪动的过程,找到自己性分所属,才算是找

---

① 关于"君子"涵义的演变,可参余英时,"儒家'君子'理想",前揭,页137–156;林贵长,"孔子与'君子'观念的转化",见《天府新论》,2008(2),文末附有丰富的参考文献。

② 扬雄,《法言义疏》,汪荣宝义疏,北京:中华书局,1987。

③ 据钱穆考证,孔子过匡当在鲁定公十三年冬或十四年春,其时孔子五十五岁,参钱穆,《先秦诸子系年》,商务印书馆,2005,页35–40。关于"文王既没,文不在兹乎"与孔子"知天命"之象的说法,参潘雨廷,"孔子与六经",见氏著《易学史发微》,上海:复旦大学出版社,2001,页44–45。

到自己安身立命之所,这就是"不知礼,无以立"的道理。"知人",是对君子的最高要求,"人不知而不愠",是君子已知人以群分的事实,并能虚己善群。如此看来,《论语》首尾两章不仅皆以君子作为主题,其对君子的具体教养也有深刻关联。《论语》以讨论君子教养的两章编列于首尾,无异于圈定《论语》的主题就在于教养君子,《论语》为何要如此突出"君子"?

古之君子,实为"百官",或说"君子"是在位执政的"百官"。后来,君子渐渐脱离百官,成了与"道德"相关的一个群体。换句话说,"百官"并非"道德"之称,君子脱离百官,表明百官与道德的关联要浅得多。"以法为分,以名为表,以参为验,以稽为决,其数一二三四是也,百官以此相齿。"(《庄子·天下》)百官以法名参稽为在世原则,这与以仁义礼乐为生存根基的君子有太大的区别。如果以实际政治身位作为标准,百官显然在君子之上。《天下》篇却将君子提拔于百官之上,接近于圣人,相比于百官,君子更加亲近于圣人,或更能理解圣人。《论语·子路》中,孔子还说"今之从政者"实为"斗筲之人,何足算也",君子上出于百官,还在于百官品质的败坏。如此一来,是否《论语》表彰君子,亦与百官的品质败坏有关? 或是由于君子更亲近于圣人,从而对于人间政治比百官有更深的见识?

"以仁为恩,以义为理,以礼为行,以乐为和,熏然慈仁,谓之君子。"(《庄子·天下》)"仁"、"义"是人世主要的政治伦理原则,[1]"礼"、"乐"是人世的政治制度或说仁义德性的外在形式。作为君子在世依靠的仁义礼乐,同样也是人世政制的基础。如果说圣人为人世立法的主要依据在仁义,主要制度在礼乐,那么,当圣人既殁之时,把守人世政制品质的重任就落在了君子身上。

---

[1] 比较《易·说卦》的说法:"立人之道曰仁与义"。关于"仁"与"义"的具体分析,见第五章第一节"道德仁义礼"。

《论语》以"学"开头教养君子,无非是要君子读透圣人文章(制度典文),操心人世政治。君子切入实际政治有两种方式,这两种方式正好通过文学科的两位科代表体现出来:子游为武城宰,以礼乐为教,君子进入百官行列,并由此提升百官的政治品质;子夏教学西河,以圣人文章教养出更多君子,这些教养出来的君子或"学而优则仕",进入百官之列,或继续执教,赓续圣学火种。

《尚书·舜典》记舜帝命夔"命汝典乐,教胄子",郑玄注云"胄子,国子也",《汉书·礼乐志》云:"国子者,卿大夫之子弟也,皆学歌九德,诵六诗,习六舞,五声、八音之和。"①大致说来,三代礼乐之教的对象,都是贵族子弟,这些贵族子弟成人后,世袭为官。卿大夫世袭制度,大概三代皆有。不过,世卿制的前提,是后来成为卿大夫的胄子打小就接受礼乐之教。可是,当孔子提出"得见君子"时,西周宗法政制已渐渐解体,并带起整个礼乐政制的崩溃。②世卿制虽然存在,负责教养胄子的官学却早已破败,这也加速了整个周代政治品质的衰颓。换句话说,当时世袭为官的大夫,已经缺乏良好的教育,性情失修,竟至于开始僭取国家权力,所以,孔子有"天下有道,则政不在大夫"的喟叹(《季氏》)。孔子去三桓、张公室的政治行动,直接针对的就是大夫专政的春秋政治时局。由此可见,提出"得见君子"的主张,的确与"百官"品质的败坏有关。《春秋公羊传》表出《春秋》"讥世卿"的微言,③也可以由此得到理解。"世卿,三代所同,欲变世卿,故开选举,故立学造士",④孔子对于世卿的批判,同时带起的是对君子的教养。孔子将君子规定为道德之称,是要摆正德性与政治的关系。世卿为政的前提在于其贵族身位,但出生贵族并不能保证其为政的品质,为政的品质需

---

① 参孙星衍,《尚书今古文注疏》,前揭,页69。
② 参陈来,《古代思想文化的世界》,前揭,页245-265。
③ 《春秋公羊传》点出《春秋》讥世卿的说法共两次,分别见于隐公三年和桓公四年。
④ 见廖平,《知圣篇》,前揭,页188。

要"学习"先王典章来慢慢积淀。《论语》编者以《学而》开头,继之以《为政》,"学而后为政",可谓深知夫子之意。

《论语》以"学"开头教养君子,将君子与六经联系起来,君子对政治的理解以至于对政治品质的把守,主要来自于对六经的学习。前面讨论《论语》中涉及文质关系的四章时发现,《论语》谈论文质关系的对象几乎都是君子,但为什么将文质关系的讨论与君子的修养联系起来,当时还无法回答这个问题。现在,才恍然:真正以六经文章来修治身心的人,只有君子。上三品人视六经为刍狗。① 圣人虽制作六经,但圣人不世出,也不可能通过教育培养出圣人。百官按照外在的法规行事,这套法规虽衍生自六经,却已蜕变为一套规矩,没有引导而只有约束心性的作用。至于百姓,"日用而不知"。只有君子,才能将六经文章的精神,化入自己的质性中,从而成为文质彬彬的君子。

理解"文质彬彬",需要澄清"质"的涵义作为前提,之所以花如此多的篇幅来谈探讨人性,就是为了探明"文质彬彬"的"质"到底隐藏着多少奥秘,同时才能搞清楚,所谓的"文质"关系到底在处理什么问题。作为"质"的人性有两个层面,一是先天"性分",一是后天"性情"。由于质性有两个层面,就应该想到,"文质彬彬"也应当含有两个层面:一是性情层面,这一层比较好理解,即文章引导性情成为德性;另一层面是性分,这个层面上的文质彬彬,又该如何理解?通过对《庄子·天下》篇七品人的分析可以看到,每一品级的人,由于性分不同,对应着全然不同的生活方式与制度,君子不能以法名参稽为生活依靠,百官也无法以仁义礼乐为追求。换句话说,每一品级的人,相对而言都有匹配于他们质性的生活制度,相应性分的人最终找到相应的生活方式和制度依靠,就

---

① 《庄子·天运》篇言孔子所修经书为"先王已陈刍狗","先王之陈迹",《天道》篇以圣人之言为"古人之糟粕"。

算达到了文质彬彬的状态。这个意义上的文质彬彬,正好接通孔子的"正名"思想,这个话题,会在第五章接着讨论。因为要探讨文质关系背后所隐藏的对政治制度的思考,不仅需要对人的质性有基本的认识,还必须花些功夫进一步认识"文"(六经)的性质与古典诗教的要旨。

第四章　文章与古典诗教

一、文不在兹乎

就现有文献而言,古代最早对六经的称引见于《庄子》的《天运》篇与《天下》篇,[1]其中,对六经做出精要概说的是《天下》。《天下》篇论述天下七品人之后,紧接着说:

> 古之人其备乎!配神明,醇天地,育万物,和天下,泽及百姓,明于本数,系于末度,六通四辟,小大精粗,其运无乎不在。其明而在数度者,旧法、世传之史,尚多有之;其在于《诗》、《书》、《礼》、《乐》者,邹鲁之士、缙绅先生多能明之。《诗》以道志,《书》以道事,《礼》以道行,《乐》以道和,《易》以道阴阳,《春秋》以道名分。其数散于天下而设于中国者,百家之学时或称而道之。

---

[1] 参廖名春,"'六经'次序探源"和"论'六经'并称的时代兼及疑古说的方法论问题",见氏著《中国学术史新证》,前揭,页3-26,27-50;吕思勉,"六艺",见氏著《吕思勉读史札记》,上海:上海古籍出版社,2005,页503-508。

"古之人其备乎",这里的"古之人",指古之圣人,①"备"的涵义是说,圣人既能沟通"本乎天者"的上三品人,又能沟通"本乎地者"的下三品人。圣人对人类性分具有整全完备的视野,对各类性分的人都能给予恰当的理解,即便处于最低品级的百姓,也能受到圣人制度的养护。圣人之所以能做到"配神明,醇天地,育万物,和天下,泽及百姓",关键在于圣人"明于本数,系于末度"。"本数",是万物生成的性命之理,②具体到人,是"分于道谓之命"的"性分"。"明于本数",是明万物生成之理,明白天下人有七品之分的性命之理。"末度",是与性分相应的具体制度。圣人为人世立法的关键,是认识人性本身的生成原则,此为"明于本数"。然后根据这个"本数"订立人的生活方式与制度,此为"系于末度"。唯其如此,才能做到"六通四辟、大小精粗,其运无乎不在",与整个宇宙时空("六通"指上下四方,"四辟"指春夏秋冬③)融合无间。

古之圣人,不仅"明于本数",还将人的生活"系于末度"。古圣王关于"数"、"度"的见识,不少保留在"旧法、世传之史"中。"旧法",是上古圣王所立之法,譬如《洪范》之类,"世传之史",相当于列国《春秋》以及更早的古代王家史书。"其在于《诗》、《书》、《礼》、《乐》者,邹鲁之士、缙绅先生多能明之",《天下》篇作者在这里谈及《诗》、《书》、《礼》、《乐》时,明显与"邹鲁之士、缙绅先生"联系起来。由于邹鲁之士与缙绅先生实为孔门后裔,相当于是将《诗》、《书》、《礼》、《乐》与孔子联系起来。其实,《诗》、《书》、《礼》、《乐》早在孔子之前已经有了,只不过,孔子之前的《诗》、《书》、《礼》、《乐》相当于"旧法、世传之史"。《天下》篇作

① 参钟泰《庄子发微》,前揭,页758。
② 参考《汉书·律历志》的说法:"数者,一、十、白、千、万也,所以算术事物,顺性命之理";《淮南子·缪称训》的说法:"欲知天道,察其数"。
③ 这里参考的是成玄英的理解,见郭象注,成玄英疏,《庄子注疏》,北京:中华书局,2011,页247。

者之所以将《诗》、《书》、《礼》、《乐》单独列出，并与孔子联系起来，意在表明，孔子经手过的《诗》、《书》、《礼》、《乐》，已经有别于作为"旧法、世传之史"的《诗》、《书》、《礼》、《乐》。换句话说，孔子对《诗》、《书》、《礼》、《乐》做过整理或刊修。在孔子刊修《诗》、《书》、《礼》、《乐》之前，《诗》、《书》、《礼》、《乐》皆为"史"，经孔子修订，《诗》、《书》、《礼》、《乐》变成了"经"。提及《诗》、《书》、《礼》、《乐》之后，《天下》篇作者接着叙述六经的性质，多出的两经为《易》与《春秋》。《天下》篇作者为何不在前面提及四经的时候就摆出六经，六经不都是孔子整理的么？在提及《诗》、《书》、《礼》、《乐》时说邹鲁之士、缙绅先生多能明之，邹鲁之士、缙绅先生之所以能够"明之"，是因为他们从小所受的教育就是来自于《诗》、《书》、《礼》、《乐》。之所以不教《易》与《春秋》，很可能与此二经本身深奥难明的品质相关。相对于《诗》、《书》、《礼》、《乐》，《易》与《春秋》的教养对象要稀罕得多。

前面分析过《天下》提出六经的语境，《天下》篇作者表彰六经，关键在于点出对人性等级拥有整全见识的道术，实际保存于六经之中，要在方术极盛、道术湮灭之际重新回归道术，其要就在回归六经。评骘先秦诸子方术时，《天下》之所以不提孔子，原因就在于孔子修撰六经，恰恰是在传续道术命脉。

自西周而东周，天子失官，纲纪渐散，文史放失，周王室之衰颓已成不可挽救之势。孔子早年适周拜见时任周邦"征藏史"的老子，其时，学术政教依然出于官守，[1]"旧法、世传之史"仍然保存于王家图书馆，故孔子有藏书于周的举动。[2] 征藏史，司马迁在《史记·老子列传》中写作"守藏室之史"，其职在执掌官书，也就是执掌"旧法、世传之史"，可以说，老子的职守在于看护保存于周朝的

[1]　参张尔田，《史微》，黄曙辉点校，上海书店出版社，2006，页1。
[2]　孔子藏书于周，拜见老子，典出于《庄子·天道》，司马迁在《史记·老子列传》中对庄子的叙述有过发挥，可参看。

古代典文。孔子欲藏书于周,其看护古典的精神与老子相通。《述而》开篇言:"述而不作,信而好古,窃比我于老彭。""老彭",郑玄注云:"老,老聃;彭,彭祖",①老子为周之守藏史。据《世本》,"彭祖在商为守藏史,在周为柱下史",可知彭祖与老子皆为看护"旧法、世传之史"的古代史官。② 古代史官看护古典,其精神就在于"述而不作,信而好古"。孔子身为一介布衣,私下将自己比作王家史官,背后隐藏的是对"旧法、世传之史"中古之道术的敏感与追慕。

《天下》篇从"旧法、世传之史"到六经的过渡,不仅隐含着六经与古史的区分,也隐含着六经与古史的血脉联系。如果表彰六经意在凸显孔子与六经的关系,那么,提到"旧法、世传之史",就是暗地里提到老子以及老子所属的道家与古代典章之间的关系,因为道家本来就"出于史官,历记成败存亡祸福古今之道"(《汉书·艺文志》)。孔子自比"老彭",表明自己与古代史官以及与道家的深刻关联,在孔子那里,甚至在《天下》篇作者眼中,儒家与道家其实有着思想血脉上的相通之处。后来儒家与道家的距离越拉越大,原因在于后来的儒道中人,已经够不着其开山祖师的思想深度。③

---

① 见黄怀信等撰,《论语汇校集释》,前揭,页 556。

② 参张尔田,《史微》,前揭,页 21,注释 1。

③ 据笔者管见,辨析孔子与老子关系、儒道关系以及先秦诸子的流变理路甚为允当者,可推张尔田的《史微》一书。孔子见老子这件"事"的意义极其重大,其重大意义并不会因为孔子事实上可能并未见过老子这一"事实"而磨灭。孔子是否见过老子这个问题从古至今聚讼纷纭,近人考辨,更多从年代学的勘定入手,对这一"事件"的思想史意义则少有过问。笔者以为,此问题于今亦可休矣。孔子见老子之事,并非或真或假的事实问题,而是涉及到如何理解中国传统文化根底的大问题。先秦学术,同源而异流,道家与儒家乃古典学术的两座高峰,他们之间的巅峰对决,本来就是厘清中国传统文化特质的绝好机会。即便孔子绝未见过老子,后人仍需基于二者的立场,营构两者之间的对话,一如《庄子》书中的"虚构",因为中国文化传统即发源于斯,不辨不明。

　　司马迁在《史记·老子列传》结尾时说:"老子修道德,其学以自隐无名为务。居周久之,见周之衰,乃遂去。""老子修道德","道德"之术在先秦而言,就是帝王术,或道术,①"其学自隐无名"亦与"述而不作"相通。儒家与道家的分判,源于后人见周衰之时,老子骑牛西出函谷关,出离世间,不再关心人事,于是以为道家旨在归隐山林,涵养心性。据《左传》昭公二十二年至定公八年的记载可知,当时周王子朝与悼王、敬王争夺王位,打了十七、八年内战,这段时间就是所谓的"见周之衰"之时。② 这场旷日持久的内战,以王子朝败绩告终,"召伯盈逐王子朝,王子朝及召氏之族、毛伯得、尹氏固、南宫嚚奉周之典籍以奔"(《左传·昭公二十六年》)。王子朝败了不说,要命的是将老子看守的古代典籍一并带走,作为投奔楚王的见面礼。典籍已散,道术失守,老子无奈伏青牛而去。不过,老子并未一走了之,毕竟留下字字珠玑的五千言,此为老子一生阅读旧法世传之史提炼出来的精髓。王子朝携典籍出奔,造成周朝官学的最终崩溃:"太师挚适齐,亚饭干适楚,三饭缭适蔡,四饭缺适秦,鼓方叔入于河,播鼗武入于汉,少师阳、击磬襄入于海。"(《微子》)

　　尽管老子还能在相当长的时间内守住"旧法、世传之史",由此守住道术,但到孔子之时,"旧法、世传之史"已经散落列国,道术已然失守,道术最终蜕变为方术,可能肇端于此。切入这样一种典籍散落、道术失守的处境,才能深入理解孔子周游列国的用心。把孔子周游列国,理解为汲汲出仕以实现自己的政治抱负,恐怕过于肤浅。孔子周游列国,不仅意在考察各国政教,同样在于蒐集散落典籍,要在道术失守的情况下,重续道术命脉。于是,才能"自

①　参张舜徽,《周秦道论发微》,前揭,页31。
②　参高亨,"关于老子的几个问题",见董治安编,《高亨著作集林》(第五卷),北京:清华大学出版社,2004,页238。

卫反鲁,然后乐正,《雅》、《颂》各得其所。"(《子罕》)①

孔子周游列国,始于鲁定公十三年(公元前497年),时年孔子五十五岁。② 当时的背景是,孔子任鲁司寇,其隳三都的政治行动功败垂成,同时,担心鲁国强大,"齐人归女乐,季桓子受之,三日不朝,孔子行。"(《微子》)孔子隳三都不与阳货同谋,意在张公室,但隳三都的政治成果却被季桓子窃取。季桓子反过来借孔子打击陪臣势力,陪臣势力铲除之后,自然疏远孔子。齐人赠鲁国女乐,季桓子耽于女乐三日不朝,可见其心腹之患已经扫除。此时的孔子,必定在极深的思想层次上反思自己的这场出仕行动,然后毅然去鲁。

孔子去鲁之后,第一站是卫国,然后是陈国。在从卫到陈的中途,经过匡地,匡人曾受阳货迫害,误将过路的孔子认作阳货,于是拘囚孔子。在"子畏于匡"的危难之际,孔子仰天而叹:

> 文王既没,文不在兹乎! 天之将丧斯文也,后死者不
> 得与于斯文也;天之未丧斯文也,匡人其如予何! (《子
> 罕》)

---

① 孔子周游列国的意义,可参考廖平的说法:

> 孔子周游,非以求仕,天命有在,五十已知。惟是九州风土,四代典制,必须周游乃定取舍。《论语》开宗即以闻政标其宗旨,以见驰驱不为投贽。自卫返鲁,然后正乐,此周游之效也。禹贡之山川,南北之风气,二千余年犹不能出其范围,非神智何能如此。俗说乃以孔子急欲求仕,又不能下人,所如不合,岂知圣人道行德和,捷于影响。子禽惊其奇,子贡略能窥其奥,而俗说乃以腐儒视孔子,且以迂谬固执学孔子,天下所以无人才也。(廖平,《论语汇解凡例·周游闻政》,见氏著《新订六艺馆丛书》,成都:存古书局,1921)

② 参钟肇鹏,《孔子年谱》,见张岱年主编,《孔子百科辞典》,上海:上海辞书出版社,2010,页799。

　　"文王"为周代受命之王,孔子于此危难之际呼"文王"之名,
至少有两层含义:表层含义是说,文王既没,开创自文王的周代文
化传统如今分崩离析,唯孔子一人汲汲于蒐集放失文典,传承周代
文化命脉。此时,孔子从隳三都、张公室的"吾其为东周乎"(《阳
货》)的思想,已经上出接通于西周文王的思想。更深一层含义是
说,文王既没,但斯文并没有随文王的死去而消失,文王同样是斯
文的传续者。这里的斯文,就是"旧法、世传之史",孔子与文王一
样,是"斯文"中的古之道术传承者。《诗》、《书》以及古代青铜器
铭文中,经常出现"文人"一词,不过,如此意义上的"文人"不是如
今意义上的文人,而是像"后稷"、"文王"这样的先公先王,只有拥
有巨大政绩的王,才能当得起"文"这个称号。①《尚书》断自尧
舜,《尧典》开篇即言"帝尧曰放勋,钦明文思安安",《论语》中孔
子称尧"焕乎其有文章"。尧禅位于舜,《尚书·舜典》开篇言"帝
舜曰重华,协于帝,浚哲文明"。至于禹,《大戴礼记·五帝德》中,
"孔子曰:高阳之孙,鲧之子也,曰文命。"尧有"文思",舜有"文
明",禹有"文命",姬昌谥号"文王",三个时代的文明担当者皆曰
"文",似乎是说三代政统的正当性其实是"文统"。由于"文"保
存着古之道术,"文统"实际相当于"道统","道统"、"文统"、"政
统",三者本质上相通。《论语》中两次提到"文章",一次是说尧帝
"焕乎其有文章",一次是说"夫子之文章",言下之意,是暗暗抬升
孔子的身位与尧帝齐平。《中庸》言"仲尼祖述尧舜,宪政文武",
实将孔子列于帝王道统之中,孔子之所以有资格列于帝王道统,正
是因为"夫子之文章"。这里所谓的夫子文章,就是孔子周游列国
收集整理而成的六经。"文王既没,文不在兹乎",是《论语》中唯
一一正面提到"文王"的地方,还有一处隐射文王的地方见于《泰

①　参陶磊,"'斯文'与中庸之道——兼谈'层累地造成的中国古史'观的证据的问
　　题",见关世杰主编,《人类文明中的秩序、公平公正与社会发展》,北京:北京大学
　　出版社,2009,页471-472。

伯》中的"三分天下有其二,以服事殷",此处的主题恰恰是"让王"。在政治现实中,文王没有实际称王,换句话说,孔子在《论语》中对"文王"的提法可能并不看重"文王"实际上这个人或这个王,而更看重"文王"之"文",由"文"而"王",在这个意义上"文王"与"素王"的意义庶几相通。"六艺典章,据帝王为蓝本,从四代而改,不便兼主四代,故托之于文王。欲实其人,则以周之文王当之。"①从这个意义上看,孔子就不仅接通西周的文王,更是接通三代文人的文统与道统。孔子在去鲁之当年有志于搜集"旧法、世传之史",重整三代典籍,"文不在兹"的说法,实可当孔子的知命之说。

孔子五十而知天命,天命在收拾典籍,赓续道统。先秦重新整合方术为道术的行动一共可能有两次,第一次是孔子收拾散落列国的典籍,修撰成六经;第二次是《天下》篇作者(极可能是庄子)通过评骘天下方术,回归道术与六经,并最终回归于孔子。道术是对天下七品人性分与性情倾向的准确认识和把握,古圣王通过这些见识,订立相应制度,这些制度慢慢沉淀为"旧法、世传之史"。换句话说,孔子通过整理这些古传制度而得的六经,其实本身已经是近乎"文质彬彬"的制度之书。道术不仅包含着对人性的把握,还包含着基于人性而订立的制度。从这个意义上讲,"文质彬彬",讨论的是"人性"与"政制"的关系。古之道术的实质,是对人间最佳政制的认识。如此一来,探讨文质关系,当然不单单涉及到人的德性修养问题,同时也涉及到理想政制的问题。

二、诗 言 志

如今,我们喜欢将孔子看作中国第一位教育家。以孔子为第

---

① 见廖平,《知圣篇》,前揭,页175。廖平甚至以为"《文王》篇'本支百世',即王鲁;'商之孙子',即素王。故屡言受命、天命,此素王根本也。"见前书,页180。

一位教育家,没有什么问题,孔子不仅为后世两千年的教育订立了标准教本——"六经",同样订立了教育对象的培养标准——"君子"。在天下七品人中,只有君子真正以六经文章修治自己的心性,是否可以因此说:六经的教育对象就是君子? 孔子修撰六经,不仅意在确立文质彬彬的政治制度,同样意在培养文质彬彬的君子。如果一如孔子所言:"制度在礼,文为在礼,行之其在人乎"(《礼记·仲尼燕居》),那是否可以说:通过文质彬彬的六经教养文质彬彬的君子,最终是为了让培养出来的君子促进或史或野的现实政治制度逐渐走向文质彬彬?

接着来看《庄子·天下》篇:

> 其在于《诗》、《书》、《礼》、《乐》者,邹鲁之士、缙绅先生多能明之。《诗》以道志,《书》以道事,《礼》以道行,《乐》以道和,《易》以道阴阳,《春秋》以道名分。

《庄子》是最早完整提到六经的先秦典籍,《天下》篇最早对六经性质作出说明。《天下》篇提及六经有个特点,先说《诗》、《书》、《礼》、《乐》四经,将这四经通过"邹鲁之士、缙绅先生"与孔子关联起来,然后重新完整提及六经并说明六经性质,前四经与后六经的差异在《易》与《春秋》。前四经"邹鲁之士、缙绅先生多能明之",是孔子推广文教的结果,不提《易》与《春秋》,是否意味着孔子推广文教主要以《诗》、《书》、《礼》、《乐》为主,教学内容很少涉及到《易》与《春秋》,这二经或有些异乎前四经的特质。六经的次序如何摆,在经学史上是个不小的问题,主要有两种意见:一是今文经师的意见,六经的顺序为《诗》、《书》、《礼》、《乐》、《易》、《春秋》,与《天下》篇相同;一是古文经师的意见,其顺序为《易》、《书》、《诗》、《礼》、《乐》、《春秋》,即《汉书·艺文志》所列六经的顺序。古文经师对六经的排列主要依据经书产生的时间顺序,今文经师主要依据六经内容的深浅程度,由浅入深,含有设置教育课程的意味。① 不过,《天下》篇尚在今古文分家之前,不能说《天下》篇代表的是今文经师的意见。其实,以《诗》为首的六经次序,在先秦几乎是学术共识,②以《诗》、《书》、《礼》、《乐》、《易》、《春秋》的顺序排列六经,很有可能是孔子晚年的定论。③ 六经既定于孔子,孔子又以六经教养君子,如此,六经的顺序很可能与教养君子的规划相关。从这个意义上看,今文经师的说法似乎更接近古说。

　　“《诗》以道志”,“志”乃心之所之,是一个人的性情倾向,通过一个人的性情倾向往往可以看出这人的性分高低。《诗》为“道志”之书,“道志”,是说《诗》描绘了对某种政治伦理的向往。孔子言“《诗》可以兴”(《泰伯》),就是说部分学子通过诵读这些《诗》所表述的政治伦理,会心向往之。皇侃引江熙之语:“览古人之志,可以兴发其志也”,④与“离经辨志”的意思相通。诵《诗》,不仅可以认识古人志向,也可以熏染出自己的志向。六经以《诗》为首,意在莘莘学子中发现与熏染潜在君子,换句话说,是在区分读者或教育对象。认同《诗》之志的学子,才有可能接下去完成后面三经或五经的教育,要是对《诗》没有感觉,后面几本经书恐怕更加难以进入。《诗》,可谓君子教养的门户。

　　具有君子心性的学子才会真正喜欢并读懂《诗》,然后过渡到

---

① 参周予同,《周予同经学史论著选集》,朱维铮编,上海:上海人民出版社,1996,页6-8。
② 在先秦典籍中,《商君书》的《农战》与《去疆》两篇也称“《诗》、《书》、《礼》、《乐》”(蒋礼鸿,《商君书锥指》,北京:中华书局,1986),《左传·僖公二十七年》也称“《诗》、《书》义之府也;《礼》、《乐》德之则也”,《礼记·王制》也称“《诗》、《书》、《礼》、《乐》”,新近出土的帛书《要》称“《诗》、《书》、《礼》、《乐》”,《郭店楚简·六德》称“《诗》、《书》、《礼》、《乐》、《易》、《春秋》”。参廖名春,“‘六经’次序探源”,前揭,页6-11。
③ 参廖名春,“论‘六经’并称的时代兼及疑古说的方法论问题”,前揭,页27-50。
④ 见黄怀信等撰,《论语汇校集释》,前揭,页694。

《书》。"《书》以道事"，《尚书》记载先王政事，君子志向明确之后，第二步需要认识政治，对政治的认识通过学习记载先王政事的《尚书》来完成。只有对国家政治有宏观感受，才能真正体会礼乐的意义。"《礼》以道行"，礼者，履也，礼是各种政治制度，是人行事的原则与凭靠。"《乐》以道和"，"和"是维系与协调礼制的各种区分，"乐"，从共同体的整体视野来理解礼制。通过这四经的教养，可以说，君子已经具备处理人世政治事务的能力，君子的教养可以宣告结束。孔子云"兴于诗，立于礼，成于乐"（《泰伯》），又据《孔丛子·杂训》所记："夫子之教，必始于《诗》、《书》而终于《礼》、《乐》"。① 至于"乐"教，已达小成，所谓的"邹鲁之士、缙绅先生"，基本完成的是这一层面的君子教养。

　　君子完成前四经的教养之后，好学深思者还可以继续学习后面的《易》与《春秋》。《诗》、《书》、《礼》、《乐》与《易》、《春秋》的区分在于，前四经谈论的是人间政治本身，后二经谈论的是人间政治的基础。由于人间政治已经过于复杂，要看清政治背后的道理，需要更上一层楼的眼力和功夫。"《易》以道阴阳，《春秋》以道名分"，《周易·系辞上》云"一阴一阳之谓道"，《易》以道阴阳，具体阐明人世政治背后的"道"；"名分"，是制礼作乐的依据，《春秋》以道名分，阐明政治制度背后的实质。在《史记·司马相如列传》中，司马迁对《易》与《春秋》作过极为精当的描述："《春秋》推见至隐，《易》本隐以之显"。"显"为名分，"隐"为阴阳，《春秋》从现实政治世界的名分推至政治世界背后的阴阳之道，《易》本于自然的阴阳之道显现为政治世界的种种名分。《易》，由天道而人事；《春秋》，由人事而天道。人世政制的正当性基础出于自然的阴阳之道，名分应该以阴阳为基础，人法天地，天地法自然。六经以《易》与《春秋》殿后还有一层涵义，前四经基本上属于理想政制，

① 　傅亚庶撰，《孔丛子校释》，北京：中华书局，2011。

甚至包括《尚书》所言的政事,大都具有正面意义。之后的《易》教,是要深入理想政制的背后,看清楚各种制度的制定原则,才能按照制度背后的制作原则,对随时代变化逐渐出现的一些不合理制度做一番斟酌损益。明白"不可为典要,唯变所适"的道理,真正做到"观其会通,以行其典礼"(《易·系辞上》)。获得《易》教的眼力与标准,才能从理想政制过渡到讲述现实政治的《春秋》,才能面对并看清现实政治的各种乱象,进而体会圣人对现实政治的拨乱反正之道。

《礼记·乐记》云:"故知礼乐之情者能作,识礼乐之文者能述。作者之谓圣,述者之谓明。"对应到这里的六经与君子,可以说,礼乐之文在《诗》、《书》、《礼》、《乐》,礼乐之情在《易》与《春秋》。君子通过《诗》、《书》、《礼》、《乐》,能识礼乐之文,通过《易》与《春秋》,能逐渐明白圣人制作礼乐之情,从而亲近圣人。君子通过《易》与《春秋》理解圣人,同时,也可以通过演变于六经(主要是《礼》与《春秋》)的法名参稽这套规矩,理解百官。《天下》篇的下四品人,配上六经,可以衍生出这样一种格局:

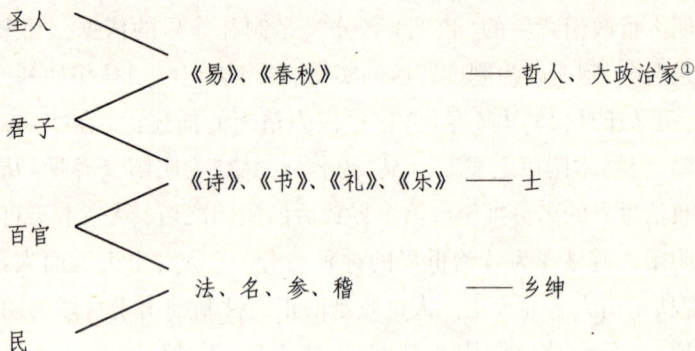

```
圣人 ╲
      ╲  《易》、《春秋》    ── 哲人、大政治家①
      ╱
君子 ╱
      ╲  《诗》、《书》、《礼》、《乐》 ── 士
      ╱
百官 ╲
      ╲  法、名、参、稽    ── 乡绅
      ╱
民  ╱
```

---

① 在中国古代,尤其是先秦,不少大政治家同时也是哲人。

明白君子与《六经》的关系，再回头来揣摩"诗言志"的命题。
除了《天下》篇说"《诗》以道志"之外，先秦的很多典籍都涉及过
"诗言志"的命题。① "诗言志"的说法，最早见于《尚书·舜典》：

> 帝曰：夔(人名，舜的乐官)！命汝典乐(当乐官)，教
> 胄子，直而温，宽而栗(谨慎)，刚而无(毋)虐，简而无傲。
> 诗言志，歌永(咏)言，声依永，律和声。八音克(能)谐，
> 无相夺伦(不扰乱彼此次序)，神人以和。

这段经文讲述的是舜帝命主管乐教的大臣"教胄子"，展示出
百官败坏之前的百官教育，当时的百官其实相当于君子。从这段
文辞中，可以清晰看到，"诗言志"的命题最初与"乐教"联系在一
起，且诗教与乐教都旨在培养君子的德性。据考证，古代"诗"与
"志"两个字的意思一样，②因此，后来《说文解字》直接将"诗"训
为"志"。由于"志"有规范与调养性情的功能，③说"诗言志"，是
否是说诗同样有规范与调养性情的功能？《诗纬·含神雾》云：
"诗者，持也"，④诗能持什么？《文心雕龙·明诗》接着这一讲法
说："诗者，持也，持人情性；三百之蔽，义归'无邪'，持之为训，有
符焉尔。"诗，可以持人情性，"持"，到底是什么意思？《荀子·劝
学》云："君子知夫不全不粹之不足以为美也，故诵数以贯之，思索
以通之，为其人以处之，除其害者以持养之。"持，就是持养、葆养
的意思，与前面说的规范、调养的意思相通。诗之所以能持人情
性，关键就在于诗言"志"，"志"的功能恰恰能够调养情性，最后归

---

① 比如《荀子·效儒》："诗言是其志也"；《左传·襄公二十七年》："诗以言志"；《礼
　记·孔子闲居》："志之所之，诗亦至焉"；《礼记·乐记》："诗，言其志也"，等等。
② 参杨树达，《积微居小学金石论丛》，长沙：湖南教育出版社，2008，页40—41。
③ 参第三章第一节："性情与心术"。
④ 见陈乔枞，《诗纬集证》，收于《续修四库全书(经部·诗类)》，第77册，上海：上海
　古籍出版社，1995，页797。

之于"无邪",使得性情成为德性。

刘勰将"持"的对象说成是"持人情性",近代大文豪鲁迅在撰写《摩罗诗力说》时,专门就此事批评过刘勰:

> 如中国之诗,舜云言志;而后贤立说,乃云持人性情,三百之旨,无邪所蔽。夫既言志矣,何持之云?强以无邪,即非人志。许自繇(自由)于鞭策羁縻之下,殆此事乎?①

在鲁迅先生看来,舜帝所说的"诗言志",乃是诗人可以自由表达自己的情志,"后贤"刘勰等却说诗是"持人性情",反而又将人自由表达的情志限制在"无邪"之下,如此,还怎么谈得上自由表达?在鲁迅看来,以"无邪"要求人的情志,无异于许人自由却又加以鞭策羁縻。鲁迅先生说得振振有词,如果没有搞清楚"性情"与"志"之间的关系,恐怕会折服于先生慷慨激昂的说法。按照鲁迅先生的理解,"志"是自由之志,不受任何约束,换句话说,诗言志命题的实质,相当于言说的自由。如果"诗言志"是想说什么就说什么,那人到底是跟着自己的志向在走,还是实际上跟着自己的感觉或欲望在走?回头比较古典诗教中对于言说的论述,几乎看不到鲁迅先生所主张的"言说自由",反而处处提醒君子要"慎言"。② 由于"言为心声",③因此,"慎言"的主题其实主要关乎

---

① 见赵瑞蕻,《鲁迅〈摩罗诗力说〉注释、今译、解说》,天津:天津人民出版社,1982,页43。

② 在先秦典籍中,慎言的主题随处可见,尤其可以参考《论语·学而》的说法:"君子……敏于事而慎于言",以及《易·系辞上》的说法:"子曰:君子居其室,出其言善,则千里之外应之,况其迩者乎?居其室,出其言不善,则千里之外违之,况其迩者乎?言出乎身,加乎民;行发乎迩,见乎远。言行,君子之枢机"。

③ 比较扬雄的说法:"故言,心声也;书,心画也。声画形,君子小人见矣。"(《法言·问神》)

修治性情的问题,关乎到人的精神品质。鲁迅先生切断"志"与"性情"之间的关系,无异于是对古典诗教伦理的否定。

在古典诗教中,人的性情居于被引导的地位。"发乎情,止乎礼义"(《毛诗大序》),"止乎礼义",其实出于"志"的引导功能。从这个意义上讲,诗教其实是引导性的教育或启蒙教育。"诗言志"命题的意义,不仅在于引导人的性情成为符合礼义的德性,同样表明《诗》教在为六经寻找恰当的教养对象,君子。

三、思 无 邪

《论语》全书涉及《诗》的地方大概有 14 处,[1]其中,《为政》第二章孔子论《诗》尤其引人注目:"子曰:《诗》三百篇,一言以蔽之,曰:思无邪。""思无邪"的涵义殊难把握,原因在于"思"与"无邪"的涵义难以确定,衍生出多种理解。[2]据廖平观察:

> 旧说《诗》言志,今《诗》无"志"字,大抵以"思"代"志","思"即"志"。《诗》中"思"字数十百见,即以"思"为"诗","思无邪"即《诗》无邪"。[3]

"诗"、"志"、"思"三者颇有相通之处,可以说,"思无邪"正是

---

① 参赵纪彬,《论语新探》,前揭,页201。

② 关于"思无邪"的解释与研究,可参看高尚榘主编,《论语歧解辑录》,北京:中华书局,2011,页37-40;陆晓光,"孔子'思无邪'本义辨证",见氏著《中国政教文学之起源——先秦时说论考》,上海:华东师范大学出版社,1994,页90-111;赵玉敏,"'思无邪'本义辨证",见氏著《孔子文学思想研究》,北京:北京大学出版社,2010,页176-183。

③ 参廖平,《孔经哲学发微》,见李耀仙编,《廖平选集》,前揭,页306;比较廖平在《知圣续篇》中的说法:"'《诗》言志',《诗》无'志'字,以'思'代之",见《廖平选集》,前揭,页274。

"诗言志"的具体说明。"诗言志"这个命题相对而言比较抽象,志的内容和方向并没有说明,"思无邪"刚好接续并解释"诗言志"的说法,"思无邪"就是"志无邪"。《诗》为言志之书,《诗》之言志,简单说,是为引导君子之"志"变得"无邪"。贾谊《新书·道术》云:"方直不曲谓之正,反正为邪。"①"邪"就是不正,包咸注曰:"思无邪,归于正也",皇侃引卫瓘云:"不曰思正,而曰思无邪,明正无所思邪,邪去则合于正"。② "思无邪"或"志无邪",描述的正是引导性情的过程或"培志"的过程,这一点,可以通过列于《诗经》之首的《关雎》一诗很清楚地看出来。

　　《关雎》一诗,两汉之际有很多讨论,比如在习《鲁诗》的司马迁看来,"周道缺,诗人本之衽席,《关雎》作"(《史记·十二诸侯年表》),"夫周室衰而《关雎》作"(《史记·儒林列传》),"幽厉之缺,始于衽席"(《史记·孔子世家》)。③ 康王时期,本为周朝盛世,在《鲁诗》看来,由于某天康王耽于女色,竟误了早朝,于是诗人作《关雎》以刺康王。诗人透过这一事件,已经见出周道由盛转衰的迹象。不单《鲁诗》以《关雎》为刺康王诗,今文三家《诗》,皆作如是观。④ 夫子有云:"饮食男女,人之大欲存焉"(《礼记·礼运》),男女之间的情欲,是人性自然,天生就有。周康王的问题并不在于他对女人感兴趣,而在于他对女人的兴趣逐渐代替了身为帝王的他对政治的关怀。周康王因为与女子缠绵床第,好色而晏朝,康王已经分不清"志"于女人与"志"于政治的轻重,康王心之所之的方向出了问题。《关雎》点出康王的情欲问题,又因为康王的情欲缺乏节制而耽误政治,无疑更加凸显出情欲问题本身的政

① 贾谊,《新书校注》,阎振义、钟夏校注,中华书局,2007。
② 见黄怀信等撰,《论语汇校集释》,前揭,页100-101。
③ 刘向习《鲁诗》,《列女传·魏曲沃负》言"周之康王夫人晏出朝,《关雎》起兴,思得淑女配君子。"习《鲁诗》的王充亦云:"周衰而《诗》作,盖康王时也。康王德缺於房,大臣刺晏,故《诗》作。"(《论衡·谢短》)
④ 参皮锡瑞,《经学通论》,前揭,页161-163。

治品质。更何况在帝王那里,修身的问题直接与治国问题相关。如果诗人由康王好色晏朝这件事看出周道衰微,其实质就在于作为一国之君的"志"或"思",已经偏离"正道",思有邪。细读《关雎》会发现,《关雎》一诗正是对情欲的引导与调理,目的就是要引导情欲"归于正",符合"礼义"。换句话说,《关雎》引导情欲归于正的过程,就是"思无邪"的过程。

晚近整理出来的《孔子诗论》中,有几条简文,①比较明确地点出《关雎》引导情欲的这一过程。《孔子诗论》从第十简到第十四简,都含有《关雎》的主题,可以挑出其中相关的简文来看:

> [简十]《关雎》之改,《樛木》之时,《汉广》之知,《鹊巢》之归,《甘棠》之保,《绿衣》之思,《燕燕》之情,曷曰终而皆贤于其初者也?《关雎》以色喻于礼……[简十一]《关雎》之改,则其思益矣……[简十二]反纳于礼,不亦能改乎……[简十四]其四章则喻矣,以琴瑟之悦,凝好色之愿。钟鼓之乐……②

《孔子诗论》简十共提到七首诗,接着问:"曷曰终而皆贤于其初者也",为什么这七首诗最后的结果比开初的时候要好? 后面对《关雎》的分析,即在回答这个问题。因此,所谓"《关雎》之改",明显有从开始的"不太好""改"成后来的"好"。不过,"改"的具体内容是什么? 简十在这个问题之后,紧接着说"《关雎》以色喻于礼","喻",即晓谕之义,"以色喻礼",是用男女之间的情爱

---

① 《孔子诗论》简文发表于马承源编,《上海博物馆藏战国楚竹书》(一),上海:上海古籍出版社,2001;对《孔子诗论》的疏释,可参陈桐生,《〈孔子诗论〉研究》,前揭;黄怀信,《上海博物馆藏战国楚竹书〈诗论〉解义》,北京:社会科学文献出版社,2004;俞志慧,《君子儒与诗教》,北京:北京三联书店,2005。

② 简文文字参考陈桐生的《〈孔子诗论〉研究》(前揭)和黄怀信的《上海博物馆藏战国楚竹书〈诗论〉解义》(前揭)。

之事来说明情欲与礼的关系。如此一来,《关雎》之改,可能说的是情欲之"改",情欲如何"改"?《关雎》第一章讲君子看见并喜欢淑女,这是君子的自然情欲,第二章讲君子想得到淑女的炽烈情欲,第三章讲君子翻来覆去地想应该如何得到淑女。前三章重点在于对君子情欲的描写,后两章过渡到对君子情欲的引导。简十四说:"其四章则喻矣,以琴瑟之悦,凝好色之愿",《关雎》第四章则将这一"改"的内容说得很清楚,君子想得到淑女,不能耍流氓手段,而是以"琴瑟友之"以及第五章的"钟鼓乐之"。"琴瑟"与"钟鼓"为古时乐器,在这里象征以合乎礼义的方式来赢得淑女芳心。"以琴瑟之悦,凝好色之愿",君子的好色之心,凝止在"琴瑟友之"、"钟鼓乐之"这样一种合乎礼义的方式上。因此,《关雎》描述的情欲之"改",就是简文十二所谓的"反纳于礼,不亦能改乎",也就是"发乎情而止乎礼义"的意思。《关雎》一诗,将前三章描述的炽烈情欲改化到后两章的礼乐之行,将好色之心"改"成了好礼之心。① 简十一云"《关雎》之改,则其思益矣","思益",就是"思无邪"。

《关雎》一诗,带出的是"好色"与"好德"的关系问题,《关雎》之"改",展示了《诗》调教情欲的过程,也就是从"好色"到"好德"的过渡。不过,最后的"好德"并没有打消好色的自然情欲,而是对情欲加以恰当的引导,使得好色符合好德的标准。从这一层面上可以说,《关雎》当然不是在刺康王的情欲,而是在刺康王的情欲并没有凝止于"礼义"。今文三家诗都认为《关雎》是刺诗,后来却不断有人怀疑这一说法,因为《关雎》居"正风"之首,何况《关雎》"乐而不淫,哀而不伤",很难从中读出刺诗的味道。② 其实,《关雎》作为刺诗与作为"正风"之首并不矛盾,③康王迷恋女色而

---

① 参张丰乾,《〈诗经〉与先秦哲学》,北京:北京大学出版社,2009,页 81-83。

② 参冯登府,《三家诗遗说》,前揭,页 3-5。

③ 参皮锡瑞,《经学通论》,前揭,页 163-165。

晏朝,诗人由此见出周道衰微的苗头。不过,诗人作《关雎》,用心恰恰是在遏制这种苗头,通过引导帝王从好色走向好德,以达到振弊起衰的效果。

通过对《关雎》的分析,可以清楚看到"思无邪"归于正的过程。《诗》的功能在于以礼义的要求引导人的自然欲望,使得人的性情渐渐"改"成德性,从这个意义上讲,"思无邪"与"克己复礼"相通。包咸注"思无邪"为"归于正",何谓正? 在《论语》中,"正"字凡25见,除开副词用法,其它意义均意味着符合"礼乐政教"。①"归于正",就是"反纳于礼",合于"礼乐政教"。《礼记·礼器》云:"礼,释回增美质",郑玄注:"释,犹去也;回,邪辟也;质犹性也"。意思是说,礼,能去除性情中邪僻的东西,从而让人的质性变得更好。换句话说,礼"释回增美质"的过程,正是"思无邪"的过程,也是"克己复礼"的过程。

"思无邪",引导人的自然情欲归于"正","止乎礼义",合乎"复礼"。据马融的理解,"克己,约身也",②相当于夫子所言的"约之以礼"(《雍也》),扬雄云"胜己之私之谓克"(《法言·问神》)。克己复礼,是说能约束自己的私己欲望,使得性情的外发符合礼义的要求,视、听、言、动皆合于礼,③《关雎》五章诗所描绘的正是"克己复礼"的过程。

四、过错与学习

孔子教颜回"克己复礼",颜渊能拳拳服膺,其心三月不违,故

① 参杨伯峻《论语词典》的统计,前揭,页231。
② 见黄怀信等撰,《论语汇校集释》,前揭,页1061。
③ 赵纪彬先生并不同意如此解法,有兴趣者可看看《论语新探》中的"仁礼解故"一文,前揭,页301-340。如此观点,还可参看金景芳、吕绍刚,"释'克己复礼'为仁",见吕绍刚,《庚辰存稿》,上海:上海古籍出版社,页121-128。

《论语》一书中,孔子唯许颜回好学:

> 哀公问:"弟子孰为好学?"孔子对曰:"有颜回者好
> 学,不迁怒,不贰过,不幸短命死矣! 今也则亡,未闻好学
> 者也。"(《雍也》)
> 季康子问:弟子孰为好学? 孔子对曰:有颜回者好
> 学,不幸短命死矣。今也则亡。(《先进》)

《论语》开篇"学而时习之",以学开头,明白何为好学,先要明白什么是学,这就需要进一步来揣摩学习的涵义。

"学"字,甲骨文有多种写法,或作"𢀕"或作"𦥑"或作"𦥻"等。① "𢀕"即"爻",此为"学"字最古老最核心的部件,也是其意义来源。《说文》:"爻,交也,象《易》六爻头交也。""爻"训"交","爻"之交有两层涵义:爻为二乂重迭,"乂"是"五"字古文,《说文》云:"五,从二,阴阳在天地闲交午也。乂,古文五省。""五",甲骨文作"𐤀",上下两横代表天地,中间的乂代表阴阳相交。"爻"字,金文写作"𢆻",为三乂相迭,当《易》三画卦。乂,阴阳交午产生变化,其象可能直接取自筮占时蓍草交错之形,②故学问的最早传承,很可能来源于掌握天地阴阳消息秘密的巫。学字,甲骨文有作"𦥑",两手持爻之象,大致可表示这种学问传承,一只手代表老师,一只手代表学生,爻是教与学的内容。"教""学"二字,构字本身皆同源于"爻",此亦即后人以"学"为"先觉觉后觉"之义。学字的甲骨文还有的写法作"𦥻",则是在"𦥑"的基础上更增加"𠔼"这一部件。可以有两种解释,一是"六",甲骨文"六"作"𠔼",反

---

① 参古文字诂林编纂委员会编,《古文字诂林》第四册,上海:上海教育出版社,1999,页 716-717。下文中出现的甲骨文与金文,均引自此书。
② 冯时,《中国天文考古学》,北京:中国社会科学出版社,2010,页 88。

映三画卦发展而成六画卦,代表着对天地阴阳消息的认识更加精细。另外,还可以将"介"看作象屋之形,代表学堂建制的产生,此义亦有两层:一象官学的诞生,一象知识在房内的秘传。二者并不冲突,最初的官学,习者乃极少数聪明之人。

字,金文作"𮥳",房中更多一"𝒴"。"子",代表学习主体的出现,如今所谓"学子"。"子"亦是地支之首,然"学"中之"子"恐非此义。① 沟通二"子"意义,当在《说文》:"十一月阳气动,万物滋,人以为称。"这一沟通极其精彩。十一月于地支配子,于十二消息卦配复。复者,乾元通坤,一阳来复,见其天地之心。明阴阳消息之道,恰是学"爻"的主题。金文的"𮥳"字,将师生关系,教学内容,学习主体,学校建制,都交代完毕,代表着商周之人对"学"的认识与完善。如今出土的楚简文字,当战国时期,学字写作"𗀁",与金文相比,去掉了"介",大致反映出战国之际的两个变化:一是官学的破败,一是官学散入民间,知识的传授不再为官方所密。

《说文》以"斅"为"学"的古文,实则"斅"当是"教"。甲骨文与金文中,"学"字皆没有"攴"旁,"教"字才有,甲骨文作"𭄀",金文作"𮥐"或"𮥐",“教”字源于"学"与"攴"的结合。《说文》所收文字,唯"𭺁"字可当"学"的原字,且"𭺁"字的确保留着"学"的核心涵义。"𭺁",上为"爻",下为"子",意为"子"在学"爻"。《周易·系辞上》云"一阴一阳之谓道",《系辞下》又云"道有变动,故曰爻",则道之变动,实乃阴阳消息变化之理,换句话说,"爻"代表着阴阳之消息变化。《说文》训"爻"为"交",阴阳相交而生变化,爻字重二乂,一交为一变化,再交则生无穷变化,此即《易》"变易"

---

① 作为子孙的"子"与作为地支的"子",在甲骨文与金文中的写法截然不同,实为二字。参古文字诂林编纂委员会编,《古文字诂林》第十册,页 1065–1083。作为地支的"子"(𝒴),很可能是"营室"四星星象的摹写,参陆思原,《汉字的天文学起源与广义先商文明》,上海:上海社会科学院出版社,2011,页 36–38。

之理。然阴阳相交产生的无穷变化背后,却有某种不变的东西,简而化之即阴阳之道。《周易》要旨在于教人从无穷的变化中看到不变的东西,从"变易"中见"不易",变易背后不易的东西就是"道"。对应人世而言,是教我们从纷繁变化的人类生活背后发现不变的东西,这万世不变的东西即是对人类生活最重要、最根本的东西,这也正是古典教养的核心。如此,"子在学爻",就是从阴阳消息的时代变化中,从纷繁复杂的人类生活中,去探求恒久不变的"道"。可以说,"学"本身就是"明道"的活动。子夏将这层意思说得很清楚:"百工居肆以成其事,君子学以致其道"(《论语·子张》)。由此,亦可知孔子所言"志于学"(《论语·为政》)与"志于道"(《论语·述而》)的关系,"志于学"接通"志于道"。

"学"字构形,金文已经完成,基本写法一直持续到上个世纪。简化字方案推行后,简写为"学"。比较两"学"字字形的变化,亦可见古今之"学"的差异。简体"学"字,"子"的部分与"学校"("宀")的部分都在,关键在于简化的"学"字取消了古字中"爻"这一部件,而"爻"在古代恰恰代表着学的内容和品质。去掉"爻",无异于去掉"学以明道"的学习品质。古人为学"志于道",这个"道"从始至终顶在头上,今之"学"用三点代替"爻"的位置,为学的目的变得含混不明。比较"学"字古今字形的变化,已然可见古今学习品质的重大差异。

关于"学"字,还有一层重要的意思需要重新表彰出来。"学"之核心义可表达为"子在学爻",爻是道之动,学以明道,重在看清阴阳变化。中国古典思想认为,万物之性皆阴阳二气交合而成,人性也不例外,只是每个人身上阴阳二气交合的程度不同。所以人有天性的差异,并表现出不同的倾向,这种倾向与后来志向的形成有极大关系。由于"爻"是阴阳相交所带起的变化,因此,"学"对于禀有阴阳二气的学"子"而言,就有更深层次的指向:要让学子在学道的过程中,在认识阴阳变化的过程中,慢慢认清自己天性禀有的阴阳二气的格局,搞清楚自己的性情倾向或志向,用西方哲学的话来说就是"认识你自己"。这是"学"的另一层涵义,即《白虎通》所谓"学,觉也"。"觉"与"悟",二字转注,《说文》:"觉,悟也。从见,学省声。一曰发也。""悟,觉也。从心吾声。寤,古文悟。""觉",从学从见,学而有所见,从见天地到见自身,从见阴阳到见性情。"一曰发"者,即是将自身性情发出来,发则可见,"发而皆中节"(《礼记·中庸》)。"觉,悟也",觉见自身性情之义,"悟"字讲得更加细致。从"悟"构字来看,从心从吾,见吾本心之义。《说文》记古文"悟"作"寤",即"寤",其义更明。寤,上面两个"五",下面一个"心",两个"五"其实是"爻"字,代表阴阳变化之道。下面一个"心",即是觉悟自身性情的阴阳格局,辨析发现自己的性情倾向。但是,如何发现并调教自己的性情倾向?这就需要去触摸摹写阴阳消息之道的经书,如此意义上的"学",相当于《礼记·学记》所谓的"离经辨志"。触摸经书,体会阴阳变化之道,才能看到自己性情的倾向与缺欠,这就是"大学之道"为何首重"明明德"。搞清楚"明德",才能认清自己不足,由此改过迁善,这个改过迁善的过程,就是"修身"的过程,反过来修治自己的性情,也就是《白虎通?辟雍》所谓的"学以治性"。从这个层面来看,"子在学爻",不仅意味着认识自己,还在于改善自己,这也是为什么孔子唯许颜渊好学的原因。

　　哀公问:弟子孰为好学?孔子对曰:有颜回者好学,不迁怒,不贰过,不幸短命死矣!今也则亡,未闻好学者也。(《雍也》)
　　季康子问:弟子孰为好学?孔子对曰:有颜回者好学,不幸短命死矣!今也则亡。(《先进》)

　　一是哀公问，一是季康子问，孔子的回答都一样：如果要推弟子中的好学者，颜回可当。颜回如何可称好学，《雍也》的这一章说得很清楚，颜回"不迁怒、不贰过"。可是"不迁怒"、"不贰过"如何称得上好学？"学"的关键在"反情治性"（《说苑·建本》），通过学来规导自身性情，在这个意义上，才能理解"不迁怒，不贰过"的好学意义。《中庸》言"喜怒哀乐之未发谓之中"，性情中本有喜怒哀乐之情，在"喜怒哀乐"中，"怒"最难控制，所谓"怒火攻心"、"怒不可遏"，孔子在这里是举"怒"以该性情。人的怒气最容易过分，最难以节制，"不迁怒"并非要人彻底打消怒气，而是不将怒气发泄在无干的人或事上，止其所当止，"发而皆中节"。

　　"不贰过"的涵义更深一层。何谓"过"，"过"即是"错"，故有"过错"之说。《说文》："过，度也"，过，本为某种标准限度，后来引申为超过某种限度，当行为超过限度，就变成了"过"。相应地，不及某种标准，也是某种程度上的"过"，"过犹不及"，皆未"中节"。《周易》有小过卦与大过卦，小过为阴过，为不及，大过为阳过，为太过，过与不及皆是过。人之所以会犯下"过错"，很大程度上是因为人并没有意识到自己的所作所为是"过错"，从这个意义上讲，过错反应的正是一个人性情与德性的距离，正是此人性情的缺欠。人的过错，实根植于人的性情。因此，由人的错过，可以窥见人的性情，孔子曰："人之过也，各于其党。观过，斯知仁矣！"（《论语·里仁》）不同的人犯了相同的过错，表明他们性情相近。过错，乃是性情的表现，认识过错的要害，并不是找到犯错的表面原因或外在原因，而是在于认识自己的性情以及自身性情与德性之间的差距，"认识你自己"。不过，认识自己，正是学问中的最难事。在这个意义上，才能充分理解"改过"的意义：改过的前提是认识自己，找到自身性情的缺陷，不仅如此，改过还意味着修缮自己的性情。"小人之过也必文"（《论语·微子》），小人对待自己过错的态度是掩饰，只有君子才能坦诚面对自己的过错并加以改正。"过而不改,是谓过矣"(《论语·卫灵公》),如果发现自己的过错却不加改正,过错就永远成了过错,性情的质量也由此而定。"过,则无惮改"(《论语·学而》),从过错中见出自己的性情缺陷,并由此加以修缮,以进其德,自然"不贰过"。对君子而言,发现自己的过错,反倒是修身进德的契机。"不贰过",是将自己言行中的过失,反省自身性情中,不断加以检查调整,终日乾乾,日新其德,故孔子唯赞颜渊好学,"子谓颜渊曰:惜乎!吾见其进也,未见其止也。"(《子罕》)孔子言"观过知仁",通过自己的过错,可以认识自己;通过别人的过错,可以认识别人;由于"人之过也,各于其党",还可以由此来区分不同性情质量的人;甚至还可以通过人类的过错,认识人类本性。

小过不改,终成大过。大过《彖》云"栋桡,本末弱也",要防其过,务在建本。大过初六"藉用白茅",乃是初九乾元之用,用即"本末弱"而成"大过",故初九乾元不可用。大过《大象》云"君子以独立不惧,遁世无闷",义通乾初九《文言》"不易乎世,不成乎名,遁世无闷,不见是而无闷",在大过之时,当培植乾元,以正桡栋,以济大过。孔子以颜渊象复初乾元,"颜氏之子,其殆庶几乎!有不善未尝不知,知之未尝复行也。《易》曰:'不远复,无祗悔,元吉。'"(《周易·系辞下》)"有不善未尝不知",是知过,"知之未尝复行也",是不贰过。之所以能知过与不贰过,因为颜渊"不远复"。复初九《象》曰:"不远之复,以修身也",过的根源不在身外,在身心性情中。复初即乾初,以修身为本,确乎其不可拔,则本立而道生,颜氏之子,实乾元之象。且颜氏之子的名与字,皆乾初之象。颜氏之子名"回",字"子渊",《说文》:"渊,回水也"。乾九四"或跃在渊",谓九四或跃上至五,或下潜至初,初九为"渊",乾元潜藏处。颜渊一生早卒,有为邦之心而未及用事,虽得乾元之正以居复初,未及得时而上息,惜哉。

"学而时习之","习"承"学"而来,习将学的体悟见识化到言行之中。《说文》云:"习,数飞也。从羽从白。"据甲骨文字形言之,"习"乃从羽从日,像鸟于晴日学飞,①《礼记·月令》言"鹰乃学习",是其象。《说文》取"习"字从"白"而非从"日",字形的微妙变化,文字研究者喜以"讹变"言之,然其变化或存有时人对某事某物认识的推进。甲骨文"日"字写作"⊙","白"字写作"白",从字形上看,"白"像日光向上射出之形,篆书作"白",其象更明,朱骏声《说文通训定声》云:"日未出地平时,先露其光恒白",即"东方发白"之义。② 习字从羽从白,意味着日出之时即是学习的开始。白字不仅形容日光射出之形,亦形容日光的颜色,以白为部件的字,多有光明、明亮之义。"习"字从"羽",如鸟学飞,日复一日加以练习,从"白"是学习之效。通过日复一日的练习,自身会逐渐变"白",换句话说就是变得光明。如果"学"更多倾向于认清自身性情倾向从而厘定修身志向,"习"则在于通过反复练习,将学所认识到的自身性情缺欠加以修缮,因为懂得一种德行与具备一种德行并非一事,老子所谓"修之于身,其德乃真"(《道德经·五十四章》)。后来"学习"连构成词,学、习二字的意义也就融合在一起了。《诗·周颂·敬之》中有一句诗将"学习"的涵义说得特别清楚:"日就月将,学有缉熙于光明"。"就"是成就,"将"是进步,"日就月将"是说每天都有收获,每月都在进步,学习之所以取得成就与进步,因为"学有缉熙于光明"。"缉熙"的"缉",《说文》训为"绩",绩与"积"通,"熙"为光明,"缉熙",是说一点点地积累光明,如子夏云:"日知其所亡,月无忘其所能。"(《论语·子张》)"学有缉熙于光明",相当于说"学习"的过程,就是向"光明"的东西借光的过程,学习就是不断地借光,从而照亮自己,让自己"白"

---

① 参郭沫若,《卜辞通纂》,见古文字诂林编纂委员会编,《古文字诂林》第四册,页52引;邹晓丽,《基础汉字形义释源》,北京:中华书局,2011,页170。

② 徐复,《说文五百四十部首正解》,南京:江苏古籍出版社,2003,页230引。

起来。此学习之效,犹《中论·治学》所云:"民之初载(生),其蒙未知。譬如宝在于玄(幽暗)室,有所求而不见。白日照焉,则群物斯辩(通"辨")矣。学者,心之白日也。"现代人喜抹各种护肤品让自己变得更白,与古人由内而外的白已是两样。此"白"的两样,亦是"学"之两样的表现。如今信息时代,学习基本等同于收集和贩卖信息或知识,做的都是表面功夫,忽视内心的修养,孔子所言:"古之学者为己,今之学者为人"(《论语·宪问》),放在今天其义犹着。古人学习首先是为了自己,把自己搞清楚,搞明白,所以古人学习,重在"明心见性"。明心见性,光彩自生,虚室生白,不仅能照亮自己,还能照亮别人,"学"即变成"教",禅门"传灯"之象当此义。今人学习则多是为了给别人看或给别人用,自己受不受用不再关心,这种学习与认识自己以及修身养性已经脱离关系。这是古今学习品质的又一个关键差异,而这种差异很可能与"学以明道"这样一种学习目的的消失有关。

不管是从羽从日,还是从羽从白,"习"字大义要在明心见性,勤修其德,成就其所是。"鹰乃学习",鹰在后天学而能飞,是因为其先天禀赋,日出学习是为了成为真正的鹰,于人而言,学习的意义同样如此。具体来说,"学"重在从后天返回先天,认清自身性情,"习"则是承接学的认识与调整,从先天重新进入后天,练就性情成为德性。从这个意义上讲,学与习不可分割,脱离"学"而"习","习"容易变成"习染""习惯""习气""习心"之"习"。如此之"习",乃是在某种特定的环境中,重复某些特定的事情,使得后天的染习逐渐遮蔽先天禀赋,造成先天与后天错位。先后天错位,即是人性扭曲发展。如此"习"成,则终究意识不到自身之"过",犯过一次难免再犯。由此可以揣摩《周易》"坎"名"习坎"之义,也可揣摩《周易·序卦》以习坎继大过之义。《序卦》曰:"物不可以终过,故受之以坎。坎者,陷也。"过就是陷,也是险,陷于过中而不知过,则没有真正出陷的机会,始终生活在坎险之中,如坎初六"习坎,入于坎窞,凶"。窞,为坎中小坎,坎窞,即陷中之陷,为重重习气笼罩,无法自拔。坎陷,正是人生活境况的写照,坎陷之象即洞穴之象。染习或习惯就是坎陷,就是洞穴,"入于坎窞"不外是落入第二洞穴而已。坎水入于坎窞,水成死水。"不贰过",入陷复即出陷之象,犯下一错,马上可以反思到性情根本处,从根本处下手调整,"问渠哪得清如许,为有源头活水来"。"习坎"之"习",包含两义,不仅说明习染坎陷的危险,同时也表明学习出险的方法。坎卦《大象》云"君子以常德性,习教事","常德性"是对性情的引导与调教,针对习气而言;教即是学,"习教事"即是学习之事,习不可离学。习坎初六"习坎入坎",《象》曰"失道凶也",学以明道,知道可免坎陷之险。

由学而习,学而时习,逐渐净化自身过往习气,因为人真正的自主学习,总是在长大之后才开始,"吾十有五而志于学"(《论语·为政》)。在此之前,难免沾染习气,养成不好习惯,自己本身是怎样的人,也许已经变得朦胧。《论语》开篇言"学习",认清自己,先要扫荡习气,这也是《庄子》以"消摇游"开篇的意思。"消者,消其习心,摇者,动其真机,习心消而真机动,是谓之消摇。惟消摇而后能游,故曰'消摇游'。"① 要成真人得真知,先要跳出原来的地方,飞到天上看一看,喝点天池的水。

"习"字从构字上看,意思比较清楚,段玉裁在解释"习"字时补充说:"彗,古文作习","习""彗"同源,二字古可互通。②《说文》:"彗,扫竹也",彗本是竹子做的扫帚,引申为扫除。彗星亦称扫帚星,取象扫帚而名之,古书谓彗星有除旧布新之象。③ 古人造

---

① 钟泰,《庄子发微》,前揭,页3。
② 唐兰,《殷墟文字记》,北京:中华书局,页 19–22。徐复,《说文五百四十部首正解》,前揭,页86。
③ 参杨树达《积微居甲文说》,上海:上海古籍出版社,2007,页 85。《汉书·天文志》:"《传》曰:彗所以除旧布新也。"

字,智慧之"慧"从彗从心,心上放一把扫帚,意为扫除心中后天尘垢,消除习心,则智慧自出,犹《周易》之"洗心",《道德经》之"损之又损",要旨皆在由后天复返先天。孔子言"性相近,习相远",历代诸家以为人人本性相近,后天习染不同,故表现出各种差异。不过,此言或许尚有另一层涵义:人之初生,天真未漓,与自己先天气近,待及年长,先天气渐渐为后天习气所消,此谓"习相远"。后天学习,要在复其先天,然先天不可向外远求,本在自身之中,此即复初"不远复"之修身义。复其先天,即老子所谓"复归于婴儿"(《道德经》二十八章),庄子所谓"雕琢复朴"(《庄子·应帝王》),亦是《论语·学而》尾声子贡与孔子讨论"如切如磋,如琢如磨"之义。

第五章　文质与政制品质

　　文学,是文章之学,文章为各种典文制度,孔子之前"旧法、世传之史"可当之,孔子之后六经可当之。孔子提出"文学"一科,与六经的修撰有莫大关系。在孔子那里,文学,几乎是对六经文章的学习。文学,用六经文章来规范和调养学子的心性,学文有成者,再以六经文章来规范和教养社会。六经文章本出于"旧法、世传之史","文学"本是政教的一部分,与政教难以分割。作为政治制度的文章,其实源于对人性的认识,对人性的不同认识,会产生不同的政制,因此衍生出对人的不同教化方式。由此,可以进一步理解"质"与"文"的关系:质是政制之原,文是政教之原。如果说《论语》中的"文章"可当政治制度的话,《论语》中的"文学",可当相应的政教方式。文章,在于认识人性并涉及相应的政治制度,文学则以对文章的认识为前提砥砺与葆养人性,并将相应的政治制度化入人们的心性之中。由是观之,"质"与"文",其实是人间政治的要核。

一、道德仁义礼

　　传说孔子早年适周,问礼于老子(《史记·老子韩非列传》),

今本《道德经》三十八章,像极老子对孔子的回答:

> 上德不德,是以有德;下德不失德,是以无德。上德
> 无为而无以为;下德无为而有以为。上仁为之而无以为;
> 上义为之而有以为。上礼为之而莫之应,则攘臂而扔之。
> 故失道而后德,失德而后仁,失仁而后义,失义而后礼。
> 夫礼者,忠信之薄,而乱之首。前识者,道之华,而愚之
> 始。是以大丈夫居其厚,不居其薄;居其实,不居其华。
> 故去彼取此。

老子见周之衰,留下五千言乘牛西去。五千言皆言道德,与周
室衰微、道德不振有关,《道德经》实为忧患之书。《道德经》,分
《道经》《德经》上下两篇。今本《道德经》第一章至三十七章为
上篇《道经》,第三十八章至八十一章为下篇《德经》。今本《道德
经》的结构是《道经》在前,《德经》在后。取《道德经》几种古本比
较:帛书甲乙本,《韩非子》中的《解老》《喻老》篇,严遵的《老子指
归》(甚至王弼的老子注本),①皆是《德经》在先《道经》在后。也
就是说,魏晋之前《道经》、《德经》的顺序其实比较固定,唯一的例
外是《老子道德经河上公章句》。② 开元十年(722 年),唐玄宗亲
自为《道德经》作注,二十年后,再下御旨"分道德为上下经诏",
《道》上《德》下的格局才最终确定。

《道经》开篇"道可道"、"名可名"谈的是形而上的问题,《德
经》开篇"德"、"仁"、"义"、"礼"已开始谈"形而下"的问题。《道

---

① 王弼本的顺序,很可能遭到后人的颠倒,见尹振环,"帛书《老子》的篇名与篇次",
见氏著《重识老子与〈老子〉:其人其书其术其演变》,北京:商务印书馆,2008,页
63-66。
② 参王明,"《老子河上公章句》考",见氏著《王明集》,北京:中国社会科学出版社,
2007,页 60-94。

经》谈的是哲学,《德经》谈的是历史,《道经》对应于《易》,《德经》对应于《春秋》,《道经》本隐以之显,《德经》推见至隐。上面引到的今本《道德经》三十八章,正是《德经》开篇。"失道而后德,失德而后仁,失仁而后义,失义而后礼",是历史中政治统治品质的下降,由此可见老子的时代处境和问题。老子既点明下降之路,也点明上升之路,上升之路与下降之路是同一条路。阅读老子,从《道经》到《德经》是向下之路,从哲学下降到历史;从《德经》到《道经》是向上之路,从历史上升到哲学。老子"修道德",《道经》与《德经》的先后问题,可能是老子为性情不同的人设计的两种认识"道德"的进路,最终在对上下两篇翻来覆去的循环阅读中,形成对道德的整体认识:既可从哲学中见到历史,也能从历史中见到哲学。在老子眼中,只有彻底沟通历史(政治)与哲学的关系,才算是一个好的哲人或政治人。或者说,在老子眼中,好的政治人本身就应该是哲人,哲人与政治人的身份不可分。

《德经》开篇极为重要,此章包含着老子对人间政治历史的总体认识。"上德"、"下德"、"上仁"、"上义"、"上礼",分别代表着政治统治者的品质,同时也对应着国家政制的品质。① "失道而后德,失德而后仁,失仁而后义,失义而后礼",描述政制品质的下降。道—德—仁—义—礼,大致可以分成三组,"道德"为一组,"仁义"为一组,"礼"为一组。据《周易·说卦》:"立天之道曰阴与阳","立人之道曰仁与义",道德可对应于天道,仁义可对应于人道,礼是具体的政治制度。"《易》以道阴阳",《易》主要谈论天道之道德,"道"是天之道,"德"是人之得。《德经》开篇不从"道"而从"德"谈起,重心已偏重于人道。"《春秋》以道名分",《春秋》

---

① 可以参考《老子道德经河上公章句》、《老子疏证》(张舜微撰,见《周秦道论发微》,前揭)、《帛书老子再疏义》(尹振环著,北京:商务印书馆,2007)等书的疏解,尤其值得参考严遵的《老子指归》,见王德有译注,《老子指归译注》,北京:商务印书馆,2006。

主要谈论人道之仁义。"仁义"是"名分"的基础,"道德"又是"仁义"的基础,而"名分"最终表现为"礼"。从这一个意义上讲,《德经》开篇是从天道的角度谈论人道,但谈论人道又不可能离开天道。如此,回头看《道经》开篇:"道可道,非常道;名可名,非常名",其实是将《易》与《春秋》的内容放在一起谈。不过,《道经》开篇给我们一个极为重要的提示:在老子看来,现实中可以谈论的人间治道以及可以制定出来的礼乐典章,最终无法达到理想的"道"与"名",这是否是说人间政制终究无法达到完美?或说由于地理空间的限制,不存在普遍适宜的政制?抑或由于时间的流转,人间政制不可能一劳永逸地制定?《道德经》的结构提醒我们,要想清楚这些问题,必须要融合《易》(哲学)与《春秋》(历史)的视野。

前面谈过"道"、"德"、"礼",这里将考察作为"人道"的"仁与义"。《论语》中先后共有孔子的五个学生七次问仁,①其中既包括智性最高的颜回,也包括智性较低的樊迟(樊迟先后问过三次)。问仁的次数如此频繁,问仁的学生差异又如此之大,表明"仁"这个概念相当难以理解。面对这七次提问,孔子每次的回答都不一样,同样表明这个概念的涵义极深,孔子每次只是针对学生的具体状况说出某个层次的涵义。在具有先秦学术总结性质的《吕氏春秋》看来,孔子的思想已经与"仁"有不可分割的关系。《吕氏春秋·不二》云:"孔子贵仁",这一看法一直延续至今,"仁"成了孔子学说的核心。因此,搞清楚"仁"的涵义,对理解孔子的思想至关重要。

"子罕言利与命与仁"(《子罕》),这句话的句读向来有争议。其中,争议最小的是,孔子并非罕言仁,《论语》中多次言"仁",怎可称之为罕言。不过,如果读作"罕言……仁",也并非不通,

---

① 樊迟问仁(《雍也》),颜渊问仁、仲弓问仁、司马牛问仁、樊迟问仁(《颜渊》),樊迟问仁(《子路》),子张问仁(《阳货》)。

其含义兴许是说:对于"仁"的深层含义,孔子并未多言。《论语》中言"仁"之事,多为孔子因人而发,针对弟子所处身位而说出相应层次之仁,只有将这些层次综合起来,方才大体可见"仁"的整体之象。孔子罕言仁,在于"仁"同样来自于对"性与天道"的体认,这是罕言"命"与罕言"仁"的相通之处。"利"非"货利"之利,何晏从《周易》的视野来解释"利":"利者,义之和",皇侃延续这一思路说:"利者,天道元亨,利万物者也"。① 所谓"罕言利"之义,可以参考《乾·文言》的说法:"乾始能以美利利天下,不言所利,大矣哉!"《论语·阳货》记孔子自云:"予欲无言……天何言哉,四时行焉,百物生焉",孔子的无言与"乾天"的"不言"相通。"予欲无言",乃法天法自然之象,"仁"与"命"同样是"性与天道"之言。

"仁"较早的写法是愳,然后变为"忎",最后省写为"仁"。②"愳"字从身从心,从构形上看,"愳"字注重身心和谐统一,修身就是修心,身心合一。"仁"字的古文亦作"忎",将"忎"仅视作"愳"的讹变,恐怕忽视了字形背后的思想演变。"愳"字,重在突出身心关系,要在认识自己;"忎"字,从千从心,讲人心之不同,重点在于认识我与人以及人与人之间的差异,由此过渡到如何处理人与人之间关系的层面。后起的"仁"字兼具这两层含义:身心关系的"愳"突出人的"性情"层面,人我有别的"忎"突出人的"性分"层

---

① 见黄怀信等撰,《论语汇校集释》,前揭,页742。
② 参刘翔,《中国传统价值观诠释学》,前揭,页164-169。关于"仁"字的涵义,孔子并没有提出统一的定义,因此,今人几乎只能作尝试性的疏解,彼此之间难免会有差异。关于"仁"字的新近研究以及文字学上的考释,可参白奚,"'仁'字古文考辨",见《中国哲学史》,2000(3),页96-98;庞朴,"'仁'字臆断——从出土文献看仁字古文和仁爱思想",见《寻根》,2001(1),页4-8;廖名春,"'仁'字探源",见氏著《中国学术史新证》,前揭,页51-72;梁涛,"郭店竹简''字与孔子仁学",见氏著《郭店竹简与思孟学派》,前揭,页60-79;王中江,"'身心合一'之'仁'与儒家德性伦理——郭店竹简'愳'字及儒家'仁爱'的构成",见氏著《简帛文明与古代思想世界》,前揭,页210-138。

面。后人解"仁"字,喜欢引用"仁者爱人"这句话,①但爱人的基础和前提在哪里,却很少追问。

《说文》云:"仁,亲也,从人二。""仁",从人从二,不仅表示人的亲和,亦表明人的区分。前人对仁的解释基本从第一义,鲜及第二义,但人的亲和恰恰是以区分为前提,"和"以"不同"为前提。"道生一,一生二",二为阴阳,人秉阴阳之气而生,"二"本身就显示着统一中的区分。由一而二,显出区分,由二而一,从区分重归统一。"仁"字从人从二,既表明区分,也暗含统一。仁者爱人,重点突出统一,背后的前提是区分。《系辞上》云"二人同心,其利断金",《学而》云"有朋自远方来",朋者,即是同心之人。言"有朋自远方来",同样也点明没有来的人,不是朋的人,其心不同。对于不同心的人,君子能做到"人不知而不愠",君子清楚人与人之间的区分,这是爱人的前提。②

"仁"的最高表现是"爱人","爱人"的前提是洞晓人的区分,在这个前提下的爱人才是最为贴切的爱人。不过,洞晓人的区分,前提在于认识自己,因此需要在更高的层次上讲"为仁由己",然后才能讲"天下归仁"(《颜渊》)。如果没有认识自己的功夫,这个"爱人",就是孔子给弟子最直接的行动指令,照这个做就行了,不必问理由。因此,"爱人"对樊迟讲,"克己复礼曰仁,……为仁由己,而由人乎哉",对颜渊讲。对樊迟讲的东西,既是最高的东西也是最低的东西。颜渊在《论语》中主动问了孔子两个问题:一是《颜渊》中"问仁",一是《卫灵公》中问"为邦",一是内圣之事,

---

① 需要注意,"仁者爱人"是孔子对樊迟的回答,"仁者爱人"的说法后来被孟子继承,见《孟子·离娄下》。

② 由此可以反思墨子"兼爱"的提法,仁爱的前提是区分,兼爱的前提恰恰是泯灭人的区分,因此,兼爱比较象基督教的博爱和佛教的普渡众生之爱(博爱与普度众生之爱,其实相当于君子之爱,普通基督教教众和佛教教徒,其实没有博爱和普渡众生的能力)。仁爱与兼爱"同功而异情",其间有绝大的区分,根底就在于对人性的认识。

一是外王之事。为邦的基础在于搞清楚人与人之间的区分，然后在共同体中将人们重新统合在一起。"悬"字言人的性情，"忈"字言人的性分，"仁"字兼具二者的涵义，从"克己复礼"到"爱人"，已经兼有"内圣"与"外王"的向度。

仁，从人从二，既有分，又有合，分中有合，合中有分，分合之间，人类整全的视野显出来。仁，通过认识自己，渐渐打消自己，不从自己的视角而从人与人的分合考虑问题，从人类的整体视角考虑问题。孔子"毋意、毋必、毋固、毋我"（《子罕》），去掉小我，融入大我，获得人类的视野，"仁也者，仁乎其类者也"（《吕氏春秋·爱类》）。获得人类的视野，才能感受"仁"好似一个动态网络，每个人有每个人的"仁"法，不同的场合（家庭、国家、天下）也有不同的"仁"法，"宗族称孝焉，乡党称弟焉"（《子路》）。孔子称许管仲之仁，正在于管仲为天下计，而非为齐国计。进而，才能最终体会到"天地不仁"与"圣人不仁"的境界。圣人不仁，在于圣人最终虚掉自己，泯灭人我之分，比如孔子的四毋，庄子的丧我。"圣人不仁"，圣人并不从自己的视野出发来规范人世，而是在丧我之后真正体贴人世中人人本身各有的性分，并加以引导规范。圣人之"不仁"恰恰是"大仁"，《庄子·齐物论》云"大仁不仁"。"天地不仁"的结果，是"四时行焉，百物生焉"，"圣人不仁"的结果，是"百姓皆谓我自然"（《道德经·十七章》）。

孔子教樊迟直接去爱人，本是没有区分的"仁"。从表面上看，最低的"仁"与最高的"仁"恰恰没有区分，"极高明而道中庸"。教颜渊"克己复礼"然后"天下归仁"，又正是以区分为前提，这一点让我们看到了最低的"仁"与最高的"仁"之间的差异。"天地不仁"或"圣人不仁"，最终是要勾销"仁"本身所带来的区分，之所以要勾销，其逻辑就是之前谈论过的"其分也，成也；其成也，毁也"。人间的区分必然带来争斗："我观之，仁义之端，是非之涂，樊然淆乱，吾恶能知其辩。"（《庄子·齐物论》）真正要做到"大仁不仁",需要做到"雕琢复朴","文质彬彬",将人的区分做得像没有区分一样,这是人间最理想的政制,完全摸透人性而制定的政制。

"分于道谓之命"与"天命之谓性,率性之谓道,修道之谓教",点出"道"与"德"之间的关系。"德"有两层含义:从性分的层面上讲,"德"训为"得","得"是"分于道"之"得",对这种"得"的正确认识,在于作为"忢"的"仁";从性情的层面上,"德"训为"德性",通过率性与修道引导人的性情成为德性,对这种"德"的正确认识,在于作为"悬"的"仁"。"仁",紧贴着对人性的认识,对人类性分的认识,前提在于对自己身心的认识。从这个意义上讲,"仁"是一个扩展性的概念,其基点在于认识自己。不过,对自己的真正认识,又伴随着对整个人类性分结构或社会结构的认识。"仁"的扩展性主要表现在两个方面:一是认识自己,最终要做到"克己复礼",对应于"修身";一是处理自己与人群的关系,逐渐从"修身"出发,带起的"齐家"、"治国"以至于"平天下"的扩展。《论语》开篇第一章点明培养君子的主题之后,第二章点明君子之仁的扩展:"孝弟也者,其为仁之本与"。孝悌从"齐家"的层面扩展,如果说孝悌是"仁之本",则已可见"仁"的核心的确在于处理"人与人"之间的关系,而处理人与人之间的关系,从人间最小的政治共同体"家庭"开始。"其为人也孝悌,而好犯上者鲜矣",又从"齐家"扩展到"治国"。从这个意义上看,"仁"的概念可以说重点是在讲政治共同体中的各种人伦关系或政治关系,这种关系有一个从亲到疏的过程,对应于政治共同体范围的从小到大。"仁者爱人","仁"背后的政治伦理是"亲亲"。

"仁"的概念紧贴人性,衍生出"亲亲"伦理,可以说,"仁"是一个"由内而外"的概念。从这个意义上,才能恰当理解"义"的涵义。"义",是针对亲亲伦理("仁")提出的对应原则,是对亲亲伦理的校正与引导。孔子云:"仁者,人也,亲亲为大;义者,宜也,尊贤为大"(《中庸》)。政治共同体中的伦理原则,不仅有"亲亲"之仁,还有"尊尊"之义。"仁者,人也",是人的实然,亲亲原则是人的自然原则;"义者,宜也",是人的应然,尊尊原则是人的应然原则。从这个意义上讲,基于人性本然的"亲亲"原则,是由内而外的政治伦理;基于人性应然的"尊尊"原则,是由外而内的政治伦理,是对人性在后天的引导与规范。从性分层次而言,"义"对"仁"(恕)的引导在于从"亲亲"导向"亲贤",如《学而》中的"贤贤易色"与"就有道而正"。"亲贤"本于对性分高低的认识,因此,"亲贤"伦理并未从根本上违背性分,而是遵从性分。从性情的层次言,"义"对"仁"(悫)的引导在于从"好色"导向"好德",引导性情成为德性。从仁与义的关系来看,作为"尊尊"的"义",源于圣人对人性的立法,但所立之法并未悖离人性自然。《论语》中有一现象比较奇特,"仁"字凡 109 见,"义"字仅 24 见,[①]相差悬殊。孔子几乎不把"仁"与"义"放在一起谈,更多地将"仁"与"知"放在一起谈。[②] 如果"义"的确是圣人对人性的立法,[③]那么,孔子"显诸仁而藏诸用"的做法,就很可能是在隐藏自己作为圣人立法者的身份。孔子将"义"的立法用心藏在了"仁"的概念之中,以至于后世所理解的"仁",已经是一个相当自足的概念。

理解"亲亲"之"仁"与"尊尊"之"义",对于理解战国、尤其两汉之际的"文质说"至关重要,这一时期的论者正是以"亲亲""尊

---

① 参安作璋,《论语辞典》,上海古籍出版社,2004,页 62,22。

② 参考康有为的说法:"《论语》多以仁智并举,不以仁义并举,荀子以仁智并举,孟子以仁义并举矣。"(见康有为,《万木草堂口说》,北京:人民大学出版社,2010,页83)。还可以比较张文江先生的看法,张先生认为孔子言仁知是古学,孟子言仁义是今学,参张文江,《〈庄子·庚桑楚〉析义》,见刘小枫、陈少明主编,《经典与解释31:柏拉图与天人政治》,北京:华夏出版社,2009,页 115,124。笔者这里的理解稍有不同,不过,在孟子那里,"义"的品质的确发生了变化,因而的确带有今学的气息,详后。

③ 参考《史记·十二诸侯年表序》,称《春秋》"以制义法",又云:"《春秋》……别嫌疑,明是非,定犹与,善善恶恶,贤贤贱不肖",故董仲舒云:"《春秋》立义"(《春秋繁露·王道》)。

尊"作为文质说的核心。"亲亲"的政治伦理原则源于人性,可当"质";"尊尊"的政治伦理原则源于圣人立法,可当"文"。由此可见,"文"与"质"其实是两种支配人间政治的伦理原则,理想的政制正应当是"质""文"相合,亲亲又尊尊。如此,可进一步理解"礼"的涵义:"仁也,人者,亲亲为大,义者,宜也,尊贤为大。亲亲之杀,尊贤之等,礼所生焉。"(《中庸》)礼的订立,是亲亲与尊尊的结合,体现着文质彬彬的精神。由于"礼"是现实的政治制度,因此,"礼"的制定还必须参考具体的时代因素。虽然政制的理想结构是文质彬彬,但现实政制由于时代因素的影响,使得当时政制的品质往往要么表现为"文胜",要么表现为"质胜"。按照文质彬彬的理解校正"文胜"或"质胜"之蔽,就必然要参考当下的政治处境,这就是《礼记·礼器》所谓的"礼,时为大"的深刻含义。

理解"道—德—仁—义—礼"彼此之间的关系,才能恰当理解《道德经》三十八章所讲述的政制品质变迁史。"失道而后德,失德而后仁,失仁而后义,失义而后礼。夫礼者,忠信之薄,而乱之首。""道",是整个宇宙自然的根据;"德",是"分于道"的人性根据;"仁",是本于自然人性的政治原则;"义",是根据自然人性原则制定的引导性原则;"仁"与"义"都是不可见的法则,最后合"仁""义"表现出来的"礼",才是可见的政治制度。由此看来,最佳的"礼"制,完全可以上通"仁义"和"道德"。只是在老子看来,政制品质的衰败,恰恰在于现实政制的制定逐步丧失了政制的根基,渐次表现为"失道"、"失德"、"失仁"、"失义"的层层瓦解,丧失道、德、仁、义的制礼原则而制定的"礼",就成了死规矩。随着时代变迁,这些死规矩渐渐成了共同体发展的束缚,甚至衰败的根源。

二、性善与仁政

东汉王充的大著《论衡》中,有一篇《本命》,是迄今所见最早综论上古人性说的文章,几乎算得上是一篇上古人性说简史。《本命》所记,先秦人性说大概有四种主张:世硕等人的性有善有恶说,告子的性无善恶说,孟子的性善说,荀子的性恶说。后三者的说法比较熟悉,关于性有善有恶的说法,则文献不足。据《本命》:

> 周人世硕,以为"人性有善恶,举人之善性,养而致之则善长;恶性,养而致之则恶长"。如此,则性各有阴阳,善恶在所养焉。故世子作《养[性]书》一篇。宓子贱、漆雕开、公孙尼子之徒,亦论情性,与世子相出入,皆言性有善有恶。

在《本性》提及的四子中,宓子贱和漆雕开见于《论语》,是孔子亲炙弟子。据颜师古注《汉书·艺文志》,世硕与公孙尼子同为"七十子之弟子"。① 可以说,此四子是孔子嫡传,由于与孔子有亲炙的缘分,他们关于性的看法,很可能保留着孔子的一些意见。按照王充的说法,四子对性情的见解虽有出入,但在基本认识上却一致:"皆言性有善有恶"。此四子都有著作,《世子》、《宓子》、《漆雕子》、《公孙尼子》在《汉书·艺文志》中均有著录,可惜一本都没有传下来。② 告子大概比孟子年长四十五岁,③告子对人性的看法见于《孟子》,主张"性无善无不善"。告子认为性好比流水,从河道东边决口则向东流,从河道西边决口则向西流。换句话说,人性

---

① 见张舜徽,《汉书艺文志通释》,武汉:华中师范大学出版社,2004,页 259-260。
② 1993 年,考古所得的郭店楚简中,有一篇名为《性自命出》,论者大都以为《性自命出》的作者极可能是这四子中的一位(参王中江,"《性自命出》的人性模式及人道观",见氏著《简帛文明与古代世界》,前揭,页 182-183),有的认为是子思或世硕(丁四新,《郭店楚墓竹简思想研究》,前揭,页 173-209),有的认为是公孙尼子(陈来,《竹帛〈五行〉与简帛研究》,前揭,页 33)。
③ 参梁涛,《郭店竹简与思孟学派》,前揭,页 301-305。

本身没有一定的善恶倾向，人性善恶出于后天的引导。在告子看来，"性犹杞柳(一种柳树，其枝可编织器物)也，义犹杯棬(木制饮器)也。以人性为仁义，犹以杞柳为杯棬"(《孟子·告子上》)。人性需要后天仁义的引导，一如杞柳需要人工编织才能成为杯棬。从这一点看来，告子对人性的看法，与上面四子的看法相似，言人性有善有恶，最终的目的是突出后天的"教养"。在《孟子·告子上》中，公都子将告子对人性的看法与"性可以为善，可以不为善"以及"有性善，有性不善"的说法并列，然后将此三者与今之言"性善"的说法加以区分，也可以看出告子关于人性的看法更加靠近古学，古学并不偏执于性善还是性恶。在孔子那里，根本没有谈过性的"善恶"问题，"善恶"掩盖在"性相近"之下。孟子提出"性善说"，其实是上古人性论的重要转折。

孟子性善论的核心在于"四心说"：[1]

> 乃若(语气词，至于)其情(性之实情)，则可以为善矣，乃所谓善也。若夫为不善，非才(性之本质)之罪也。恻隐之心，人皆有之；羞恶之心，人皆有之；恭敬之心，人皆有之；是非之心，人皆有之。恻隐之心，仁也；羞恶之心，义也；恭敬之心，礼也；是非之心，智也。仁义礼智，非由外铄我也，我固有之也，弗思耳矣。故曰：求则得之，舍则失之。或相倍蓰(数倍)而无算(不可计算)者，不能尽其才者也。诗曰：天生蒸民(众民)，有物有则，民之秉彝(常道)，好是懿德(美德)。孔子曰："为此诗者，其知道乎?"故有物必有则，民之秉彝也，故好是懿德。(《孟子·告子上》)

---

[1] 参梁涛，"孟子'四心'说的形成及其意义"，见氏著《郭店竹简与思孟学派》，前揭，页 301–319。

在孟子看来，人性之所以善，是因为人人皆有"恻隐之心"、"羞恶之心"、"恭敬之心"和"是非之心"，"四心"对应于"仁"、"义"、"礼"、"智"四种德性。仁义礼智四种德性是人性天生的，"非由外铄我也，我固有之也，弗思耳矣"。人的德性生而有之，只是人后天并没有注意到这一点，没有去"思"而已。人性之善，"求则得之，舍则失之"，无异于说，性善的关键是人于后天求其先天，"思"入自身先天，"求其放心"。孟子提出性善的关键在于"四心"，并以四心配四德，从而将四德说成是人先天具有。上一节讨论"仁""义"问题时发现，在先秦古学看来，仁主亲亲，义主尊尊，仁义的关系应该是"仁内义外"。《管子·戒》云："仁从中出，义从外作"，《墨子·经说下》云："仁内也，义外也"，新出土的《郭店楚简·六德》亦云："由中出者，仁、忠、信。由外入者，义、礼、乐。仁生于人，义生于道。或生于内，或生于外。"又云："仁，内也，义，外也。礼乐，共也。"由此可见，即便到战国之际，仁义关系仍然是仁内义外的格局。从仁义的关系看，孟子性善说变古的关键，在于将"义"纳入人的天性，并将派生于"仁义"的"礼"也纳入人的天性。[①]

从这个意义上看，孟子与告子在人性善恶的论辩中，夹杂了大段关于"仁义"关系的讨论，就并不奇怪。通观孟子与告子以及孟子与公都子的讨论可以看出，孟子对"仁内义外"的攻击，从逻辑上讲其实相当薄弱，甚至流于诡辩。[②] 孟子不仅对"义"的认识与前人大为不同，且对"仁"的认识，也与古说不尽相同。段玉裁在解释"仁"字时，专门举了《中庸》的例子和《孟子》的例子。《中庸》言"仁也，人也"，《中庸》之"仁"为"相人偶之人"，然后引证文

---

① 关于孟子学说中的"仁义"关系已有专书研究，见万光军，《孟子仁义思想研究》，济南：山东大学出版社，2009。

② 关于孟子与告子论辩的详细分析，参梁涛，《郭店竹简与思孟学派》，前揭，页305—319。

献并得出结论说：

> "人耦"，犹言尔我亲密之词，独则无耦，耦则相亲，
> 故其字从人二。《孟子》曰："仁也者，人也"，谓能行仁恩
> 者人也。又曰："仁，人心也"，谓仁乃是人之所以为心
> 也。与《中庸》语意皆不同。①

段玉裁敏锐地看到《中庸》之"仁"与《孟子》之"仁"有所不
同。在《论语》以及《中庸》当中，"仁"虽然出于对自身的认识，但
这种对自身的认识来自于对自己所处的社会关系的认识，"仁"的
实质是一种人伦关系。孟子则将"仁"化入人心，"仁，人心也"
(《孟子·尽心上》)。孟子的"仁"不是在社会关系中求得，而是
从天性中发掘。②

在孟子那里，人的先天质性称之为"才"，在主张"人性善"的
孟子看来，人后天之所以不善，并不是先天质性的原因，而是后天
环境的问题："若夫为不善，非才之罪也"，"非天之降才尔殊也，其
所以陷溺其心者然也"(《孟子·告子上》)。孟子很少言及人的先
天性分，或说孟子用性善之说代替了人的先天性分。从性善的层
面上看，人在天性上并没有差异，人之所以有善恶之分，在于后天
的影响，因此，孟子有"人皆可以为尧舜"的说法(《孟子·告子
下》)。③ 出于《告子下》的"人皆可以为尧舜"的逻辑前提，在于
《告子上》的"性善说"论证，"人皆可以为尧舜"，是"性善说"的逻
辑结果，二者几乎可以说是孟子学说的核心："孟子道性善，言必

---

① 段玉裁，《说文解字注》，前揭，页640。
② 在康有为看来，"凡论性之说，皆告子是而孟非，可以孔子折衷。告子之说为孔门
　相传之说，天生人为性。"见康有为，《万木草堂口说》，前揭，页85。
③ 刘小枫先生提醒我们注意"人皆可以为尧舜"的谈论语境，不可将这一说法单独拿
　出来谈论。参刘小枫，《共和与经纶》，前揭，页252-255。

称尧舜"(《孟子·滕文公上》)。"人皆可以为尧舜",前提即在
"性善","尧舜"即是性善的化身,"尧舜,性之也;汤武,身之也;五
霸,假之也。"(《孟子·尽心上》)尧舜好仁,是人性的自然,①汤武
好仁,是身体力行的结果,五霸好仁,是假借仁之名。《孟子·尽
心下》亦云:"尧舜,性者也;汤武,反之也",说尧舜生性而善,汤武
通过后天的修习恢复本性之善。人皆可以为尧舜,在孟子的性善
论看来,至少是一种理论上的可能。人人皆有善端,只要扩充这些
善端,就可以为尧舜,这种善端并非外铄,人天生固有。从人性皆
善的层面看,人与人在天性上相等,人的高低之分成了后天扩充层
面的问题。因此,孟子的性善论无异于取消人的先天性分,抹平人
与人天性上的差异,以至于"圣人,与我同类者"(《孟子·告子
上》),以至于"人皆可以为尧舜"。

孟子说"人皆可以为尧舜",虽然谈论语境是孟子教人行孝
悌,"尧舜之道,孝悌而已",但其逻辑前提却在"性善"。孟子将
"行孝悌"等同于成为"尧舜",似乎降低了成为尧舜的德性要求。
如果在孟子看来,天性本来就是德性,那么修炼的方向即是从后天
指向先天,用孟子的话来说:"学问之道无他,求其放心而已矣"
(《孟子·尽心下》)。在孟子那里,人的天性为善,"率性之谓道"
的"率性",直接就是"循性"(郑玄将"率性"理解为"循性"的逻辑
前提是"性善说"),所以,在孟子的学说中,"修道之谓教"的内容
相当之少。孟子的学问重在扩充心性,讲养气和寡欲的功夫,读经
对于孟子而言,旨在于发明本心。孟子本身并不重传经,故以教化
为职的儒家本来倚重的"师法"、"礼义"、"文教"等问题,在孟子
那里并不突出。孟子学问的核心在于求放心,并不重视以礼文矫
治性情的一面,从这个意义上看,孟子思想的结构略有"质胜文"
的倾向。孟子的思想逻辑,由宋明理学和心学继承,"质胜文则

---

① 赵岐注:"性之,性好仁,自然也",见焦循《孟子正义》,前揭,页924。

野"的"野",可以在心学末流中看到。

孟子将"仁义礼智"内心化而道性善,相当具有革命性。由于性善之说,经典、先师以及文教的作用都降低了,这一点后来遭到荀子的猛烈批评。以性善说为支撑,孟子对理想政制的构想是"仁政":

> 人皆有不忍人之心。先王有不忍人之心,斯有不忍人之政矣。以不忍人之心,行不忍人之政,治天下可运之掌上。……凡有四端于我者,知皆扩而充之矣,若火之始然,泉之始达。苟能充之,足以保四海;苟不充之,不足以事父母。(《孟子·公孙丑上》)

对于孟子带有理想色彩的仁政,荀子在批评性善时顺带简单批评过。真正从政制层面对仁政做出深刻批评的,是荀子的学生韩非,韩非看到了"仁政"的潜在危险。

三、性恶与积文学

孟子将"仁义礼智"内化于人的天性而"道性善",从而在孟子那里,后天教养的方式与品质发生极大变化,经书、师法以及后天礼义规范的重要性开始淡化。这让儒门后学荀子感到极为义愤,故作《性恶》一篇,专门纠弹孟子的"性善说"。① 由于《性恶》是纠弹"性善"而作,"性恶"的提法,很有可能是荀子故意突出被孟子所不见的人性恶的一面,故"性恶"之说在《荀子》中仅见于《性恶》一篇。《性恶》开篇即言"今之人性……",突出的是时代处境,

---

① 刘向《孙卿书叙录》云:"孙卿以为人性恶,故作《性恶》一篇以非孟子",王充《论衡·本性》亦云:"孙卿有反孟子,作《性恶》之篇"。

表彰"性恶"以矫正时弊的用心可谓显著。另外,《性恶》结尾同样
也提到了人"有性质美而心辩知"。由此可见,"性恶"的提法,可
能是为了突出人性中"恶"的存在,而非言人性全恶。① 荀子之所
以专门表彰"性恶",原因就在于孟子的"性善"说,几乎掩盖了人
性中"恶"的存在,主张扩充人的善性,换句话说就是顺着天性走
("循性")。所以,荀子《性恶》一上来谈的就是,如果"从人之性,
顺人之情,必出于争夺,合于犯分(违反相应的等级名分)乱理而
归於暴。"(《荀子·性恶》)在荀子看来,如果按照孟子性善论的逻
辑,其政治后果将使社会走向暴乱。

荀子提出性恶,背后的关键是要将孟子归入天性的"仁义礼
智"重新从天性中还原出来,尤其是要厘正"义"与"礼"位置。在
荀子笔下,"礼义"经常作为一个词出现,在荀子看来,"礼义"显然
外在于人性:"凡礼义者,是生于圣人之伪,非故生于人之性也。"
(《荀子·性恶》)"礼义"并非来自于人性,而是来自于圣人的制
作,圣人制作礼义正是用来修治人性之恶。荀子认为,人性之恶在
于人的"情性"与"欲":"性者,天之就也;情者,性之质也;欲者,情
之应也。"(《荀子·正名》)②性的实质是"情","性之好、恶、喜、
怒、哀、乐谓之情"(《荀子·正名》),"欲"是情性的指向。"情性"
与"欲"之所以是人性恶的根源,在于人天生在"情性"与"欲望"
上缺乏节制。孟子那里,性情的节制标准(仁义礼智)本身就在天
性中,荀子则认为,对性情的节制来自于圣人制作的礼义。由此,
荀子批评孟子不懂"性、伪之分"(《荀子·性恶》),其实是说孟子
不懂"情性"与"礼义"的内外之分。

人的性情天生缺乏节度,需要礼义在后天的引导与规范,这种

① 参刘小枫,《共和与经纶》,前揭,页158,注释1。
② 参廖名春,"荀子人性论的再考察",见氏著《中国学术史新证》,前揭,页440-458,
尤参页452-455;徐复观,《中国人性论史》,上海:华东师范大学出版社,2005,页
137-140;欧阳祯人,《先秦儒家性情思想研究》,前揭,页415-425。

看法较孟子更加接近于古说,且与孔子文质彬彬的思路大体一致。荀子云:

> 性者,本始材朴也;伪者,文理隆盛也。无性则伪之无所加,无伪则性不能自美。性伪合,然后圣人之名一,天下之功于是就也。(《荀子·礼论》)

"性伪合",就是文质合,"然后圣人之名一"。杨倞注云:"言性伪合,然后成圣人之名也",[1]后人多因循此解,其实并不恰当。"性"是先天,"伪"是圣人对人性的后天修治,"性伪合"说的是先天与后天的恰当结合,"一",好比孔子所谓的"成人"。因此,从文质关系的角度看,在对人的教养与对政制品质的把握上,荀子似乎比孟子有更为切实的见地。

> 凡礼,始乎棁(简略),成乎文,终乎悦校(愉悦)。故至备,情文俱尽;其次,情文代胜;其下,复情以归大一也。"(《荀子·礼论》)

礼制的最佳状态是"情文俱尽","情"是性情,"文"是礼义,"情文俱尽"几乎可当"文质彬彬"。其次或是质胜于文,或是文胜于质的状态。再其次,就是没有文饰,反其本性质素。这一思路与孔子所言"礼,与其奢也,宁俭,与其易也,宁戚"的说法相通。

荀子之所以批评"性善",还在于"性善"说的流弊会导致后天教养式微。"性善则去圣王,息礼义矣",与人后天教养相关的"圣人"和"礼义"也一并淡漠,这在荀子看来,相当危险。如果不搞清

---

[1] 王天海校释,《荀子校释》,前揭,页785。

楚"性、伪之分",不搞清楚"天之所为"与"人之所为",社会极有可能走向暴乱。因此,荀子学问尤重后天之学,《荀子》开篇即是《劝学》。"今之人化(化于)师法,积文学,道礼义者为君子;纵性情,安恣睢,而违礼义者为小人。"(《荀子·性恶》)人与人在德性品质上的分际,与师法、文学、礼义有极大关系。所以,荀子对孔门经书的传承功劳最大:"荀卿子之学,出于孔氏,而尤有功于诸经。……六艺之传赖以不绝者,荀卿也"。①

荀子精于《礼》学,于《诗》、《书》、《乐》皆有深得,甚至连《春秋》公羊学和谷梁学也传自荀子。不过在《荀子》中,《春秋》的深意似乎并未充分呈现出来,《易》也没有充分呈现出来。荀书多次提及《诗》《书》《礼》《乐》,于《春秋》少有谈论,于《易》更极少提及。②《荀子·非相》云:

> 故君子之于言无厌,鄙夫反是,好其实不恤(不顾)
> 其文,是以终身不免埤污(鄙陋)佣(庸)俗,故《易》曰:
> "括囊,无咎无誉",腐儒之谓也。

"括囊,无咎无誉",《坤》卦九二之爻辞,其《象》曰:"括囊无咎,慎不害也",可见荀子所言与易象不符。③《乾》《坤》为《易》之门户,荀子于《坤》之爻辞,仅停留在耳闻层面。在荀书开篇的《劝学》中,荀子也仅引"五经":"《诗》、《书》、《礼》、《乐》、《春秋》",没有提到《易》。可见,荀子并不传《易》,"《荀子》不甚传《易》,通

---

① 关于荀子传经的考证,参汪中,"荀卿子通论",见《新编汪中集》,田汉云点校,扬州:广陵书社,2005,页412-414。亦参廖名春,"荀子与'六经'关系新考",见氏著《中国学术史新证》,前揭,页506-534;徐平章,《荀子与两汉儒学》,台北:文津出版社,1988,页112-126。

② 参王中江,"传经与弘道:荀子的儒学定位",见姜广辉主编,《中国经学思想史》(第一卷),北京:中国社会科学出版社2003,页212-214。

③ 参潘雨廷,《易学史丛论》,前揭,页177。

部不讲及《易》",①荀子于《易》未有深入研究。"《春秋》推见至
隐,《易》本隐以之显",《易》与《春秋》隐显互见,皆通性与天道。
荀子于《易》学未精,荀书中《春秋》不显便可想而知。《庄子·
天下》将六经中的《诗》、《书》、《礼》、《乐》四经与《易》、《春秋》
二经分开,原因就在于前四经重在君子教育,后二经是完成君子
教育之后的再度提升。荀子重视前四经,荀子学问的品质在于
君子教育。

荀子不言先天,故不重视《易》。在荀子那里,"性、伪之分"背
后实际上是天人之分,荀子不言先天而言后天,或说不言天而言
人。如果说在孟子那里仍然保留着人与天之间的关系——"尽其
心者,知其性也,知其性,则知天矣"(《孟子·尽心上》),那么,在
荀子那里,几乎隔断了人性与天之间的联系,这是荀学革命性的地
方。荀子将古学中"顺天"、"法天"的思想转变为"天人之分",进
而提出"制天命而用之"。② 孔子云,"知我者,其天乎"(《宪问》),
是以天为宗,荀子言"天人之分",恐怕尚未及孔子境界,这是荀子
"君子之学"的视野。荀子问:人世治乱的根源到底是"天邪?""时
邪?""地邪?"然后一一加以否定,"治乱非天也","治乱非时也",
"治乱非地也"(《荀子·天论》)。天、地、时皆否定,则治乱在
"人"可知。古学思想的核心是天地人三才和谐相通,荀子革命性
地提出天人之分的关键,是要重新凸显人的位置。问题在于,古学
订立政制背后的逻辑是"人法地、地法天、天法道、道法自然",如
果将人学单独提出,脱离天地人的结构,如此为人间制法,就很有

① 见康有为,《万木草堂口说》,前揭,页78,82。
② 关于荀子的天人关系的研究,参徐复观,《中国人性论史》,前揭,页137-140;马积
高,《荀学源流》,上海:上海古籍出版社,2000,页27-47;韩德民,《荀子与儒家的
社会理想》,济南:齐鲁书社,2001,页297-329;吴树琴《礼学视野中的荀子人
学——以"知通统类"为核心》,济南:齐鲁书社,2007,页25-55;成云雷《先秦儒
家圣人与社会秩序建构》,上海:上海古籍出版社,2007,页170-174;欧阳祯人,《先
秦儒家性情思想研究》,前揭,页407-414。

可能丧失其正当性理据,其流弊为礼法的滥用或任意制作。这里可以比较《庄子·天地》中的一段对话:

> 尧问于许由曰:"啮缺(许由之师)可以配天(为天子)乎?吾藉(因)王倪(啮缺之师)以要(求)之。"许由曰:"殆哉,岋(危)乎天下!啮缺之为人也,聪明睿知,给(便给)数(捷疾)以敏,其性过人,而又乃以人受(代)天。彼审乎禁过(禁止过错),而不知过之所由生。与之配天乎?彼且乘人而无天。

"以人制天"的逻辑后果,最终走向"以人受天",受,代也,[①]代天行事。以为其"聪明睿知,给数以敏",就能够禁止人间的"过"或人间的"恶",能够化性起伪,却不知"过"之所有生,并不是生于普遍之人性,正是生于自己,生于自己"其性过人"。如果让"聪明睿知,给数以敏"这样"其性过人"之人执政,后果将是"乘人而无天",他将依仗自己过人的心智而非天道自然来统御人群,这与前面提到《淮南子·诠言训》的"释道而任智者必危,弃数而用才者必困"的涵义相通。荀子在《非十二子》中批评"庄子蔽于天而不知人",荀子恐有蔽于人而不知天的嫌疑。[②]观孔子晚年看法,"礼云礼云,玉帛云乎哉?乐云乐云,钟鼓云乎哉?"对礼乐的重视已经转移到对礼乐背后"性与天道"的体认。对性与天道的体认不足,对礼乐的认识终将有所偏失。孔子晚年反省至此,故能于《诗》、《书》、《礼》、《乐》之外,更重视《易》与《春秋》。荀子思想落脚于性恶,又分天人,恐怕与未能深入理解《易》与《春秋》有关,故其学为"始乎诵经,终乎读礼"。

---

① 参钟泰《庄子发微》,前揭,页 255。
② 参张文江,"《庄子·庚桑楚》析义",前揭,页 141。

　　荀子提出天人之分，以为人之性恶。这与孟子言"性善"都有一个问题，就是用性善或性恶遮蔽人先天性分上的差异。"凡人之性者，尧、舜之与桀、跖，其性一也；君子之与小人，其性一也。""故圣人之所以同于众，其不异于众者，性也；所以异而过众者，伪也。"（《荀子·性恶》）人先天性分一样，人的区分仅在于后天之"伪"，从"性一"的逻辑自然可以推出"涂之人可以为禹"的说法：

　　　　今使涂之人（普通人）伏术（守道）为学，专心一志，思索孰（同"熟"）察，加（积）日县（同"悬"）久（久远），积善而不息，则通于神明，参于天地矣。故圣人者，人之所积而致矣。"（《荀子·性恶》）

　　在荀子看来，从理论上讲，圣人是可以教化出来的。[1] 抹掉先天性分的危险，在于可能过分夸大教化之功。在荀子笔下，可以清晰看到"圣人"—"君子"—"士"（相应于"百官"）—"民"之间的等次。[2] 不过，这些等次的区分与先天性分无关，都是后天学习的造就。"学恶乎始？恶乎终？曰：其数则始乎诵经，终乎读礼；其义则始乎为士，终乎为圣人。"（《荀子·劝学》）荀子这种以"学"来区分人之等次的做法，在某种意义上可以得到辩护，孔子同样以"学"的标准来区分"生而知之"、"学而知之"、"困而学之"和"困而不学"四等人，荀子的这种思想与孔子重视"习相远"的思路相应。但孔子言"习相远"的同时，也说"性相近"

---

[1]　比较《荀子·性恶》的说法："故涂之人可以为禹，则然，涂之人能为禹，未必然也。虽不能为禹，无害可以为禹。"

[2]　参考王先谦的说法："荀书以士、君子、圣人为三等，《修身》、《非相》、《儒效》、《哀公》篇可证。故云：始士终圣人"，见王先谦，《荀子集解》，北京：中华书局，2007，页11。

而非"性相同"或"性一",孔子隐藏起先天性分,并没有抹掉先天性分。孟荀言性善性恶的问题其实一样,如果性相同,那么人人生而平等,如此一来,人世间区分高低贵贱的政制正当性理据何在?来自圣人的设计?圣人又凭什么理据来设计?如果人人在理论上皆可以成为尧舜,五四时期对"封建礼教"的攻击就有其正当性。既然人人天生平等,束缚人发展的礼教自然没有存在的必要。可是,如果礼教的根基在于人天生性分上的自然差异,那么,五四运动以及新文化运动所迎来的自由与民主就值得深入反思。

四、息文学而明法度

在儒家学问占据统治地位的中国思想史中,韩非的形象可谓相当负面。在经学统绪断裂之后的现代学问语境中,韩非又因与封建专制的关系而为人不齿。即便能暂时摆脱种种流俗意见,韩非的生平经历与学问立场,也极难梳理,

《史记》的"列传"中有《老子韩非列传》,司马迁将老子、庄子、申不害与韩非合传。在司马迁看来,属于法家的申、韩与属于道家的老、庄之间有极深关系,关系在哪儿?有两种思路可以追溯道家与法家的关系,其一是具有法家性质的《管子》的看法:①"法出于礼",②从这点亦隐约可见韩非与荀子的关系;另一看法来自于上个世纪七十年代出土的马王堆汉墓帛书《黄帝四经·经法》

---

① 《管子》一书的性质颇值得玩味,《汉书·艺文志》将《管子》列于"道家"之中,《隋书·经籍志》将《管子》列于"法家"之首,从中亦可见出道家与法家的关系。

② 关于法与礼的关系,参王启发,"礼与法的相涵与分立",见姜广辉主编,《中国经学思想史》(第一卷),前揭,页333-351;瞿同祖,《中国法律与中国社会》,北京:中华书局,2006,页292-309;张连伟,《〈管子〉哲学思想研究》,成都:巴蜀书社,2008,页151-171。

的开篇之语："道生法"。① 前一种看法可以将"法"纳入"道—德—仁—义—礼"的范畴，曲折表明"法"源于"道"；后一种则直陈"道"与"法"的关系。两种看法最终都为了说明"法"源于"道"，从而论证"法"的正当性。司马迁在韩非传中说韩子"喜刑名法术之学，而其归本于黄老"，意在点明法家与道家以及法与道的隐秘关系，此为司马迁的卓识，法家实为道家流裔。"道家君人南面之内术，而法家君人南面之外术也。法无道而失本，道无法则不行。"②"道法二家，相须为用。惟任大道，始以法治国；惟明法令，始能无为而成。"③司马迁合传孟、荀，意在同中见异；合传老庄、申韩，意在异中见同。

明白法家与道家的渊源，才能理解今本《韩非子》中《解老》《喻老》的思想位置，也才能理解韩非的思想结构与学问境界。韩非早年师事荀子，后来却极力反对儒家，④《韩非子》一书中几乎不见荀子的影子。韩非与儒家分道扬镳，其原因之一可能源于对《道德经》的读解，韩非服膺的是老子而非荀子。就现有文献来看，对《道德经》一书的最早系统解读就是《韩非子》的《解老》、《喻老》二篇。《解老》从《道德经》一书中择选出十二章，从哲学

---

① 陈鼓应，《黄帝四经今注今译——马王堆汉墓出土帛书》，北京：商务印书馆，2007，关于"道生法"的解释，参此书页2-4。关于《黄帝四经》中"道生法"命题的研究，参荆雨，《自然与政治之间——帛书〈黄帝四经〉政治哲学研究》，长春：东北师范大学出版社，2007，页95-112；张增田，"'道'何以'生法'——关于《黄老帛书》'道生法'命题的追问"，《管子学刊》，2004（02），页18-23。"道生法"的命题亦见于《鹖冠子·兵政》："贤生圣，圣生道，道生法"，见黄怀信撰，《鹖冠子汇校集注》，北京：中华书局，2004。

② 张尔田，《史微》，前揭，页39。关于老子与君人南面术的深刻关系，可参阅张舜徽的《老子疏证》，见氏著《周秦道论发微》，前揭。

③ 张舜徽，《汉书艺文志通释》，前揭，页286。

④ 关于韩非师事荀子一事的考证以及荀子与韩非子的关系，可参马世年，《〈韩非子〉的成书及其文学研究》，上海：上海古籍出版社，2011，页7-16；杨义，《韩非子还原》，北京：中华书局，2011，页37-43；徐平章，《荀子与两汉儒学》，前揭，页130-133；马积高，《荀学源流》，前揭，页185-192。

层面加以疏解,《解老》可当韩非的哲学根基。如果《道德经》本身就具有"易传"的性质或与《易》有深刻联系,①从哲学层面疏解《道德经》,相当于获得了《易》看待宇宙人世的视野。《喻老》用《解老》中获得的《易》学视野,深入理解政治历史,《喻老》相当于韩非学问中的《春秋》之学。综合《解老》、《喻老》,韩非依靠《道德经》一书获得了《易》与《春秋》的视野,对人世政治已有深广的见识根底。

由于"法"生于"道",因此,法家"不别亲疏,不殊贵贱,一断于法,则亲亲尊尊之恩绝矣"(司马谈,《论六家要旨》),就可以从"道"的层面来理解。如此理解可对应于老子"法自然"以及"天地不仁"的思想,由此亦可理解法家为何要"释情任法"。康有为说《道德经》'大仁不仁'四句,开申、韩一派",②眼光精到。从韩非与老子的关系来看,韩非决不可小视。先秦读透老子的,孔子之后大概有两个人,一是庄子,一是韩非,③庄子之学偏于内圣,韩非之学偏于外王,合观《庄子》与《韩非子》,可得另一番整体之象。这一整体之象对孔子之后儒家自身传承的整体之象是很好的借鉴、参考甚至补充,可惜的是,儒家自身的传承很少真正重视道家的这个整体。孔子之后,儒家传承的气象越来越小,孟子本于儒家立场理直气壮地距杨墨,荀子非十二子甚至包括儒家自身的派系,这让后学韩非已经非常鲜明地感受到"道术为天下裂"的局面:"儒分

---

① 将《老子》看作"易传",是张文江先生的说法:"《论语》和《老子》可视为十翼之外的两部大'易传',二书渗透了易的境界,而且以不直接释经为最高",张文江,"潘雨廷先生谈话录之一",见刘小枫、陈少明主编,《经典与解释 24:雅典民主的谐剧》,华夏出版社,2008,页195。至于道家与易学的深刻关系,可以参考陈鼓应《易传与道家思想》和《道家易学建构》二书,北京:商务印书馆,2007,2010;孙以楷,"老子与《易传》",见氏著《涴云集》,合肥:安徽大学出版社,2005,页226-239。

② 康有为,《万木草堂口说》,前揭,页70。案:"大仁不仁"非老子语,康子这里的引语当作"天地不仁"四句,"大仁不仁"见于《庄子·齐物论》。

③ 也许还有一个"文子",但今本《文子》与出土的竹简《文子》很可能是汉初的作品,参张丰乾,《出土文献与文子公案》,北京:社会科学文献出版社,2007。

为八,墨离为三,取舍相反不同,而皆自谓真孔、墨,孔、墨不可复生,将谁使定后世之学乎?"(《韩非子·显学》)

韩非既能深入体会哲学,又能深入认识历史:"世异则事异……事异则备(措施)变。上古竞于道德,中世逐于智谋,当今争于气力。"(《韩非子·五蠹》)韩非对时代的贴切认识,正是来自于《易》与《春秋》的视野。因此,韩非既能超越孟子法先王、言必称尧舜的局限,也能超越荀子法后王的局限:

> 圣人不期(羡慕)修(远)古,不法常可(陈规),论世
> (当今)之事,因为之备。……今欲以先王之政,治当世
> 之民,皆守株(守株待兔)之类也。(《韩非子·五蠹》)①

韩非对治道的认识,直承老子"执今之道,以御今之有"的见识,②极重当下,对政治形势的判断异常敏锐。理解韩非,必须深入其思想中极高的一面,同时还必须注意他的实际政治处境,即"韩国诸公子"的身份以及与秦国的关系。韩非为韩王庶子,③身处国家政治中心。当时,秦国几欲进兵韩国,理解韩非之书,必须考虑到当时紧迫的政治时局。韩非之书与孟荀之书相比,更加贴

① 参考《商君书·壹言》的说法:

> 故圣人之为国也,不法古,不修今,因世而为之治,度(度量)俗而为之法。故法不察民之情而立之,则不成;治宜于时而行之,则不干(抵触)。故圣王之治也,慎为、察务,归心于壹而已矣。

② 今本《老子》十四章作"执古之道,以御今之有",河上公本、王弼本、傅奕本皆如此,帛书《老子》甲乙本则作"执今之道,以御今之有"。二者义理上的差异,参潘雨廷,"论《道德经》的执今之道",见氏著《易与佛教 易与老庄》,上海:上海古籍出版社,2007,页159–165。

③ 参马世年,《〈韩非子〉的成书及其文学研究》,前揭,页1–2。潘雨廷称韩非为"韩王太子",但未见其考证之说,见氏著《易老与养生》,上海:复旦大学出版社,2001,页92。

近于实际政治。《韩非子》一书的编者将《初见秦》与《存韩》作为开头,无异于表明:要理解《韩非子》,必须从韩非"见秦"与"存韩"的内心张力以及强秦与弱韩间的战争危局入手,历代论者考订《初见秦》非韩非所写,①恐怕尚未吃准编者微旨。要是韩非生于齐鲁或换一个时代,《韩非子》的面貌想必会大不相同,这是理解韩非在当时选择"法治"的关键,韩非必须正面应对强秦与弱韩。王充在《论衡·对作》中说:"韩国不小弱,法度不坏废,则韩非之书不为"。②

《韩非子》一书主要处理三个阶层的问题:王、百官、民。百官与民可以对应于《庄子·天下》中的百官与民,"王"的问题则隐含在"圣人"之中。在孟荀那里,"王"的身份还与"圣"有所瓜葛,在韩非子那里,已经没有让现实的"王"成为圣人的要求。这不仅源于韩非对圣人的认识,也源于他对现实庸主的认识。

> 今废势背法而待尧、舜,尧、舜至乃治,是千世乱而一治也;抱法处势而待桀、纣,桀、纣至乃乱,是千世治而一乱也。且夫治千而乱一,与治一而乱千也,是犹乘骥(千里马)、騄(古代名马)而分驰(背道而驰)也,相去亦远矣。(《韩非子·难势》)

---

① 参马世年,《〈韩非子〉的成书及其文学研究》,前揭,页 59-60,注意页 59 注释 1。
② 比较《史记·老子韩非列传》的说法:

> 非见韩之削弱,数以书谏韩王,韩王不能用。于是(当此时)韩非疾(痛恨)治国不务修明其法制,执势以御其臣下,富国强兵而以求人任贤,反举浮淫之蠹(光说不练,没有实际用场的蠹虫)而加之于功实(军工与实绩)之上。以为儒者用文乱法,而侠者以武犯禁。宽则宠名誉之人,急则用介胄之士(武士)。今者所养非所用,所用非所养。悲廉直不容于邪枉之臣,观往者得失之变,故作《孤愤》、《五蠹》、《内外储》、《说林》、《说难》十余万言。

圣王当然有能力创造好的政治秩序,问题在于,圣王千世一出,剩下的九百九十九世如何是好。在韩非看来,要保障稳定的政治秩序,不可期望圣王的出现,而应该"抱法处势",维系良好的律法。如此,即便圣王不在,在位的"中主"或"庸主"亦可借助律法,维系政治统治,"使中主(中等才能的君主)守法术,拙匠(笨拙的匠人)执规矩尺寸,则万不失矣。"(《韩非子·用人》)

在儒生眼中,对六经的研习可称"文学",甚至在韩非子那里,"文学"仍是此义,但法家对于文学的态度却相当强硬。早在韩非之前,商鞅就将"礼乐"与"《诗》《书》"判定为"六虱"之一(《商君书·靳令》),商鞅关于"虱"的说法相当值得考究。"虱"字在《商君书》中首次出现是《去强》中所言的"虱官","虱"是寄生虫,因此,"虱官"似乎是在说那些寄生于百官行列,却是在败坏百官品质的人。①《靳令》明言"礼乐"与"《诗》《书》"为"六虱",言下之意,学习"文学"然后进入百官行列的君子(韩非称之为"文学之士"),在法家眼中很有可能是败坏百官品质的"虱官"。因此,法家坚决抵制文学,最极端的例子就是与韩非同门李斯建议"焚书"。在《韩非子》一书中,反对文学的立场非常鲜明,文学就像虱子一样侵扰百官,使得法度不彰,因此,韩非主张"息文学而明法度"(《韩非子·八说》)。不仅如此,更要彻底将学习"文学"的君子,排斥在百官行列之外:"工文学者非所用,用之则乱法"(《韩非子·八说》)。②韩非之所以排斥文学,因为他看到,孔子之后的儒家过于强调君子教养,以至于有以君子取代百官的倾向,这种倾向在法家看来最终必定导致混乱。韩非矫治如此趋势的方式,是以百官取代君子,只是,"去文学"就相当于放弃教化,因为担当文学

① 参张觉校注,《商君书校注》,长沙:岳麓书社,2006,页38注释3。
② 关于韩非对待"文学"的态度,可参马世年,《〈韩非子〉的成书及其文学研究》,前揭,页94-99;王齐洲,"韩非文学思想平议",见氏著《中国文学观念论稿》,前揭,页182-201。

教化之职的恰是君子。韩非之所以摒弃君子而表彰百官,源于他对于君子教化之功与民性的重新认识。在孟荀看来,民众皆可教化,"人人皆可为尧舜","涂之人可以为禹"。即便现实中不太可能,但孟荀在理论上已经论证出这种可能性,这一点实与孔子"上智与下愚不移"的说法不符。孟荀的主张稍显理想,如果这样的主张施之于实际政治,必然有其意想不到的政治后果,韩非对此异常清醒。从这一点上讲,韩非对"民"的认识,可能比孟荀更为深刻。孟荀认为人人皆可教,韩非则有"不才之子"的说法:

> 今有不才之子,父母怒之弗为改,乡人谯(责骂)之弗为动,师长教之弗为变。夫以父母之爱,乡人之行,师长之智,三美加焉而终不动,其胫毛不改(丝毫不变);州部之吏,操官兵(兵器)、推(推行)公法而求索奸人,然后恐惧,变其节,易其行矣。故父母之爱不足以教子,必待州部之严刑者,民固骄於爱,听於威矣。(《韩非子·五蠹》)

在韩非看来,真正能够收束民众身心的不是文学,而是刑法。这一点可以比较孟子的态度:

> 仁者爱人,有礼者敬人。爱人者人恒爱之,敬人者人恒敬之。有人于此,其待我以横逆(以横暴之道加我),则君子必自反(自反思省)也:我必不仁也,必无礼也,此物(以横逆加我之事)奚宜至哉?其自反而仁矣,自反而有礼矣,其横逆由是也,君子必自反也:我必不忠。自反而忠矣,其横逆由是也,君子曰:此亦妄人(犹禽兽无知)也已矣。如此则与禽兽奚择哉,于禽兽又何难焉?是故君子有终身之忧,无一朝之患也。(《孟子·离娄下》)

将韩非所谓的"不才之子"视之为与禽兽无别的"妄人",并没有勾销"妄人"的存在。虽然对于君子而言,妄人的存在并没有值得君子自身忧虑的地方,但如此"妄人"却是国家政治必须面对的人群类型,而这类人,孟荀实际上都缺乏足够重视。如此"不可移"的"不才之子"或"妄人",从某种程度上代表了部分民众难以教化的特质,他们无法做到君子那样以"仁义"为生活原则,他们的"心眼"比君子要小得多。由此,亦可明白教化的限度,这一点孔子讲得很明确:"民可使由之,不可使知之。"(《泰伯》)孟荀重视君子教育,但对百官和民的认识尚有不足,韩非恰恰弥补了这一缺陷。韩非不仅重视"不才之子",同时也看到了从政治上推行"仁义"的限度。①

关于仁义的限度,法家先驱商鞅已经讲得相当明确:

> 仁者能仁于人,而不能使人仁;义者能爱于人,而不能使人爱。是以知仁义之不足以治天下也。(《商君书·画策》)

对于仁义者而言,推行仁义并没有问题,然而要想接受仁义的对象像推行仁义者一样,变得仁义并继续推行仁义,在法家看来实在过于理想,"不才之子"或"妄人"便是限制。仁义虽可以治天下,却"不足以"治天下。

> 今学者(儒家门徒)之说人主(君主)也,不乘必胜之势(权势),而务行仁义则可以王,是求人主之必及(一定

---

① 关于韩非对孟子的批评,可参徐汉昌,"韩非对孟子仁政学说之訾议",见氏著《先秦学术问学集》,高雄:高雄复文图书出版社,2006,页107-136。关于韩非对仁义思想的非议,可参张燕婴,《先秦"仁"学思想研究:儒墨道法家"仁"说论略》,北京:中国社会科学出版社,2010,页180-192。

　　要达到)仲尼,而以世之凡民(普通民众)皆如列徒(孔子
门徒),此必不得之数(术,方法)也。(《韩非子·五蠹》)

　　在韩非看来,儒者为政有一个危险,那就是要求王者做圣王,
要求普通民众做君子。圣王几乎千世才出一个,更多的君主是
"庸主"或"中主",普通民众本身也没有成为君子的欲求。儒者为
政对政治的期求太高,反而容易弄乱民众的心性,此为"儒以文乱
法"的要害所在,儒者对民众心性的认识并没有法家那样贴近实
际。① 如果顾及韩非当时所面临的国家政治危局,其摒弃文学教
化依赖法治的思想就更容易得到理解。在韩非看来,即便像舜这
样的王者仍然无法靠仁义教化达到治国的最终目的:

　　舜救败,期年(一年)已(止)一过,三年已三过,舜有
尽,寿有尽,天下过无已者,以有尽逐无已,所止者寡矣。
(《韩非子·难一》)

　　仁义治国的速度实在太慢,孔子也说"如有王者,必世(三十
年)而后仁"(《子路》),善人若要"胜残去杀",更需"为邦百年"
(《子路》)。对于命悬一线的韩国来说,哪里等得到三十年,更何
况百年。这是韩非强调法治的表面,更深层的原因来自于韩非对
民众心性的恰当认识,民众的心性需要刑法的威慑与管束。用法
来管束民众,需要借助百官这类人,因此,韩非尤其重视掌管法律
的百官。韩非对君主所言的君人南面术的核心,即是"法"与
"术","法"是治民,"术"是治官。②
　　法家主张法治,从某种程度上可以说是对儒家人治的反对,尤

---

① 关于韩非对儒者的批评,可参徐汉昌,"韩非讥儒者为'愚诬之学'平议",见氏著
《先秦学术问学集》,前揭,页93—106。
② 参吕思勉,《中国文化思想史九种》,上海:上海古籍出版社,2009,页526—527。

其是对"仁政"的反对。

> 夫以君臣为如父子则必治,推是言之(由此推论),
> 是无乱父子也。人之情性,莫先於父母,皆见(表现出)
> 爱而未必治也,虽厚爱矣,奚遽(如何)不乱?今先王之
> 爱民,不过(不超过)父母之爱子,子未必不乱也,则民奚
> 遽治哉!且夫以法行刑而君为之流涕,此以效(表示)
> 仁,非以为治也(不可用来治国)。夫垂泣不欲刑者,仁
> 也,然而不可不刑者,法也。先王胜其法不听(顺)其泣,
> 则仁之不可以为治亦明矣。(《韩非子·五蠹》)

儒家言仁政,主亲亲之说,至于法家,则扫荡仁爱。慎到云:
"骨肉可刑,亲戚可灭,至法不可阙"(《慎子·外篇》),"爱不得犯
法"(《慎子·内篇》)。[①]《管子·任法》云:

> 治世则不然,不知亲疏远近贵贱美恶,以度量断
> 之,……以法制行之,如天地之无私也。(《管子·任
> 法》)

法家之法治,的确有本于老子"天地不仁"的思想。法家的观
念其实相当现代,就是要做到"法律面前人人平等"。

> 所谓壹刑者,刑无等级,自卿相、将军以至大夫、庶
> 人,有不从王令、犯国禁、乱上制者,罪死不赦。(《商君
> 书·赏罚》)

---

① 慎到,《慎子》,王斯睿校正,黄曙辉点校,上海:华东师范大学出版社,2010。

《韩非子·五蠹》亦云："法莫如一（统一）而固（固定），使民知之。"由是观之，法家用"法"抹去了人的差异，这与言性善、性恶从先天抹去人的差异有相应之处。但孟子和荀子，尤其是荀子，仍然维系着人在后天的差异。韩非不同，不重先天（韩非并未言性善或性恶），他在后天抹去了人的差异，一断于法。由于"法"的底线实际针对的人群是普通民众，法家以"法"为断，无异于用针对百官与民众的制度来统摄共同体中的所有人，这是法家法治的要害处。

从这个意义上，可以看到法家与儒家的深层差异：法家重视对多数人（民众与百官）的统治，却忽视甚至勾销少数人（君子）的存在，法家有用对多数人的统治原则来统治所有人的倾向。儒家不同，儒家重视对君子的培养，但对多数人的认识不及法家深刻，儒家有用君子取代百官的倾向。儒家用仁义礼乐教化民众，倾向于用适应于少数人的生活准则来代替多数人的生活准则，因为他们已从人性论上（无论性恶说还是性善说）论证了人人生而平等。法家，进一步将儒家论证的先天平等彻底贯彻到后天。由此看来，儒家与法家皆有偏失，儒家应当从法家入手反思教化的限度，教养应针对多数人还是少数人？在法家看来，多数人并没有改变自己心性的欲求，需要用律法规范和管束他们的行为。儒家对多数人抱有更高的期求，但这样的期求是否恰当，尤其值得思考。法家亦应从儒家入手反思，社会上像君子这样的少数人，共同体是否可以摒弃甚至扼杀？为何儒家极重君子培养，甚至认为君子是政治品质的保证。

韩非当时所面临的学术处境，是儒家以君子方术为道术。韩非对此学术潮流的矫正，是以管束百官与民众的法术代替君子的仁义术，实质不外是以一种方术代替另一种方术，这恰恰是诸子之争的本质，或者说是诸子矫正时弊的方式。如果从矫正时弊的角度而言，孟子、荀子和韩非子等诸子，都可以得到辩护，不过，这同样也承认了他们学问的"方术"性质。

五、为政以德

在先秦甚至汉初的语境中,"文学"一词几乎都与儒生相联,亦与教化相关。韩非坚持"息文学而明法度",无疑是剥离"政—教",拉开政治与教化的关系,并最终专注于"政"而摒弃"教",此为"息文学而明法度"背后所带来的政制品质的变化。王子朝抱典奔楚之后,周朝官学逐渐破败,"政"与"教"逐渐分离,政教分离同时加速诸侯、大夫以至于陪臣政治品质的败坏。孔子有鉴于此,修撰六经,其用心在于重新弥合已然分离的"政—教"格局。在孔子看来,恢复教化的位置,政治才能得到品质上的保障。孔子恢复教化的关键举措,就在于创立"文学"一科,专门培养君子以传播六经中的王道精神。因此,"文学"的位置,在孔子的思想意图中至为关键。

从"息文学而明法度"的主张中,可以清楚地看到韩非眼中"文学"与"法度"的关系,"儒者以文乱法"。文学扰乱法度,因此,国家推行法制,必然要取消文学与儒生的位置,其极端即是"焚书"、"坑儒"。文学与法度在国家政制中真的不能并存,这无异于问,教化与政法能否并存。是否选择政法就必须去教化,选择教化就必然去政法。如果说,韩非的主张带有国家政治陷于危局时的烙印,那么,不得不继续追问:国家政局稳定时,或在理想的国家政制中,政法与教化到底应该是什么关系。《论语·为政》的第三章,代表着孔子对这一问题的看法:"子曰:道之以政,齐之以刑,民免而无耻。道之以德,齐之以礼,有耻且格。"这一章看似简单,实际很难把握:一是因为其中的一些字词训诂有歧义,比如"免"与"格";二是孔子对于"政""刑"的态度,以及"政""刑"在孔子思想中的位置不易确定;三是论者容易孤立理解此章。此章之所以列于《为政》第三章,编者很可能在提醒,需要从《为政》的前两章去理解此章的深义,至少此章中的"道之以政"与"道之以德",显然与《为政》首章的"为政以德"有表面上的呼应。因此,理解此章,需要注意《为政》前两章为第三章所铺设的语境,换句话说,前三章应该作为一个整体来看待:①

> 子曰:为政以德,譬如北辰,居其所而众星共之。
> 子曰:《诗》三百篇,一言以蔽之,曰:思无邪。
> 子曰:道之以政,齐之以刑,民免而无耻。道之以德,
> 齐之以礼,有耻且格。

先来看首章:"为政以德,譬如北辰,居其所而众星共之。"②关于此章的读解,历代注疏大致有两种思路,一主"无为"政治,一主"有为"政治。"无为"的思路最早见于何晏《论语集解》所载包咸的说法:"德者无为,犹北辰之不移而众星共之",③这一思路得到皇侃、刑昺、朱熹等人的支持。至清代,不断有学人反对这一说法,认为"为政以德"是"有为"政治,突出代表是毛奇龄。④ 毛奇龄攻击包咸"掺入黄老之言",又认为何晏"习讲老氏,援儒入道",故专主无为,却不知"为政以德,正是有为"。⑤ 毛奇龄等人的立场很鲜

---

① 将《为政》前三章作为一个整体来理解,并非笔者牵强之见,皇侃已经注意到这点。从皇侃义疏中,我们还能看到,皇侃之前的郭象已注意到《为政》首章与第三章之间的关系,参黄怀信等撰,《论语汇校集释》,前揭,页94-106。在现代研究中,洪涛注意到了《为政》前两章之间的关系,参洪涛,"《论语》之政治学——'为政以德'章释义",见氏著《本原与事变:政治哲学十篇》,上海:上海人民出版社,2009,页46-86;陈赟更是将《为政》前四章作为一个整体来理解,参陈赟,"作为政治行动的修身——对《论语·为政》第1-4章的思考",见王中江、李存山主编,《中国儒学》(第三辑),北京:中国社会科学出版社,2008,页81-107。

② 对于此章的详细疏解,可参洪涛,"《论语》之政治学——'为政以德'章释义",前揭,页94-106。

③ 见黄怀信等撰,《论语汇校集释》,前揭,页95。

④ 参洪涛,"《论语》之政治学——'为政以德'章释义",前揭,页50-52。

⑤ 见毛奇龄,《论语稽求篇》,引自陈大齐,《论语集释》,周春健校订,北京:华夏出版社,2010,页17。

明,身为儒家今文经师的包咸,受到老子思想的影响,包咸的经学思想已不纯正。在毛奇龄等人的眼中,孔子与老子的思想似乎势同水火,这恐怕是儒生自己的偏狭处。① 以"有为"之说反"无为"之说,是否已真正搞清楚何谓"无为"。②老子言"无为而无不为",已经将"无为"与"有为"关联在一起。

要理解"为政以德",需要理解"譬如北辰,居其所而众星共之",孔子用后一句比喻的话,来说明前一句的道理。北辰,即北斗,北斗曾在上古相当长的时间内充当过极星,③古人通过对北斗的观测,建立最早的四时系统,而观象授时,正是王权的来源。北斗接近天极,绕天极作规律运动,不仅标明天极的位置,同样以此为坐标确定出其他众星的位置,在上古,北斗是识别天上众星的起点。在中国天文学史上,极星被视为"天神太一"的居住之地,由于上古北斗曾为极星,所以,天神太一被认为居于北斗之位。④ 太一即大一,亦是天一,"一"为数之始,因此"太一"引申为创始万物之神,后来殷王称自己是"余一人",即是对"太一"的效仿。⑤ 天神太一居于北斗之位,以北斗统领众星,正如地上帝王"余一人"

---

① 近人程树德《论语集释》对此章的疏解亦流露出强烈的反"无为"说法的倾向,见程树德,《论语集释》(一),北京:中华书局,2006,页64。

② 关于"无为"的意义,尹振环大致归纳了五种说法,参尹振环,"道家的'无为'论",见氏著《重识老子与〈老子〉:其人其书其术其演变》,前揭,页281-291。

③ 历代关于"北辰"的说法,可参陈士元,《论语类考·天象考·北辰》,萧山陈氏湖海楼刊本;刘宝楠的《论语正义》也收集了古代很多关于"北辰"的说法,见刘宝楠,《论语正义》,北京:中华书局,2007,页37-39;亦可参牛泽群《论语札记》中的"北辰"条,见牛泽群,《论语札记》,北京:北京燕山出版社,2003,页20-22。历代对"北辰"的解释殊为混乱,龚鹏程认为,六朝以前的文献,皆以北辰为星,且大都以北极星为北辰,参龚鹏程,"儒家的星象政治学",见氏著《儒学新思》,北京:北京大学出版社,2009,页26。不过,龚鹏程的考证可能有所疏忽,北斗不仅在相当长的时间内充当过北辰极星,而且对上古政治有着重大影响,具体考证可参冯时,"新石器时代的天极与极星",见氏著《中国天文考古学》,前揭,页124-176。

④ 参冯时,《中国天文考古学》,前揭,页167-174。

⑤ 参冯时,《中国天文考古学》,前揭,页173;龚鹏程,"儒家的星象政治学",前揭,页29-32。

恭己而正南面,统领天下臣民。孔子在此以星象比喻政治,决非随意为之,而是道出人间政治与天道运行之间的关系。《论语》一书殿后的《尧曰》开篇提及的"天之历数",正是对《为政》开篇这一比喻的呼应。在孔子看来,"为政以德"的意蕴,应该从法天的层面理解。这一点老子也清楚讲过,"人法地,地法天,天法道,道法自然"。在这一章中,孔子的思想显然通于老子。

皇侃的义疏对理解"为政以德"章极具启发:

> "为政以德",此明人君为政教之法也。德者,得也,言人君为政,当得万物之性,故云以德也。故郭象云:"万物皆得性谓之德"。夫为政者奚事哉?得万物之性,故云德而已也。"譬如北辰,居其所,而众星共之",此为为政以德之君为譬也。……譬人君若无为而御民以德,则民共尊奉之而不违背。犹如众星之共尊北辰也。故郭象云:"得其性则归之,失其性则违之。"①

皇侃承续郭象的视角,从人性的层面来谈论政治。郭象云"万物皆得性谓之德",郭象的说法是从性分的层面理解人的"德"。人间的理想政制,当是符合人类性分的政制,由于人间政制不可能按照某一类人的性分或与某一类人性分相应的德性来要求整个人类,因此,人间政制的最佳模式便是不同性分等次的人遵循自己性分的德性标准来生活。从这一意义上讲,为政以德之"德",并非是说君王之德,并非是说君王为政要推行自己的德行。而是"以德",标准在"德",在不同性分之人的"德"。这就好比北辰居其所,众星环绕之,众星本身有自己的轨道,北辰虽作为众星统领,却不干扰众星的轨道。作为好比北辰的人君而言,人君的德

---

① 见黄怀信等撰,《论语汇校集释》,前揭,页95。

行亦在不干扰众人本身的性分与德性,这就是老子所谓的"无
为"。正是人君的"无为",才能使得众人可以按照自己的性分行
事而"无不为"。君王的这种德行叫做"玄德","生之、畜之,生而
不有,为而不恃,长而不宰,是为玄德。"这是《道德经》第十章的结
尾,这一章的开头是说"载营魄抱一,能无离",这一句正好接上第
九章结尾的"天之道"。有论者以为"天之道"应该与第十章连读,
即是:"天之道,载营魄抱一,能无离",极具启发。① "营魄",是
"星魂月魄","一"是"天一","载营魄抱一,能无离"者,正是北
辰。由此可见,《道德经》中所谓的"一",可能承接的是天文意义
上的"天一"、"太一",并将此当作人间政治的核心原则,沟通天道
与人道,以人道"法天道"为基本政治原则。如此便可理解《道德
经》中"圣人抱一为天下式"(《道德经》二十二章)、"侯王得一以
为天下正"(《道德经》三十九章)的说法,②这层含义完全通于《论
语·为政》的首章。

　　"侯王得一以为天下正",出现在今本《道德经》三十九章,也
就是《德经》第二章。《德经》第一章谈的是上古政治"道德仁义
礼"的衰败史,接着第二章谈论"昔之得一者,……侯王得一以为
天下正",无疑是在追溯往昔的理想政治。"侯王得一为天下正"
的政治结果,即是《道经》的结尾:"道恒无名,侯王若能守之,万物
将自化"(《道德经》三十七章)。此章的思想正是"北辰居其所而
众星共之",孔子云"天何言哉,四时行焉,百物生焉。天何言哉!"
(《阳货》)亦于此思想相通。侯王得一无为,众人得其性而无不
为,侯王之德为"玄德"。"为政以德",绝非要求君王推行某种自
以为是的德政,反倒是要打消自己的自以为是。虚掉自己的成见,
才能恰当认识人类的各种性分:

---

① 参龚鹏程,"儒家的星象政治学",前揭,页47。
② 同上。

> 致虚极,守静笃。万物并作,吾以观其复。夫物芸芸,各复归其根。归根曰静,静曰复命。复命曰常,知常曰明。不知常,妄作,凶。知常容,容乃公,公乃王,王乃天,天乃道,道乃久,殁身不殆。(《道德经》十六章)

"致虚极",完全虚掉自己,才能观芸芸万物,才能在万物芸芸中观到万物的"根"性。从万物的根性出发,才能把握万物的"常",把握万物的常,才能不妄作。老子所谓的"无为",并不是不作为,而是不"妄作"。老子的"无为",是发现万物之"常",然后顺常而为。老子的为,像是没有作为一样,显得自然而然,《道德经》十七章接着说"功成事遂,百姓皆谓我自然"。

"致虚极",亦是"丧我"之象,唯其丧我,方可观物。《庄子·逍遥游》的关键在于区分小知大知、小年大年,即是从"我"到"丧我"的关键转折。丧我之后,视野豁然开朗,如同上天,才能看到"生物之以息相吹也"。此象正接通《齐物论》以"丧我"起兴后所谈论的"天籁":"夫吹万不同,而使其自己也。咸其自取,怒者其谁邪?"丧我之后,才可能听到"天籁",而天籁不过"使其自己","咸其自取",乃是万物各自本来的声音。① 老子说"万物并作,吾以观其复",前提是要"致虚极",要"丧我"。君王丧我,才能使众人各行其是,这是法地、法天、法道、法自然的前提。

为政以德,君王有"玄德",使不同性分的人各行其是,各归于正。孔子云:"政者,正也",政就是正,为政就是"为正"。从这个意义上理解,"为政以德"无异于说要"以德""为正",归正不同性分之人,其实质相当于是"乾道变化,各正性命"(《周易·乾·象》)。"乾道"即"天道",天道无为而无不为,无不为即是"万物

---

① 参潘雨廷,《易老与养生》,前揭,页 126;潘雨廷《易与老庄》,前揭,页 253。

并作"，"各正性命"。天之所生为性，人之所禀为命，人的性命，就是人的性分，"政者，正也；正也者，所以正定万物之命也。"（《管子·法法》）为政的关键，首先在于认识人的性分，然后才能做到"正性命"，"各"字，已经显示出人类性分的多样。所以，真正的"德政"，恰恰要求照顾不同性分之人的"德"（得）。"各正性命"，要人是其所是，各得其所，是君子就努力成为君子，是百官就成为百官，是民就安于民。从这个意义上理解，"各正性命"通于孔子的"正名"之说。①

《为政》首章讲"为政以德"，是要规导不同性分的人群。第二章言"思无邪"，从性分层面过度到性情层面，从后天为政的角度引导不同性分之人的性情成为德性。在《为政》首章之后言《诗》，突出诗教，同时也突出诗教的对象君子在"为政"中的重要性。由于君子有"善群"的能力，教养好"君子"，"为政"的品质就能得到保障。

《为政》第三章讲具体"思无邪"的方式，将诗教提升至为政的层次。孔子对比两种"为政"（为正，或归于正）的方式："道之以政齐之以刑"与"道之以德齐之以礼"，效果分别是"民免而无耻"与"有耻且格"。先看第一种："道之以政齐之以刑"，孔安国云："政，谓法教也，免，苟免罪也"，②政，就是法制，"道"同"导"，"道之以政"，就是以法制来引导民。郭象云："政者，立常制以正民也"，③郭象所云的"常制"就是法制，法制是"正民"的一种方式。"齐之

---

① 《广雅·释诂三》："命，名也"，王念孙疏证云："命即名也，名、命古音同同义"。见张揖撰，王念孙疏证，《广雅疏证》，见中华书局编辑部编，《小学名著六种》，北京：中华书局，1998，页70。

② 见黄怀信等撰，《论语汇校集释》，前揭，页105。关于"免"字，古说大概都与"免罪"相关，今人大致又提出了另两种可能，可以参考：赵纪彬认为"免"当训作"散"，也就是逃亡的意思，见氏著《论语新探》，前揭，页14-15；黄怀信认为"免"当训为"放纵"，见黄怀信等撰，《论语汇校集释》，前揭页109。

③ 见黄怀信等撰，《论语汇校集释》，前揭，页105。

以刑",马融云:"齐之以刑,整齐之以刑罚也",①郭象云:"刑者,
与法辟以割制物者也"。② 郭象之所以认为"刑"与"法""割制物
者",是因为刑与法并不考虑人本身的差异。换句话说,刑、法的
制定与实施,没有考虑到人的性分差异,刑、法是整齐民众的一种
为政方式,这就是郭象说的"割制",用现代的话说,就是"一刀
切"。因此,刑、法本身并没有"导"人的功能,仅仅只有规范
("齐")的功能,推崇刑、法的政制,其效果就是"民免而无耻"。
郭象云:

> 制有常则可矫,法辟兴则可避。可避则违情而苟免,
> 可矫则去性而从制。从制外正而心内未服,人怀苟免则
> 无耻于物,其于化不亦薄乎?③

按照郭象的理解,法制有常,则自身的性情可以矫正,不过矫
正的标准在法制。由于法制本身并没有引导性情的能力,法制矫
正自身性情的做法,显然是文胜其质,即郭象所谓的"去性从制"。
"法辟"即刑法,亦可泛指法律,国家公布法律之后,民众关注的重
心在于哪些行为会犯法,哪些不会,而不再关心德性。"耻"来自
于对德性的感知,言行不符合德性的要求,会感到耻。在法、刑主
导的社会之下,民众关心的是自身行为是否合法的问题,不再关心
是否符合德性的要求。换句话说,法、刑并不重视对民众德性的引
导与教化。

---

① 见黄怀信等撰,《论语汇校集释》,前揭,页105。
② 同上。
③ 见黄怀信等撰,《论语汇校集释》,前揭,页105。亦可参考皇侃所引沈居士的说法:
　　"夫立政以制物,物则矫以从之。用刑以齐物,物则巧以避之。矫则迹从而心不
　　化,巧避则苟免而情不耻,由失其自然之性也。若导之以德,使物各得其性,则皆用
　　心不矫其真,各体其情,则皆知耻而自正也。"见黄怀信等撰,《论语汇校集释》,前
　　揭,页106。

"道之以德",是从人的"性分"与"性情"出发加以引导。"齐之以礼"的"齐"字需要注意,前面的"道之以德"讲不同的性分,因此,这里的"齐"字,当取"维齐非齐"之义。对于不同性分的人,有不同"齐"的标准,相应于不同的"礼数"。"齐之以礼",相当于对不同性分的人用不同的礼数加以引导,使得他们的性情成为德性,"名位不同,礼亦异数"(《左传·庄公十八年》),这层意思与"各正性命"相通。"有耻",即是恢复对"德性"的感受,这是德治与法治的关键区分。"格",何晏训为"正",①道之以德齐之以礼,目的是为了引导人的性情"思无邪"而归于正。黄式三注意到"格"与"革"音义皆同,"格"因此有"变革不正以归于正"的意思,②这与《尚书·囧命》所谓的"革其非心"相通。

这一章还有一个细节值得注意,"道之以政齐之以刑"的效果是"民免而无耻","道之以德齐之以礼"的效果是"有耻且格"。在第二个分句中,"民"并没有出现。这个现象似乎很好解释,第二个分句省略了"民"字。但是不是还有这样一种可能:"道之以政齐之以刑"的统治,最终让整个被统治者皆成为"民",③人与人之间在法律面前似乎没有差异,或法律并不区分人的差异。第二个分句之所以不提"民",是因为在"德治"治下,被统治者呈现出不同的可能性,至少"君子"这类人从"民"中凸现出来,而在法治中,根本没有君子的位置。

《为政》第三章展现的两种"为政"方式,可以简洁地称之为法

---

① 见黄怀信等撰《论语汇校集释》,前揭,页105。关于"格"字的解法较多,可以参高尚榘主编,《论语歧解辑录》,前揭,页41-42。

② 见黄式三,《论语后案》,张涅、韩岚点校,南昌:凤凰出版社,2008,页23。

③ 赵纪彬有"释人民"一文,专门分析《论语》中"人"与"民"的意思,结果发现在《论语》中,"人"指统治阶级,"民"指被统治阶级,见氏著《论语新探》,前揭,页1-27。赵纪彬的这种区分似乎过于绝对,孙钦善不太同意这种区分,参孙钦善,"《论语》校释丛劄",见北京大学《儒藏》编纂与研究中心编,《儒家典籍与思想研究》(第二辑),北京:北京大学出版社,2010,页184-186。

治与德治。两种统治方式，最终都是为了让被统治者"归于正"。如果法治不考虑人的性分，不引导人的性情，仅从外部行为上对人施加统一的限定，在这个意义上讲，法治，显然是文胜质的政制。德治，以人的性分出发，并通过礼教引导和规范不同性分之人的性情成为德性，如此，德治更加接近于文质彬彬的政制。在第三章，孔子通过比较两种为政的方式，具体凸显出《为政》首章"为政以德"的意义，并通过第三章让我们去思考教化与政法之间的关系。孔子主张德教，但孔子是否会因此去掉政法？孔子在此章之所以贬低政法这种为政方式，其实是说国家政治如果单凭政法，当然不行。孔子在此章突出德教，很可能是说国家政治应该以德教为主，以政法为辅，孔子并没有去掉政法的意思。

在《礼记·哀公问》中，孔子主张："为政先礼，礼其政之本与"。在《孔丛子·论书》中，孔子谈到刑法与教化的关系时亦说："五刑所以佐教"。也就是说，为政当以德教为主，以政法为辅，这一思想相当于《尚书·大禹谟》中"明于五刑，以弼五教"的说法。[①] 教化先行于法，用来引导人的性情革正，对于教化不起作用的人，必须用刑法加以惩戒。孔子在与子张谈论古今知法者的差异时说：

> 古之知法者能远狱（狱讼），今之知法者不失有罪（有罪之人）。不失有罪其于恕（宽仁之道）寡矣，能远则于狱其防（防备）深矣。寡怨近乎滥，防深治乎本。《书》曰："维敬五刑，以成三德"，言敬刑所以为德也。（《孔丛子·刑论》）

在孔子看来，古代知法者能使人远离狱讼，如今的知法者则注

---

① 比较刘向的说法："教化，所恃以为治也；刑法，所以助治也"（《汉书·礼乐志》）。

重"不失有罪",违法必究,绝不放过犯法之人,因此,孔子说如今的知法者缺乏"恕"的精神。古之知法者的着眼点,并不在于人犯罪之后如何抓捕与惩戒的问题,而是关心如何防止人犯法的问题。[1] 要防止人犯法,就必须教化先行,防患于未然,所以古之知法者更重礼教:

> 夫礼,禁乱之所由生,犹坊止水之所自来也。……故礼之教化也微,其止邪也于未形,使人日徙善远罪而不自知也,是以先王隆之也。《易》曰:"君子慎始,差若豪厘,缪以千里",此之谓也。(《礼记·经解》)

对古今知法者的比较,让人想起孔子在《论语·颜渊》中的说法:"子曰:听讼,吾犹人也,必也使无讼乎。"孔子并没有否定狱讼本身,而是期望像古之知法者一样,使人"远狱"、"无讼"。《周易》中有一讼卦,讼次于需,需卦讲的是饮食之道。《序卦》谈论需与讼的关系时说:"饮食必有讼,故受之以讼"。饮食者,欲也,《礼记·礼运》云:"饮食男女,人之大欲存焉",欲而不得,故争,争则有讼。因此,讼的关键在于性情欲望,孔子"听讼"的要害,便是在于从中认识人的性情欲望,从而以相应礼乐加以调节,听讼而使无讼的关键在此。讼卦大象辞云:"天与水违行,讼;君子以作事谋始",君子欲使无讼,需要"慎始"。讼初六爻辞云:"不永所事,小有言,终吉",讼卦初六不正,在卦体之初,好比性情之发未正,[2]象辞言"不利涉大川,入于渊",即是指初六不正,入于争讼之渊。[3]

---

[1] 比较后来王通的说法:"古之为政者,先德而后刑,故其人悦以恕;今之为政者,任刑而弃德,故其人怨以诈。"(《中说·事君》)见张沛,《中说译注》,上海:上海古籍出版社,2011。

[2] 参潘雨廷,《黼爻》,见氏著《易学三种》,上海:上海古籍出版社,2005,页123。

[3] 参潘雨廷,《周易表解》,前揭,页55。

因此,君子慎始,其要在于导正人的性情。讼卦初六之正,下体成兑,兑为"口舌"、为"言",故云"小有言,终吉"。初六之正,变卦成履,履,礼也,正是以礼归正性情。讼来自于人的争纷,对讼卦初六的革正,正是以礼导正人的"性情"之"初",从而"作事谋始",止"讼"于"未形"。

由此,可进一步理解教化与政法之间的关系,"礼者禁于将然之前,法者禁于已然之后"(《大戴礼记·礼察》)。① 礼教引导人的性情归正,禁于将然之前,对于不能导正的人而言,需要政法的规范与惩戒。孔子曰:

> 圣人之治化也,必刑政相参焉。太上以德教民,而以礼齐之。其次以政焉导民,以刑禁之,刑(以刑惩罚)不刑(不法之人)也。化之弗变,导之弗从,伤义以败俗,于是乎用刑矣。(《孔子家语·刑政》)。

从这个意义上说,孔子在《为政》中讨论两种政治,并非是要以德治取代法治,而是表明德治与法治之间的主辅关系。《礼记·乐记》云:"礼以道其志,乐以和其声,政以一其行,刑以防其奸。礼乐刑政,其极一也,所以同民心而出治道也。"②对现实政治而言,礼乐教化与刑政法治皆不可少。观"政"字,从正从攴,由"正"与"攴"两部分构成。从《为政》的二、三章看,为政的关键是"思无邪"归于正,这一部分主要由德治完成,对于不能归正的人而言,则要用"攴"。攴,古同"扑",用来敲打人的小棍,作动词为轻轻敲打的意思,《说文》训"攴"为"小击"。《尚书·舜典》云"扑

---

① 比较司马迁的说法:"夫礼禁未然之前,法施已然之后。法之所为用者易见,而礼之所为禁者难知。"(《史记·太史公自序》)

② 参考《礼记·乐记》的另一说法:"礼节民心,乐和民声,政以行之,刑以防之,礼乐刑政四达而不悖,则王道备矣。"

作教刑"，扑，是学校用来教训学子的戒尺，《礼记·学记》中所谓的"夏楚二物，收其威也"。学校是正人心的场所，正人心与对人的敲打分不开，引申到国家政治的层面，正人心与法规的惩治分不开，这可能是"政"字造字的深意。德治与法治虽有主有辅，但不可相互取代。

六、道术、方术与政制

先前谈论"旧法、世传之史"与"六经"的关系时，梳理过孔子与老庄代表的道家之间的关联。上一节，通过对《为政》首章的分析，也看到孔子对"道德"的见识与道家相通。对《为政》第三章的分析发现，在孔子的政治术中，亦包含后来所谓的法家治术。第二章的诗教与第三章的礼教，则属儒家治术。由此可见，孔子的学问结构，基本囊括后来分化的诸子之学。换句话说，孔子的学问乃属未裂为方术之前的道术。①

这是，不得不反过来想儒家学问的品质问题，后世所谓的儒家与孔子之间是何关系。最早以"某家"称道先秦学问流派的，是司马谈的《论六家要旨》，大致将先秦学问归为六家。刘向、刘歆父子撰定《七略》，更分诸子为十家，班固作《汉书·艺文志》沿袭刘氏父子的分法，后世有论诸子者，基本以《汉书·艺文志》为准。②

---

① 孔子学问属于道术，其关键在于孔子与六经的关系，并由六经上通于"旧法、世传之史"，此为古代史官所掌的整体之学。后起诸子的不同在于，诸子之学仅得自于某一职官，这在《汉书·艺文志》中已有明确说法，清人章学诚、龚自珍、汪中等人论诸子起源，皆沿袭《汉书·艺文志》的说法，不过《汉书·艺文志》这一思想的渊源恐怕取自《庄子·天下》。近代研究中，阐发诸子源流至为精当者，当推张尔田的《史微》，此外亦可参吕思勉《先秦学术概论》，见氏著《中国文化思想史九种》，前揭；陈柱《子二十六论》，桂林：广西师范大学出版社，2008；罗焌《诸子学述》，罗书慎点校，上海：华东师范大学出版社，2008。

② 参张舜徽，"太史公论六家要旨述义"，见氏著《周秦道论发微》，前揭，页328。

在司马谈眼中,儒家为六家之一,地位不及道家。在《汉书·艺文志》中,儒家虽列于"诸子略"之首,并"游文于六经之中","宗师仲尼",定位仍在"诸子"范畴,与"六艺略"区分。"诸子略"之所以区别于"六艺略",原因在于"六艺"源自于"旧法、世传之史",属于古学。诸子系一家之言,属于今学。① 孔子"述而不作,信而好古",学问品质属古学,故记录孔子言行的《论语》以及"孔子为曾子陈孝道"的《孝经》,亦列于"六艺略"。观《论语》一书,尚可见孔子学问实兼诸子之学。《汉书·艺文志》所著录之儒家,基本为孔子门人弟子及其流裔,此为孔子与儒家的区分。所谓儒家,乃是对孔子弟子及其流裔的称呼,而非对孔子的称呼。② 儒家虽以仲尼为宗师,但仲尼的学问并非完全限制在后来的儒家范围之内,搞清楚这一点,才能回头看清楚儒家代表人物孟子、荀子与孔子的差异。

《荀子·非十二子》已强烈批评子思、孟子以及孔子的部分门徒。至荀子学生韩非,更是看到"儒分为八"的儒门学术格局。孔子殁后两百年间,孔子学问散于各地,虽然结合具体时空条件有所发展,③但战国儒门中最终没有产生统合各国、各家方术的学问,甚至没有见到统合方术的努力。其内在原因之一,在于春秋与战国之际政治格局的变化。春秋霸主尚能尊王攘夷,率诸侯以朝天子,这种表面上努力维系天下一统的政治格局至战国已不复存在。战国六家学术彼此分裂,深层原因在于六国的彼此分裂,④这是六

---

① 参钱穆,"两汉博士家法考",见氏著《两汉经学今古文平议》,北京:商务印书馆,2001,页187;刘师培,《经学教科书》,见劳舒编,《刘师培学术论著》,杭州:浙江人民出版社,1998,页185。

② 参张尔田,《史微》,前揭,页55。

③ 参潘雨廷,"详论《汉书·艺文志》",见氏著《道教史论丛》,上海:复旦大学出版社,2011,页135;王锦民,《古典目录与国学源流》,北京:中华书局,2012,页27-28;潘雨廷,"论史记的思想结构",见氏著《易学史论丛》,前揭,页270-273;王葆玹,《今古文经学新论》,北京:中国社会科学出版社,2004,61-77。

④ 参潘雨廷,"论史记的思想结构",见氏著《易学史论丛》,前揭,页273。

艺古学蜕变为诸子今学的关键。老子学问产生于东周王家官学，孔子的政治与学问关怀亦在"为东周"，后来更从东周上推至"文王"之西周，孔老的古学视野最终框住的是整个天下。《庄子》后来试图重新整合方术为道术的努力，取《天下》为名，其学问已能超越一国之界而上达孔老的政治关怀。[①]反观作为儒学中坚的孟荀，其学却很难见到综合各国学术的气象，且孟子距杨墨与荀子非十二子，更见其一方之学的品质。韩非虽通老子，其"存韩"的政治指向较儒家一方之学的品质更为明显。

春秋而战国，东周而六国，政治上大一统的分裂，是道术裂为方术的政治（历史）原因。哲学上的原因，在于"性与天道"之微言不传。观战国时期《庄子》的学问能上出于一国政治，可见道术裂为方术更深层的原因在于哲学原因，对"性与天道"的见识深浅。"孟子道性善，言必称尧舜"（《孟子·滕文公上》），道性善的关键，是将仁义等德性内化为人的天性。《庄子·天道》记有孔子见老子，并缲十二经以说老子，[②]以为十二经其要在仁义。老子反问说："仁义，人之性邪？"孔子回答说："然，君子不仁则不成，不义则不生。仁义，真人之性也，又将奚为矣？"孔子将仁义内化为天性。老子告诫说，如果"偈偈乎（励力貌）揭仁义"，将"乱人之性"。如

---

① 参潘雨廷，"论庄子的思想结构"，见氏著《易与老庄》，前揭，页 309–313。虽然庄子一生对政治的感受至为强烈（参张远山，"战国大势与庄子生平"，见氏著《庄子奥义》，南京：江苏文艺出版社，2008，页 1–26），但《庄子》一书表面上的政治性却较先秦诸子都要淡漠，这背后很可能有庄子超越国别政治的深远关切。王葆玹考得庄子为宋国遗民，丧失了政治关切的具体对象，因此仅倾心于个人精神问题，如此解释恐怕过于偏狭，见王葆玹，"庄子其人其书的时代与国属"，见氏著《老庄学新探》，上海：上海文化出版社，2002，页 147–191。

② 郭象认为"十二经"为《诗》《书》《礼》《乐》《易》《春秋》六经与六纬，见郭象注，成玄英疏，《庄子注疏》，前揭，页 260；关于"十二经"的解释，大概有三说，此说之外，还有的认为《易》上下经与十翼，以及《春秋》十二公之经文，参王叔岷，《庄子校诠》，北京：中华书局，2007，页 488；或刘文典，《庄子补正》，合肥：安徽大学出版社，1999，页 384。

果将仁义看作人性，无疑会扰乱人性。扰乱人性的关键，就在于用培养君子的仁义来要求民众，并将仁义说成人的天性。如果说《庄子》一书"寓言十九"，这段对话完全可以看作是道家对"留心于仁义之际"（《汉书·艺文志》）的儒家的批评，切不可以少数人的德性来要求多数人。更何况，从人性角度切入政治时，这个问题将变得更为严峻："颜阖将傅卫灵公太子，而问于蘧伯玉曰：有人于此，其德天杀。"（《庄子·人间世》）"性善说"将如何解释"其德天杀"之人？① 庄子在其切入实际政治的《人间世》，处理这个实际政治中"其德天杀"的问题，亦可看作是对同时代孟子的质问。

> 夫小惑易方，大惑易性。何以知其然邪？自虞氏招仁义以挠天下也，天下莫不奔命于仁义。是非以仁义易其性与？（《庄子·骈拇》）

"小惑"是搞错了方向，"大惑"则是搞错了人性，"虞氏"即舜。自舜举"仁义"来规范天下，这在《骈拇》作者看来，无异于"以仁义"代替原初"人性"。孟子言必称尧舜，《庄子》一书破"仁义"并与对"舜"的批评关联在一起，② 很可能是在批评以孟子为代表的儒家。以"仁义"为人性，用对少数人的标准来要求多数人，后果是"挠天下"。③

孟子的人性论以及相应的仁政，实在有些过于理想。相比较而言，荀子言性恶，从人性的低处出发，相应的政治构想则要稳健得多。荀子对人性恶的见识配合他对人性可教的信念，使得"涂

---

① 参考康有为的说法："孟子但见人有恻隐辞让之心，不知人亦有残暴争夺之心也。"见康有为，《万木草堂口说》，前揭，页80-81。

② 比较《庄子·应帝王》："有虞氏不及泰氏。有虞氏其犹藏仁以要人，亦得人矣，而未始出于非人。"

③ 比较《老子》"治大国若烹小鲜"的说法。

之人可以为禹"的命题已在逻辑上成立。由于荀子重视文教,因此,荀子对政治传统中神学维度的勾销,尝试突显现实政制纯政治哲学的面貌。在《荀子·天论》中,荀子说道:

> 雩而雨,何也? 曰:无何也,犹不雩而雨也。日月食而救之,天旱而雩,卜筮然后决大事,非以为得求也,以文之也。故君子以为文,而百姓以为神。以为文则吉,以为神则凶也。

雩,是古代求雨的祭祀。在荀子看来,岁旱,祷而求雨然后得雨,与不进行祭祀天仍降雨之间,并没有差异。换句话说,雩作为一种祭祀,与天下不下雨没有干系。日食月食时,人们击鼓营救,岁旱之时,人们求神降雨,临大事时,以卜筮决疑。在荀子看来,击鼓、祷雨、卜筮,并非真是为了达到期望的效果,而是"文之"也。这些其实在君子看来是对政治的文饰,说白了是政治术,只是老百姓把这些看作是"神"。荀子将政治神学还原为政治哲学,并进一步还原为政治术,已经开启出后来韩非的思路。区分政治哲学与政治神学并取消政治神学,[1]是荀子天人之分的关键。荀子已从古学中"顺天"、"法天"的思想,转变为"制天"。制天,最终是为了淡化天的重要性,凸显人的重要性。荀子不深入研究天,与对卜筮的认识也相通。荀子认为卜筮仅是政治术之"文",对卜筮之实情以及《易》背后的性与天道及其相应的政治关切未能深入,此为荀子学问的局限所在。[2] 缺乏对天道的体认而执着于人道,是否

---

[1] 比较《荀子·天论》中的说法:"星队、木鸣,国人皆恐。曰:是何也? 曰:无何也,是天地之变,阴阳之化,物之罕至者也,怪之可也,而畏之非也。夫日月之有蚀,风雨之不时,怪星之党见,是无世而不常有之。上明而政平,则是虽并世起,无伤也;上暗而政险,则是虽无一至者,无益也。"由此明天象与人世治乱无关,灾异不可惧,可惧者在"人祅"。

[2] 参潘雨廷,"荀子与易学",见氏著《易学史论丛》,前揭,页175。

可以深刻认识人道？这可能是荀子学问的结构性缺失。言性恶而隆礼，然"礼"却是以"时为大"（《礼记·礼器》），荀子缺乏对天道的深入体认，如何把握"时"？① 荀子有"法后王"之说以贴近时代，但法后王毕竟已与当前时代有所脱离，由此亦可知孟子"法先王"之说的缺陷。法先王与法后王皆有局限，②同为王者陈迹，《庄子》一书对此批评尤多。

性善说与性恶说，抹平人在天性上的差异。孟子将"仁义"内化为天性，以成为君子的标准来要求大多数人。荀子重视后天教化，以为人性可教，并以此勾销神学在政治传统中的位置。但是，如果说神学是王者用来统治民众的"道术"之一，荀子勾销神学，无异于瓦解民众的生存依靠。荀子对民众与神学关系的认识，与《鲁邦大旱》所载孔子的看法大异。孔子非常强调神学与民众的关系，对民众而言，作为政治术的"神学"尤不可破。③

荀子揭开政治神学的面纱，将神学还原为政治术，而后抛开神学并完全倚重政治术，这在韩非那里发展到极致。韩非悬置人性善恶的问题，其治术的出发点落在人的后天。又由于对"法"的倚重，韩非对人性的理解，可以说的确继承了荀子"性恶"的判断，韩非与荀子的学问之间确实有很多相应之处。以人性恶为前提，荀子隆礼，韩非隆法，皆以后天制度来规范先天，不

---

① 荀子引"《书》曰：先时者杀无赦，不逮时者杀无赦"（《荀子·君道》），与《易·乾·文言》"先天而天弗违，后天而奉天时"的思想大异，参潘雨廷，"荀子与易学"，见氏著《易学史论丛》，前揭，页178。

② 参潘雨廷，"详论《汉书·艺文志》"，前揭，页137。

③ 关于上博简《鲁邦大旱》的疏解，可参廖名春，"上博简《鲁邦大旱》札记"，见氏著《出土简帛丛考》，武汉：湖北教育出版社，2002，页79–89；杨朝明，"上海博物馆竹书《鲁邦大旱》管见"，见《儒家文献与早期儒学研究》，济南：齐鲁书社，2002，页250–251；廖名春，"试论楚简《鲁邦大旱》篇的内容与思想"，见《孔子研究》，2004（1），页8–15；李学勤，"上博楚简《鲁邦大旱》解义"，见《孔子研究》，2004（3），页5–7；王中江，"'灾害'与'政事'和'祭祀'"，见氏著《简帛文明与古代思想世界》，前揭，页107–137。

考虑人在天性上的差异。因此,荀子的礼制与韩非的法制,皆有"文胜质"的倾向。韩非虽对老子学问有极深理解,化出来的学问仍有问题。《庄子·养生主》篇末有秦矢对老子后学的批评,关键点出"遁天之刑":"遁天倍情,忘其所受,古者谓之遁天之刑。"郭象注"遁天倍情"云:"天性所受,各有本分,不可逃,亦不可加"。[1] "遁天之刑",不顾人的先天性分以及后天性情,给人套上另一套枷锁。[2] 荀子给人套上的是一整套礼教,韩非子给人套上的是一套法制。孔子讲"性相近,习相远",这里的"习"是"学而时习之"的"习",是认识性情之后的习。孔子的"习",突出的是对天性自然的引导,故孔子极重因材施教。《养生主》中,"遁天之刑"之前是"公文轩见右师"一章,探讨的是人性究竟"天与? 其人与?"人性到底是天生的还是人为的? 曰:"天也,非人也。天之生是使独也。""是"即是"性",[3]人的外貌与天性系天生而非人为,且人的天性与外貌一样,每个人都有细微的差异,这种差异就是人的"独"。不过荀子与韩非并不重天性之"独",荀子尚为性分留有余地,在后天有不同等次的区分,韩非则将人的先天、后天一断于法。

"性分"的概念来自"道德",用孔子的话来说,"性分"是"性相近",或"生而知之"、"学而知之"、"困而学之"和"困而不学"之间的区分;用《易》的话来讲,是"乾道变化,各正性命";用老子的话来说,是"夫物芸芸,各复归其根,归根曰静,是谓复命";用《大戴礼记·本命》的话来说,是"分于道谓之命"。"性分"思想,实属"古学"。就人的性分等次而言,在先秦著作中阐述得最清楚的是《庄子·天下》的"天下七品说"。如果说《天下》篇的确是《庄子》

---

[1] 见郭象注、成玄英疏,《庄子注疏》,前揭,页69。
[2] 参张文江,"《庄子·养生主》析义",见上海社会科学院文学研究所编,《多维视野的文学文化研究》,上海:上海社会科学院出版社,2008,页276。
[3] 参钟泰,《庄子发微》,前揭,页71。

一书的序言，①那么，"天下七品说"所谈论的人类"性分"，就应该
作为阅读《庄子》整部书的前提，最早贯彻这一读法的是郭象。②
《庄子》内七篇没有提到一个"性"字，郭象从"逍遥游"的标题就
开始从性分的角度分析。大多数论者以为郭象注《庄子》是在借
《庄子》说自己的思想，反倒容易忽视郭象对《庄子》一书的洞见，
以为性分思想为郭象所创，不见"性分"思想已经明摆在作为《庄
子》序言的《天下》篇中。《庄子》在后序《天下》中谈论性分，内七
篇却不谈"性"。内七篇对天道、地道、人道的谈论，用"天籁"、"地
籁"、"人籁"的比喻代替，③极可能是秉承孔子不言"性与天道"的
逻辑。

郭象注"逍遥游"这个题目时说：

> 夫小大虽殊，而放于自得之场，则物任其性，事称其
> 能，各当其分，逍遥一也，岂容胜负于其间哉！④

无论是"逍遥"、"游"还是"逍遥游"的概念，对理解《庄子》一

---

① 以《天下》篇为庄子自作，并认为此篇为《庄子》序言的，大概有陆西星、林希逸、王
夫之、马骕、姚鼐、周金然、陆树芝、王闿运、廖平、梁启超、钟泰、方光、刘咸炘等人，
参严灵峰，"《庄子·天下篇》的作者问题"，见张丰乾编，《庄子天下篇注疏四种》，
前揭，页335-337。
② 对《庄子》郭象注的研究已有专书，见杨立华，《郭象〈庄子注〉研究》，北京：北京大
学出版社，2010，此书关于"性分"的研究可参第五章"性分与自然"，页119-130。
通读此书可以发现，在作者看来，性分概念几乎是郭象注庄子的核心概念，郭象注
庄子所派生出来的其他概念，很多都以性分概念为前提。关于郭象与魏晋玄学的
关系，可参汤一介，《郭象与魏晋玄学》，北京：北京大学出版社，2009，此书对性分
的研究可参第十三章，页285-294。关于"性分"的研究还可参陈静，"性分：符合
名教的自然——论郭象对《庄子》的解读"，见刘小枫、陈少明主编，《经典与解释
1：柏拉图的哲学戏剧》，北京：华夏出版社，2003，页239-257。
③ 参潘雨廷，"内七篇与三才之道"以及"论《庄子》内七篇"，见氏著《易与老庄》，前
揭，页268-270,305-308。
④ 见郭象注、成玄英疏，《庄子注疏》，前揭，页2。

书都极为重要。逍遥古字作"消摇"，①用今天的话来说，可以将"逍遥"解作"自由"。② 由此，通过理解"逍遥游"，可接通庄子对"自由"的见识。按郭象的理解，"逍遥"乃是"物任其性"，"各当其分"，"逍遥"是从性分的层面来讲的。《逍遥游》的开篇"大鹏"与"蜩与学鸠"的对比，展现了两种不同的生活方式，这两种不同的生活方式来自于它们本身的性分。大鹏要"九万里而南为"，学鸠仅能做到"枪榆枋"，且"时则不至"，但"苟足于其性，则虽大鹏无以自贵于小鸟，小鸟无羡于天池，而荣愿有余矣。故小大虽殊，逍遥一也。"③这是《逍遥游》小大之辨的关键，"物各有性，性各有极，皆如年知，岂跂尚之所及哉"。④ 真正的"逍遥"之"游"或真正的自由，恰恰是做合乎自己性分的事，大鹏的逍遥在九万里而南为，学鸠的逍遥在灌木丛中飞上飞下，皆是"游于分内"。⑤ 换句话说，真正要做到"逍遥"之"游"，前提就在于搞清楚自己的"本分"，⑥学鸠无法去过大鹏的生活，大鹏也无法去过学鸠的生活。从这个意义上看，作为"逍遥"的"自由"，恰恰是有限制的，这个限制在人的先天性分之中。真正的自由，是在性分之内的"逍遥游"。⑦《逍遥游》中所讲的"有待"，就是性分限制，不同的人有不同的"待"，正源于性分不同，"各以得性为至"。⑧ 从"有待"到"无

---

① 参郭庆藩，《庄子集解》，王孝鱼校点，北京：中华书局，2006，页2；王叔岷，《庄子校诠》，前揭，页3。钟泰取"消摇"二字并加以疏释，以明"逍遥"古义，参《庄子发微》，前揭，页3，钟泰的如此理解，正好可以接通《庄子·缮性》的思想，颇值得参考。
② 参张文江，"《庄子·逍遥游》析义"，见《文景》，2006(2)。
③ 见郭象注、成玄英疏，《庄子注疏》，前揭，页5。
④ 同上，页6-7。
⑤ 见郭象注、成玄英疏，《庄子注疏》，前揭，页421。
⑥ 杨升庵云："消摇，尽性也"，极有见地。见方以智，《药地炮庄》，张永义、邢益海校点，北京：华夏出版社，2011，页102。
⑦ 参考郭象的说法："各知其极，物安其分，逍遥者用其本步而游乎自得之场矣"。见郭象注、成玄英疏，《庄子注疏》，前揭，页307。
⑧ 见郭象注、成玄英疏，《庄子注疏》，前揭，页9。

待",是《逍遥游》的另一个转折,"无待"者可以超越性分限制。庄子举了三种人:"至人无己,神人无功,圣人无名",从《天下》的谱系来看,圣人之下的君子、百官与民,其实过着"有待"的生活,故《天下》的作者用"以……"的句式来定义。圣人之上的三品人过着"无待"的生活,他们天为一,完全自然。居间的圣人不同,圣人在地上与下三品人一起生活。不过,圣人的天性恰恰能看到并理解其他人的天性限制,因此能"兆于变化"。圣人"兆于变化"的关键,在于《齐物论》开篇的"吾丧我"。

要"齐—物论",就要先"齐物",然后才能做到"齐物论"。齐物的关键在"丧我",丧我之后,才能逐渐听到人籁、地籁、天籁。丧我的过程,相应孔子"四毋"的过程,亦是老子"致虚极"的过程。"致虚极"之后,方能"万物并作,吾以观其复"(《道德经·十六章》)。《逍遥游》已经让我们看到不同"物"在自己性分之内"逍遥一也",《齐物论》进一步从性分的自然层面还原万物,"各据其性分,物冥其极,则形大未为有余,形小不为不足"。① 在这个视野中,可见秋毫之大,泰山之小,"各安其分,则大小俱足"。② 大鹏与学鸠皆可有适性自得之逍遥,但大鹏不可以其"九万里而南为"笑学鸠,学鸠也不可以其"枪榆枋"而笑大鹏。是非之所以生,在于性分不同所带起的生活凭据以及看待世界的方式不同。如果以大鹏的生活方式要求学鸠或以学鸠的生活方式要求大鹏,必然造成混乱甚至悲剧。方术之所以为方术,在于固执某种性分的生活方式来要求整个人类。不可否认,方术见到了某种限度之内正确的东西,但若执此作为普遍正确的标准推广开来,正确的东西亦成错误,这就是诸子之学结合到实际政治会带来的可能后果。诸子之争的实质,同于盲人摸象,庄子要"齐—物论",整齐诸子的人论,

---

① 见郭象注、成玄英疏,《庄子注疏》,前揭,页44。
② 同上,页310。

关键就在于从"人—物"的性分层面入手来泯是非,息论辩。诸子均善论辩,孟子更是以善辩著称:

> 公都子曰:"外人皆称夫子好辩,敢问何也?"孟子曰:"予岂好辩哉,予不得已也。天下之生(生民)久矣,一治一乱。……世衰道微,邪说暴行有作,臣弑其君者有之,子弑其父者有之,孔子惧,作《春秋》。《春秋》,天子之事也。是故孔子曰:'知我者其惟春秋乎!罪我者其惟春秋乎!'圣王不作,诸侯放恣,处士(士人不做官而居家者)横议,杨朱墨翟之言盈天下。……我亦欲正人心,息邪说,距陂行(偏颇不正的行为),放淫辞,以承(继承)三圣(大禹、周公、孔子)者。岂好辩哉,予不得已也。能言距杨墨者,圣人之徒也。"(《孟子·滕文公下》)

这里,可以发现孟子的"好辩"与孟子对《春秋》的理解有关,孟子以《春秋》为自己的"好辩"辩护。这与《齐物论》中所看到的庄子对《春秋》的理解截然不同:"《春秋》经世,先王之志,圣人议而不辩",且庄子提到《春秋》的语境正是在讨论"分"与"不分","辩"与"不辩"的问题。庄子对《春秋》的认识,显然与"不辩"联系在一起,正好与孟子对《春秋》的见识相反。孟子和庄子都看到《春秋》"经世"的意义,孟子看到《春秋》的用心在于拨乱反正,在这个层面上,孟子认为自己距杨墨正是弘扬《春秋》精神,为当世拨乱反正。这在庄子看来,很可能是从自己的视野出发,[1]反而造成是非:"故有儒墨之是非,以是其所非而非其所是。欲是其所非而非其所是,则莫若以明。"(《齐物论》)儒墨皆从自己的视野出

---

① 陈文洁在谈论孟子"性善论"时,将孟子对性善的认识溯源到孟子隐秘的"个人化体验",认为孟子提出"性善"来自于孟子个人化的"天命感",这种思路虽然有点偏颇,但无不启发。见陈文洁:《荀子的辩说》,北京:华夏出版社,2008,页48-58。

发,否定对方,其实"莫若以明","还以儒墨,反复相明"。① 不如还原各自的立场与是非界限,搞清楚立场的出发点。由此才能进入庄子所理解的《春秋》,庄子将《春秋》放在整个宇宙与道德(六合内外)的语境中来看,惟其如此,方可"推见至隐"。"六合之外"是"天地四方"之外,②"六合之内",为可见之宇宙自然。"六合之内,圣人论而不议",万物各有性分类别,"论"其性分类别而不"议"其事。"《春秋》经世,先王之志,圣人议而不辩",《春秋》乃是鲁国隐公(前 722 年)到哀公(前 481)二百四十年编年史,是"六合之内"的具体时空处境,圣人"议"其事而不"辩"其是非。《春秋》不辩是非不等于没有是非,这通过《公羊》、《谷梁》二传可以看得很清楚。《春秋》之所以不辩是非,是因为《春秋》本身有其具体的时空处境,其中的是非带有时空色彩。如果辩其是非,恐怕后儒将带有具体时空色彩的是非标准固执为普世标准,造成更大的是非,故圣人"议而不辩"。"议而不辩",直陈其事,是将是非标准藏在纪事之中,善读者"推见至隐",亦可得其真谛。《天下》言"《春秋》以道名分",与孔子"正名"涵义相通,"正名"的关键恰在"各正性命",由此亦可明白庄子为何要在"齐物论"的语境中谈及《春秋》,"齐物论"的核心是要讲出"各正性命"的性理正当性。由此,也可以反思《荀子》的《正名》篇,可能有失之于辩的嫌疑。孟荀尚未及庄子所理解之《春秋》,"故分也者,有不分也;辩也者,有不辩也。曰:何也? 圣人怀之。"圣人怀之,以其先心退藏于密。圣人不辩,是因为"辩也者,有不见也",这是诸子或方术本身的问题所在。由此,也可以见到庄子写作的用心,意在整齐诸子之论,③以重归道术。可以说,《齐物论》是《天下》评骘诸子

① 见郭象注、成玄英疏,《庄子注疏》,前揭,页 35。
② 参郭象注、成玄英疏,《庄子注疏》,前揭,页 46。
③ 参王夫之,《庄子解》,见《老子衍 庄子通 庄子解》,王孝鱼点校,北京:中华书局,2010,页 84。

的根底所在。

《齐物论》的前提,是《逍遥游》到天上看到人性的整全格局,明白人性的整全格局之后,过渡到《养生主》,《养生主》的关键问题是如何调理自己的性分以及众人的性分。"养生主"之"生"就是"性","性者,生之质也"(《庄子·庚桑楚》),养生就是养性。①《养生主》的开篇极为著名,却经常受到误解:

> 吾生也有涯,而知也无涯。以有涯随无涯,殆已!已
> 而为知者,殆而已矣!为善无近名,为恶无近刑,缘督以
> 为经,可以保身,可以全生,可以养亲,可以尽年。

"吾生也有涯"之"涯",不少注家理解为生命的时间限制,却忽视了"生"从"性分"层面所带出的限制。向秀注云:"生之所禀各有涯也",②郭象注云:"所禀之分,各有极也"。③ 成玄英将"涯"释为"分",可谓精当,"涯,分也。夫生也受形之载,禀之自然,愚智修短,各有涯分。而知止守分、不荡于外者,养生之妙也。"④"生也有涯",显然是在讲人的性分限制。"以有涯随无涯,殆已",郭象注云:"以有限之性寻无极之知,安得而不困哉!""已而为知者,殆而已矣",郭象注云:"已困于知而不知止,又为知以救之,斯养而伤之者,真大殆也。"⑤《养生主》开篇的"知",可比拟于当今的科学知识,如今人们迷信科学而不知止,虽然科学本身在不断地造成恶果,人们依然相信科学本身的进步能弥补科学本身所带来的恶果,这就是"大殆",极危险。《养生主》的开篇,其实是在提醒注

---

① 参钟泰,《庄子发微》,前揭,页64。
② 见王叔岷,《庄子校诠》,前揭,页99。
③ 参郭象注、成玄英疏,《庄子注疏》,前揭,页63。
④ 同上。
⑤ 同上。

意人的天性与知识之间的关系。《论语》开篇讲"学而时习之,不亦说乎",通过学,恰恰是要将学问与性情关联起来,学问的目的在于认识自己,修治性情,而非仅仅为了获得知识。

"为善无近名,为恶无近刑",这一句歧解甚多,关键在于如何理解"为善""为恶"的"为"字。从《养生主》的语境来看,将"为"理解成"修治",似乎更恰当,"善"、"恶"乃潜藏于天性之中。"为善无近名",对人性中的善性,不要用"名"来引导或鼓励,如果以"名"来引导或鼓励,那么"善"就不再是原初的真"善",容易变成迎合"名"的伪善。"为恶无近刑",去掉人性中的"恶",不要用"刑"来威逼。如果用刑来威逼,那么,不作恶,不是因为人性中的恶性已然消失,而是因为惧怕,恶性依然存在,与"民免而无耻"相通。① "生也有涯",谈的是人的"性分","为善无近名,为恶无近刑",谈的是人性中的"善恶"。庄子在"养生"(养性)的语境中谈论"善恶",意在批评单方面从善或恶的方向来理解人性。②

庄子既反对罔顾人的性分,也反对单方面从或善或恶的角度来看待人性,以及以或刑或名的方式来规导人性中的善恶,庄子认为调养人性的关键在于"缘督以为经"。"督",中也,郭象注云:"顺中以为常也",③方以智引《管见》云:"督字训中,乃喜怒哀乐之未发,非善恶两间之中也"。④ 如此理解的"中",即是"中庸"之"中",因为"中"本身就可训为"性",因此,"缘督以为

---

① 可参王叔岷,"庄子'为善无近名为恶无近刑'新解",见氏著《庄学管窥》,北京:中华书局,2007,页105–111。但王叔岷以为善、恶的确是在讨论如今意义上的"养生",过于拘泥于文字。

② 张文江先生认为,"庄子对人性的认识,盖主善、恶两遣"。参张文江,《〈庄子·养生主〉析义》,见上海社会科学院文学研究所编,《多维视野的文学文化研究》,上海:上海社会科学院出版社,2008,页271。亦参刘笑敢,《庄子哲学及其演变》,北京:中国人民大学出版社,2010,页251–155。

③ 参郭象注、成玄英疏,《庄子注疏》,前揭,页64。

④ 见方以智,《药地炮庄》,前揭,页153。

经",相应于"率性之谓道"。① 下文"庖丁解牛"章的"砉然响
然,奏刀騞然,莫不中音,合于桑林之舞,乃中经首之会",犹"发
而皆中节"。如此,方以智以为《养生主》一篇为"慎独中节之
学",实有极精见地。②

《养生主》首章到"庖丁解牛"章,从对人性的见识过渡到治国
的见识,理解"庖丁解牛"章的关键在于把握"缘督以为经"。"庖
丁解牛"章是一段君臣对话,③借解牛隐喻治国之理。④ 解牛的关
键,是"依乎天理,批大郤(交际之处),导大窾(骨节空处),因其固
然"。治国,要从人的天性性分出发,从性分之间的界限出发,这
些性分界限并非"解牛者"自己构造出来的,而是"因其固然",本
来就有,这就是"缘督以为经"。如果出自"解牛者"自己的构造,
如此解牛就不免"岁更刀"或"月更刀"。对人群的规导若不因循
人性,必然受挫。庖丁解牛章不仅是谈养个人之性,更是在论养国
人之性,养天下人之性。如此,从《养生主》首章到庖丁解牛章的
结构,相应与《周易》观卦六三的"观我生"到九五的"观我生"。
六三"观我生"之"生"为"性",⑤三为君子位,君子终日乾乾,认识
自己;九五"观我生"之"生"为"民",《象》云:"观我生,观民也"。
五为王位,从三到五是从"观我性"到"观民性",从养己之性到养
国人之性,而养国人之性的关键就是《大象》所云:"先王以省方观
民设教"。设教的前提是观民,观民的关键是认识"人性"。"设

① 见方以智,《药地炮庄》,前揭,页151。
② 同上,页150。
③ 庖丁下文中自言"臣……"。"文惠君"有可能是《孟子》开篇的"梁惠王",如果是,
那么庄子此处借解牛而发的治国之理,很有可能是针对孟子,如果"文惠君"不是
"梁惠王",两篇文章所阐发的治国之理同样可以加以比较。崔譔、司马彪以为是
"梁惠王",但钟泰认为二人有误,参钟泰,《庄子发微》,前揭,页67。刘文典考订
"文惠君"实为"惠文君",乃《说剑》篇之"赵惠文王",见刘文典,《庄子补正》,前
揭,页93。
④ 参钟泰,《庄子发微》,前揭,页67。
⑤ 参马振彪,《周易学说》,前揭,页212。

教",是规导人性,原则在"缘督以为经"。

解牛之刀,代表着对人性之分的认识,能因其固然而用刀。孔子将人切分为三等或四等,《庄子·天下》将人切分为七等,都是刀工。切分之后再设立相应的制度加以引导,才可能达到文质密合。这也是理解"善刀而藏"的关键。善刀,并非不用刀,而是不乱切或不作一刀切,如此只会"月更刀"或"岁更刀",且"代大匠斫者,希有不伤其手矣"(《道德经》七十四章)。善刀者,"因其固然","缘督以为经",这是政治术的关键。庄子言"善刀而藏之",庄子的"外王"之学藏于"内圣"之中,极深密。

从前三篇过度到《人间世》,是从对性分的讨论进入实际政治。在这一篇,孔子在《庄子》中正式出场。① 孔子在内七篇展开至实际政治的位置出场,亦在突显孔子贴近人世政治的学问倾向。"人间世","间"为空间,"世"为时间,"人"字摆在"间""世"之前,表明人不能脱离具体时空,②人受具体时空的限制。由于人世间的时空变化,故世间无永恒定法,所以郭象注云:"与人群者,不得离人。然人间之变故,世世异宜,唯无心而不自用者,为能随变所适而不荷其累也。"③《人间世》开篇的对话,正是孔子对颜回师心自用的调教。

颜回请行去"卫国",是进入一个具体的政治时空,用现在的话说,是进入一个实际的政治共同体。之所以去卫国,是因为"回闻卫君,其年壮,其行独,轻用其国而不见其过",其治下百姓的生活水深火热。颜回去卫国,是想教导君王,重树卫国的政治品质,救民于水火之中。孔子说,如此去卫国,恐怕是找死。

---

① 孔子在《齐物论》中曾出现在瞿鹊子与长梧子的对话中,称之为"丘",《齐物论》中提及《春秋》亦是在隐射孔子,但孔子的正式出场是在《人间世》。
② 参钟泰,《庄子发微》,前揭,页74;张文江,"《庄子·人间世》析义",见刘小枫、陈少明主编,《经典与解释24:雅典民主的谐剧》,前揭,页98。
③ 见王叔岷,《庄子校诠》,前揭,页99。

　　　强以仁义绳墨之言术（同"述"）暴人（*暴君*）之前
　　者,是以人恶有（取代）其美也,命之曰菑（通"灾"）人。
　　菑人者,人必反菑之。

　　颜回去卫国,想用平时所学的道理来教育卫君。"愿以所闻
思其则",把平时所学的点点滴滴总结为若干指导原则,从后来孔
子的批评可以看出,这些原则就是"仁义绳墨之言",要求人向仁
义的标准看齐。孔子在这里让颜回反过来想想,自己总结出来的
"仁义"治术,是否能作为普遍适用的政治指导原则。孔子警告颜
渊:在人君面前大义凛然地陈述仁义,以自己的仁义眼光来衡量别
人的德行,这种人叫做"菑人",将自己认同的标准作为衡量一切
的标准。换句话说,是以适用于"君子"的仁义标准来要求所有
人,不管所要求的对象是否有可能成为君子。"菑人者,人必反菑
之"。如果《人间世》从人的"性分"以及"政治空间"（"之卫"）的
角度来摆明"菑人"的危险,《中庸》则从"时间"角度摆明"菑人"
的危险:"子曰:愚而好自用,贱而好自专,生乎今之世,反古之道,
如此者,灾及其身者也"。因此,《中庸》尤其强调"时中"。"人间
世"这一标题提醒我们,必须注意政治伦理原则在具体性分之间
以及具体的"时"、"空"中的复杂性。
　　颜回固执"仁义绳墨之言",属孔子所谓的"政法而不谍",
"谍",变通,固执政法而不知变通。如此看来,无论"法先王"还是
"法后王",都有"政法而不谍"的弊病。这样的政治行动皆属"有
心而为之",换句话说,就是"师心"。《人间世》的开篇,容易让人
想到《孟子》的开篇,孟子见梁惠王,梁惠王曰:"叟,不远千里而
来,亦将有以利吾国乎?"孟子对曰:"王,何必曰利,亦有仁义而已
矣。"《孟子》开篇的语境与《人间世》开篇的语境极为相似,庄子是
否通过孔子调教颜渊"师心"的问题来反思孟子言必称"仁义"的
问题,颇值得揣摩。老子《道德经》言"道可道,非常道",将"道

术"讲得十分清楚,可道之道终非常道。"道",怎么可以总结为"仁义"或其他固定的政治原则。《庄子·天道》篇的主题,讲"天道"运行无已,其中的关键环节在讨论"仁义"问题,必须将"仁义"重新放到"天道"之中来理解,而非用"仁义"代替"天道"。后儒将人间治道归结为"仁义",是将"微言"变成"大义"。孔子调教颜回,要重新将"大义"还原为"微言",并搞清楚"大义"与"微言"之间的关系。搞清楚"仁义"与"道术"的关系,心诀为"心斋",其精神通于《齐物论》开篇的"吾丧我",如此方可消除"师心"而居于人间世,老子云:"圣人无常心,以百姓之心为心。"(《道德经》四十九章)

《人间世》从具体时空角度审视人性的政治问题,《德充符》开始展现超越具体时空的向度。《德充符》记述几位身体残缺却德性纯全之人,要在于讨论身体与德性的关系。身体健美与否,并非德性的外在符验,郭象注云:"德充于内,物应于外,外内玄合,信若符命,而遗其形骸也。"[1]身体的残缺或丑陋受制于"人刑"或"人形",德性的形状受制于"天刑","形"与"刑"本为通假字,这里的意义也正好相通。身体的形状与德性的形状在一个人身上并不相同,身体的形状属地,德性的形状属天。《德充符》的关键不仅在于指出德性形状与身体形状的区分,更在于点明德性形状的形成,也就是所谓的"天刑"问题。

> 无趾语老聃曰:"孔丘之于至人,其未邪?彼何宾宾
> (恭勤貌)以学子(指老子)为?彼且以蕲(求)以諔诡
> (奇异)幻怪之名闻,不知至人之以是为己桎梏邪?"老聃
> 曰:"胡不直使彼以死生为一条,以可不可为一贯者,解
> 其桎梏,其可乎?"无趾曰:"天刑之,安可解!"

---

① 参郭象注、成玄英疏,《庄子注疏》,前揭,页103。

"天刑"即是性分，人的根器如此而不可解。老子尝试要解除孔子的桎梏，无趾看得更高："天刑之，安可解"。兀者叔山无趾踵见仲尼，孔子认为无趾身体的残缺是德性出了问题造成的结果，如今才想到补救，恐怕晚了。无趾据此以为孔子乃天刑之人，无趾判断的理由在于，孔子将身体与德性视为一体。换句话说，孔子对德性的看法尚局限在身体之内。老子解孔子桎梏的关键，是要"以死生为一条"，看穿生死，看穿身体与德性的关系。看穿生死，超越"人间世"的具体时空而"游方之外"，"无可无不可"。执着生死，即局限于"人间世"而"游方之内"。在这个具体的政治时空中的生活原则，是有可、有不可。因此，天刑可解与不可解的关键，在于"游方之内"与"游方之外"的区分。①《大宗师》中，孔子自云："彼游方之外者也，而丘游方之内者也"，游方之内，身处具体的政治共同体，就必须与"名"相关。形名，是共同体中下三品人的生存原则，为不可解之天刑，故孔子自称"天之戮民"（《大宗师》）。生活在具体的政治共同体中，拘束于具体的世间法，这在游方之外者看来，就是"天之戮民"。② 游方之内者，下三品人，游方之外者，上三品人，贯通方内、方外的，是圣人。圣人虽通方外，但驻留方内，故天刑仍不可解，天刑，亦是天命。老子要解孔子的天刑，无趾不赞成，可解与不可解之间有极深的道理。在无趾看来，解孔子的桎梏，很可能给孔子重新套上桎梏，"曾知以解桎梏之说而桎梏人者乎？"③引申而言，对下三品人之"天刑"，当然不可解。故通于方外、身为圣人的孔子，于方内仍须执着于礼制名相之学。如此，亦可深入理解《齐物论》中的"遁天之刑"："遁天倍情，忘其所受，古者谓之遁天之刑"，遁天之刑恰恰表明天刑不可解。真正的解，恰

① 参潘雨廷，"论天刑与遁天之刑"，见氏著《易与老庄》，前揭，页264。
② 参潘雨廷，"论天刑与遁天之刑"，前揭，页264。
③ 参方以智，《药地炮庄》，前揭，页186。

在不解之中，即是"以不解解之"。① 对于下三品人而言，天刑不可解，也无法解，一切妄图解其"天刑"的人及其主张甚至相应的制度，要么过于放任而质胜于文，要么过于严苛而文胜于质。

明白身体与德性、方内与方外的关系，才可恰当理解圣人的位置，由此亦可深思《德充符》开篇兀者王骀与孔子"中分鲁"的格局。"中分鲁"，兼方内与方外之学，好比内圣与外王之学，为孔子学问的两边。"此庄子拈出孔子之法身，而形容其化身"，②庄子将孔子言性与天道的内圣之学，寓言于王骀，综合孔子与王骀的形象可得圣人形象。如此，即可深味常季称王骀"王先生"一语，接通于外篇《天道》所言的"玄圣素王"。

> 常季曰："彼（指王骀）为己，以其知得其心，以其心得其常心。物何为冣（聚）之哉？"仲尼曰："人莫鉴于流水而鉴于止水，唯止能止众止。受命于地，唯松柏独也正，在冬夏青青；受命于天，唯舜独也正，幸能正生，以正众生。"

众生皆有其"生"，皆有其性分，性分各不相同，称"众生"。因其性分不同，众生有其不同的"止"，各止其所而已，故为"众止"。但众生要做到真正的各止其所，关键在于有"能止众止"之"止"，于人而言好比有"幸得正生""独也正"的舜，唯舜之正能正众生，使众生各得其所。从这个意义上理解，"唯止能止众止"以及"正生以正众生"，就好比"北辰居其所而众星共之"，也就是"为政以德"，由正己而正物以至于各正性命，故孔子云："无为而治者，其

---

① 参张文江，《〈庄子·德充符〉析义》，见上海社会科学院《传统中国研究集刊》编辑委员会主编，《传统中国研究集刊》（第三辑），上海：上海人民出版社，页126。
② 梦笔丈人语，见方以智《药地炮庄》，前揭，页181。

舜也与？夫何为哉。恭己正南面而已矣。"(《卫灵公》)

"王先生"或"玄圣素王"，在于深通性与天道的内圣之学，他们与现实政治中王者的差异，在于没有制定人间政治制度的身位，其外王的向度尚包藏在内圣之学中隐而未发。这里，需要厘清内圣与外王的关系。之前在谈及"圣王"的身份时已经讨论过，圣人不一定是实际的王，而可能是"玄圣素王"。不过，实际的王必须取法"素王"的内圣之道，才能在具体的现实政治中，开出恰当的外王局面。换句话说，内圣是外王的基础，没有内圣的外王，终究难逃文胜其质的因果。内圣重在体悟性与天道，外王重在订立人世间制度，人世间制度的订立来自于圣人对性与天道的认识。由于人世间制度受制于具体时空的限制，因此，人世间制度会随时空变化而不断变化，不过，其核心却是围绕着相对稳定的性与天道而变化。换句话说，要应对人世间时空变化所带来的制度冲突与纷争，必须深入理解性与天道的内圣之学，从这个意义上讲，内圣是外王的根基。这也就是《庄子》一书重性与天道之学的根底所在，由此可进入《大宗师》的开篇：

> 知天之所为，知人之所为者，至矣！知天之所为者，天而生也；知人之所为者，以其知之所知，以养其知之所不知，终其天年而不中道夭者，是知之盛（至）也。虽然，有患，夫知有所待而后当，其所待者特未定也。庸讵（岂）知吾所谓天之非人乎？所谓人之非天乎？且有真人而后有真知。

"人间世"，是人局限于具体时空。"德充符"，是超脱身体，由地而天。"大宗师"，是超脱时空。只有超脱身体才能超脱时空，《大宗师》篇末的"坐忘"可标其旨。"大宗师"，"大"者"天也"，"唯天为大"；"宗"者"天也"，"以天为宗"；"师"者，圣人也，人以圣人为师,圣人又以"天"为宗师,"以天为宗,以德为本,以道为门,兆于变化,谓之圣人"。所谓"大宗师",实以"天道"为大宗师,为人世间具体政制变化的永恒依据。

"知天之所为者,天而生也",天道乃天之所为,人分于道的性分或天性("天资"),亦属天之所为。"知人之所为者,以其知之所知,以养其知之所不知,终其天年而不中道夭者,是知之盛也。"人由于性分与时空所限,有所知有所不知,正因为有所不知,所以不能以人之"知"代替人之所不知。因此,人之所为的关键在于以其知"养"其不知,这里的"养",即"养生主"之"养",知与不知的关系,就是"生也有涯"与"知也无涯"的关系。这里可以比较《庄子·缮性》的说法:"古之治道者,以恬养知。生而无以知为也,谓之以知养恬。知与恬交相养,而和理出其性。""恬",是"知之所不知",人知之"盛",就在于"养"其所不知之事,然后"可以全生,可以尽年"(《庄子·养生主》)。此处提到可以全生尽年的"终其天年而不中道夭者",也会让人反过来思考,如果不"以其知之所知以养其知之所不知",也就是以其知为全知,"以其有为不可加矣",后果就很可能是让人不能"终其天年"而"中道夭",这是方术脱离道术后的政治后果。

天之所为为质性,人之所为为制度。"知天之所为"是认识人的质性,"知人之所为"是设立制度规导质性,制度的设立必须与人的质性相匹配,如此可云"文质彬彬"而"至矣"。知天知人,方可为人之"师",而知天知人,最终是要知道人之所为的限度。如果不知人的限度,即"有患",表现在两方面:其一是以人代天,[①]以人为代替天为,这个问题潜藏于荀子"人伪"的主张中;其二是以天代人,以天为代替人为,这个问题潜藏于孟子将仁义礼智内化于

---

① 参考《淮南子·说林训》的说法:"智所知者偏矣,然待所不知而后明",高诱注云:"褊,狭也,知所知所不知,以成明矣"。见刘文典,《淮南鸿烈集解》,前揭,页569。

天性的主张中。究其要害,皆混淆天人,①其患在强不知以为知,故庄子感叹:"庸讵知吾所谓天之非人乎? 所谓人之非天乎?"孔子论性不言善恶,将未定之善恶放入"近"字中("性相近"),是以恬养知,"吾有知乎哉? 无知也。"(《子罕》)

在庄子看来,人世间的问题不在于天之所为,而在于人之所为,更确切地说,是人之所为超过了人之所为的限度。换句话说,问题在于人并不知道"人之所为者",这一问题的根源在于不知道"天之所为"。人世间既受具体时空的限制,又受人类性分的限制,要想超越这些"待",看清楚其性道背后运行的真相再回到具体的人世间,需要层层上进。孔子在《人间世》要颜回懂得"坐驰",忘记具体空间,到《大宗师》之时,颜回学有所进,渐至"忘仁义"(如孟子由内而外的渠道,犹去我执),"忘礼乐"(如荀子由外而内的渠道,犹去法执),最终至于"坐忘"(离形去知,犹我执、法执皆忘)。时空皆忘,故能"同于大通"而齐万物,唯其坐忘无知,方可真正进入"人间世"而"应帝王",此为《应帝王》以"无知"开篇的原因。

"应帝王",应,是相应之应,②应帝者为王。帝,为"帝之悬解"(《养生主》)之帝,乃人的根蒂,人的根蒂连着天地。王,为"一贯三"之王。应帝王者,贯通于天地人三才之道。如果以《齐

---

① 《庄子·庚桑楚》云:"圣人工乎天而拙乎人,夫工乎天而俍乎人者,唯全人能之",若以此衡之,孟子可谓"工夫天而拙乎人",荀子可谓"工夫人而拙乎天",唯孔子可当"工夫天而俍夫人者"。"俍",从人从良,良于人,深知于人,"全人",既懂人性的理想状态,也知道人性的现实状况,对人性有其整体认识。这里的"圣人"与《庄子·天下》中的"圣人"概念有所差异。这里的"圣人"与"全人"的内涵,可以参考张文江先生的说法:"圣人从普通人起修,修成圣人;全人从圣人起修,再修成普通人。"张文江,《〈庄子·庚桑楚〉析义》,见《经典与解释31:柏拉图与天人政治》,前揭,页141。

② 参钟泰,《庄子发微》,前揭,页167;张文江,"《庄子·应帝王》析义",见刘小枫、陈少明主编,《经典与解释32:海德格尔的政治时刻》,北京:华夏出版社,2009,页137。

物论》"天籁"、"地籁"、"人籁"背后的三才之道观之,《逍遥游》的主题是"天才",《齐物论》的主题是"地才",《养生主》的主题是"人才",前三篇已经建构起天地人三才之道。贯三为王者,人也,故《人间世》是以人贯人,《德充符》是以人贯地,《大宗师》是以人贯天。"应帝王",是贯三为王者。故《庄子》内七篇结构以图示之即是一"王"字:①

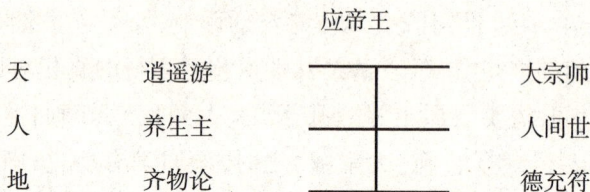

应帝王

天	逍遥游		大宗师
人	养生主		人间世
地	齐物论		德充符

　　《应帝王》开篇为啮缺、王倪和蒲衣子三人的两两对话,据《庄子·天地》所记:"尧之师曰许由,许由之师曰啮缺,啮缺之师曰王倪,王倪之师曰被衣"。《应帝王》开篇仅取后三者,未取许由与尧,原因在《逍遥游》所言"尧让天下于许由"而许由不受之事。尧为现实政治之帝王,《应帝王》不取实际帝王与直接的帝王师,用心在于超越现实政治而谈论政治的根蒂或基础,以总结内七篇而"应""帝王"。②

　　在接下来肩吾与接舆的对话中,肩吾(将"吾"抗在肩上,尚未及"吾丧我")陈述一个流行的意见:"君人者以己出经式义度,人孰敢不听而化诸!"君人之道,应以自身言行作为天下榜样,以自身认为正确的标准作为规范天下的标准,这样,天下又有谁敢不遵行。如果从道术与方术的关系上讲,这是以方术当道术。以方术为道术,其实是"专制"的真正意义所在。专制,说到底是方术政

<hr>

① 参潘雨廷,"内七篇与三才之道"以及"论《庄子》内七篇",见氏著《易与老庄》,前揭,页268-270,305-308,此图参见页308。
② 参张文江,"《庄子·应帝王》析义",前揭,页137-138。

制,以对某一性分的见识理直气壮地代替对整全人性的见识,不管是以君子的标准还是以民众的标准。接舆将如此政治意见称之为"欺德",真正的专制就是"欺德",用一种德(得,性分)代替所有德。要做到不"欺德",需要的是"为政以德",由此也可以理解,君主制当然不一定必然与专制相关。① 接舆接着谈到有别于"欺德"政制的圣人之治:"夫圣人之治也,治外夫? 正而后行,确乎能其事者而已矣。""正而后行",己正方可正人,《庄子·德充符》所谓的"幸能正生,以正众生",亦《易》所谓的"各正性命",郭象注《应帝王》此句云:"各正性命之分也"。② "确乎能其事者而已矣",郭象注云:"不为其所不能",成玄英疏云:"顺其实性于事有能者,因而任之,至于分内,不论于外者。"③圣人之治,不作统一要求,而是让不同性分的人各得其所,各司其职,"尽其所受乎天"(《庄子·应帝王》)。此义通于孔子的"正名"之说,亦通于《应帝王》中天根与无名人论"治天下"的关键,"顺物自然而无容私焉,而天下治矣",以及老聃对阳子居所言的明王之治,"功盖天下而似不自己,化贷万物而民弗恃。"

从这个意义上讲,真正的王道政治,应该是"为政以德"的政治,让政治共同体中的人各正性命。《大雅·烝民》曰"天生烝民,有物有则",④"有物"是性分不同,"有则"是相应于不同性分的生活方式与制度。《左传·成公十三年》记刘子言曰:"吾闻之,民受天地之中以生,所谓命也。是以有动作礼义威仪之则,以定命

① 关于君主制与专制的关系,可参甘怀真,"皇帝制度是否为专制",见氏著《皇权、礼仪与经典诠释:中国古代政治史研究》,上海:华东师范大学出版社,2008,页381-391;丁耘,"五四、儒家与启蒙——'封建专制'问题再思考",见氏著《儒家与启蒙:哲学会通视野下的当前中国思想》,北京:北京三联书店,2011,页75-103。
② 参郭象注、成玄英疏,《庄子注疏》,前揭,页159。
③ 同上。
④ 比较《逸周书》的开篇:"天生民而制其度",陈逢衡云:"度者,自然之矩矱,而圣人裁成之"。见黄怀信等撰,《逸周书汇校集注》,上海:上海古籍出版社,2007,页2。

也",同样是这个意思,以不同的礼数定不同的性命。《庄子·天地》中有一章从天地初开讲起:

> 泰初有无,无有无名。一之所起,有一而未形。物得
> 以生谓之德;未形者有分,且然无间谓之命;留动而生物,
> 物成生理谓之形;形体保神,各有仪则谓之性,性修反德,
> 德至同于初。

其中讲到的"形体保神,各有仪则谓之性",与前面的看法并无二致,人在天性上已经隐隐对应着某种与此天性相应的生活方式与制度,认识与理解各类天性以及与此相应的生活方式与制度,是"应帝王"的关键。由此可深入理解"则天"、"法天"或"法自然"的道理,亦可理解人间政制正当性的真正理据之所在。《天地》所谓的"性修反德",还可能含有更加深微的思想:修性而反于德,德乃是所"得"之性的"仪则"和"物则",是性之德,换言之就是"德性"。从这个意义上讲,作为人世间政制礼法的"文",必须建立在对人"质性"的深入认识之上,深入认识"质性",才能制作匹配"质性"的"文",此为《应帝王》言"雕琢复朴"的深刻含义,亦是文质彬彬的最高理解。老子言圣人"辅万物自然而不敢为"(《道德经》六十四章),"辅"是要让"文"合于"质","不敢为",是不敢"妄作"。人间政制之"文"不敢脱离于质性之"常",妄作乃凶。这也是孔子所云"绘事后素"的意义所在,"素"是质性,如政治制度这类所绘之事,需要根据人本身的质素而定。从这一角度看,对人性认识的深度,决定着对政治认识的深度,也决定着相应政制品质的优劣。

孔子以君子为对象谈论文质彬彬,其实是借谈论人的修养来谈论共同体政制的品质,在中国古典学问中,修身的问题与治国的问题本就相通。如此,才能理解为何在《应帝王》的语境中,会花

最多的篇幅来描写"相人之术"。人之所以被相,是因为人总是执着于某些见识,"以道与世亢"。如果深入探究,这些见识大都与各人的根蒂(根器、性分)有关,这表现在他们总是"以……"作为生活的依靠。壶子之所以能"应帝王",关键在于壶子能"兆于变化",而兆于变化的前提是对各类人之根蒂有深入见识,故能在丧我之后兆于变化应帝而王。

"壶子"之名,就其"壶"象而论,本有"先心藏密"之象,亦有"混沌"之象。《庄子》内七篇结束于"混沌"之死,呼应《天下》篇中道术为方术所凿裂。

> 南海之帝为儵,北海之帝为忽,中央之帝为浑沌。儵与忽时相与遇于浑沌之地,浑沌待之甚善。儵与忽谋报浑沌之德,曰:"人皆有七窍以视听食息,此独无有,尝试凿之。"日凿一窍,七日而浑沌死。

南海之帝为儵,北海之帝为忽,南、北指空间,儵、忽指时间,儵、忽本身还有时间迅疾的意思。《楚辞·少司命》云:"儵而来者忽而逝",从时间角度上而言,儵指过去,忽指将来。南帝儵代表来自南方的认识,这种认识从时间上讲,代表对未来的认识。北帝忽代表来自北方的认识,从时间上讲代表对过去的认识。二者相遇于中央混沌之地,犹在空间上南北合一于中央,在时间上过去与未来统一于现在,时空混沌未分,合二为一。"混沌之德",在于其二合为一的整体见识,用老子的话讲,"圣人在天下,歙歙焉,为天下浑其心,圣人皆孩之。"(《道德经》四十九章)人间世的危局,在于"儵与忽"出于好意的"谋报"。"儵与忽"的好意本身不容置疑,但"儵与忽"的问题在于他们自身并不具有时空上的整体见识。从空间上讲,"儵与忽"或仅知南或仅知北,以此肢解整体空间;从时间上讲,或为过去之知或为未来之知,以此肢解现在。

《人间世》篇末的《凤兮歌》唱得好:"来世不可待,往世不可追也",①此义通于老子所云"执今之道以御今之有",须合过去与未来而重视现在,"不将不迎,应而不藏,故能胜物而不伤。"(《庄子·应帝王》)

《应帝王》开篇言"无知",结尾言"有知",有知穿凿而混沌死,从"无知"到"有知"的穿凿,关键转折在《大宗师》的"意而子见许由"一章。这一章点出许由对尧这位现实帝王的批评,这也是为什么《应帝王》开篇言"无知"的语境中不涉及许由与尧的原因。

> 意而子见许由,许由曰:"尧何以资(教益)汝?"意而子曰:"尧谓我:汝必躬服仁义而明言是非。"许由曰:"而(汝)奚(何)来为轵(语气助词)?夫尧既已黥(凿额)汝以仁义,而劓(割鼻)汝以是非矣。汝将何以游夫遥荡恣睢(纵任)转徙(迁变)之涂(途)乎?"意而子曰:"虽然,吾愿游于其藩。"许由曰:"不然。夫盲者无以与乎眉目颜色之好,瞽者无以与乎青黄黼黻(华美花纹)之观。"意而子曰:"夫无庄(古美人)之失其美,据梁(古力士)之失其力,黄帝之亡其知,皆在炉捶(造化)之间耳。庸讵知夫造物者之不息我黥而补我劓,使我乘成(载其全)以随先生邪?"许由曰:"噫!未可知也。我为汝言其大略:吾师乎!吾师乎!齑(碎)万物而不为义,泽及万世而不为仁,长于上古而不为老,覆载天地、刻雕众形而不为巧,此所游已!

---

① 比较《论语·微子》中的《凤兮歌》:"往者不可谏,来者犹可追",由此亦可见《论语》编订者与庄子见识的差异,可参张文江,"《庄子·人间世》析义",前揭,页125—126。

尧对意而子言："汝必躬服仁义而明言是非"。"意而子"一名,本身是对尧之主张的刻画,寓意仁义是非皆由己意而出,故云"意而",①孔子却告诫自己要"毋意"(《子罕》)。许由说尧言仁义是非,无异于是用仁义来黥你的额头,用是非来割你的鼻子。换句话说,现实帝王讲仁义是非的统治术,乃是对质朴人性施以黥劓之刑,正好比南帝北帝为谋报混沌之德而凿其七窍。庄子没有否定雕琢本身,自然本身也不断地雕琢。许由言"覆载天地、雕刻众形而不为巧",这才是《应帝王》篇末形容列子得道时"雕琢复朴"的境界。雕琢的过程,是各正性命的过程,雕琢之功在于去伪存真,所以雕琢之功反而看不出来,此为"文质彬彬"的最高解释。在《庄子》中,如果用一个字来概括雕琢复朴、各正性命的过程,或许就是"游"。"上与造物者游"(《庄子·天下》),以物观物,领受万物的性命之正。庄子将经世的"雕琢"之心藏在出世的逍遥之"游",二者之间的关联即在《人间世》"缘督以为经"的"游刃有余",庄子可谓"善刀而藏"。《应帝王》的结尾展现出雕琢的危险,究其实质,是以方术割裂道术。内七篇以混沌之死作结,犹《周易》六十四卦终于"未济"。② 然《周易》亦有"七日来复"之天行,息黥补劓,故内七篇以《逍遥游》鲲鱼化鹏贯通南北开始,此见庄子整合方术为道术的努力。

---

① 参钟泰,《庄子发微》,前揭,页 162。
② 参潘雨廷,《易与老庄》,前揭,页 195。

余论:《论语·雍也》中的
南面之术与文质之道

　　《论语》提到"质"的地方仅有四章,就前面的分析来看,"义以
为质"章与"质直而好义"章,并没有出现"文"。"何以文为"章虽
然在讨论文质关系,谈论者却分别是棘子成与子贡,子贡的看法是
否等同于孔子的看法,尚须存疑。《论语》中,谈论文质关系最为
可靠的篇章,出于孔子在《雍也》中的独白:"子曰:质胜文则野,文
胜质则史,文质彬彬,然后君子。"孔子直接谈论文质关系的章次
为何编排在《雍也》,颇值得考虑。

　　《雍也》开篇孔子称许冉雍:"雍也可使南面",按照朱熹等人
的理解,首章与次章本为一章。[1] 即便并非如此,首章与次章也确
有相当明显的联系,可以放在一起理解。次章是冉雍向孔子询问
子桑伯子:

　　　　仲弓(冉雍字仲弓)问子桑伯子。子曰:可也,简。
　　　　仲弓曰:居敬而行简,以临其民,不亦可乎? 居简而行简,

---

① 参朱熹,《四书章句集注》,前揭,页83–84。康有为的《论语注》亦将开头两章视为
　一章来读,见康有为,《论语注》,前揭,页71。

无乃太简乎？子曰：雍之言然。

为什么此章会突然提到子桑伯子,冉雍与孔子讨论的"简"与
"居敬行简"到底指称什么?《论语》中的这一章过于简略,以至于
我们搞不清这些关键环节。好在《说苑·修文》中有一章,详细记
载了此章谈话的语境:

> 孔子曰:"可也,简"。简者,易野也,易野者,无礼
> 文也。孔子见子桑伯子,子桑伯子不衣冠而处,弟子
> 曰:"夫子何为见此人乎?"曰:"其质美而无文,吾欲说
> 而文之。"孔子去,子桑伯子门人不说,曰:"何为见孔子
> 乎?"曰:"其质美而文繁,吾欲说而去其文。"故曰,文
> 质修者谓之君子,有质而无文谓之易野,子桑伯子易
> 野,欲同人道于牛马,故仲弓曰太简。上无明天子,下
> 无贤方伯,天下为无道,臣弑其君,子弑其父,力能讨
> 之,讨之可也。当孔子之时,上无明天子也,故言"雍也
> 可使南面",南面者天子也。雍之所以得称南面者,问
> 子桑伯子于孔子,孔子曰:"可也简。"仲弓曰:"居敬而
> 行简以道民,不亦可乎? 居简而行简,无乃太简乎?"子
> 曰:"雍之言然!"仲弓通于化术,孔子明于王道,而无以
> 加仲弓之言。

通过《说苑·修文》的这一章可以看出,《雍也》次章谈论的语
境就是文质关系。《雍也》首章孔子称冉雍可使南面,可能是因为
冉雍深谙文质之道。如果是这样,是否可以说,深谙文质之道,是
君人南面的关键? 无论是否如此,现在已经能够感到,将孔子直接
谈论文质关系的章次编排在《雍也》,并非随意为之。

《论语·为政》首章点出"为政"总纲:"为政以德,譬如北辰,

居其所而众星共之",其中"北辰"与这里的"南面"有深切关系。
"南面",人君听治之位。南面者,兼指天子与诸侯。① 人君坐北朝
南,南向听治,与"北辰"的位置有关。北辰居其所而众星共之,人
君法天,比于北辰,同时南面以观测南中天恒星位置,以进一步确
定时空,②对应于人事,是由君道进一步确定臣道。由北辰而南
面,是古代政治时空确立的过程,用《庄子》的话来说,是"方之内"
确立的过程。③ 换句话说,南面之术,其实是具体政治共同体中君
王的统治之术,而"方内"与"方外"的区分,是理解《雍也》次章的
关键。

孔子说"雍也可使南面",这句话不由得让冉雍想,夫子为何
称许自己有南面之才。冉雍得到的答案很可能是自己的"行简",
"行简"的意思是不以频繁的政令来搅扰民众,为政清净。不过,
冉雍反过来又想,子桑伯子同样也是"行简",自己的行简与子桑
伯子的行简有何区分?这是冉雍次章询问孔子的问题所在。据考
证,子桑伯子是《庄子·大宗师》中的子桑户,《庄子·山木》中的
子桑雽,《楚辞·涉江》中的桑扈。在这三个出处中,子桑伯子在
形象上具有一致性,④用《庄子·大宗师》中孔子的话来说就是:
"彼游方之外者也,而丘游方之内者也。"在孔子看来,子桑伯子是

---

① 见刘宝楠,《论语正义》,前揭,页 209-210。
② 参冯时,《中国古代的天文与人文》,北京:中国社会科学出版社,2006,页 21。张舜
微将"南面"追溯到古代房屋建筑的布局,尚未及"南面"提出的时空根源,且房屋
建筑的方位布局本身已在四方概念确定之后,参张舜微,《周秦道论发微》,前揭,
页 12-13。
③ "方"与政治时空的关系,参王爱和,"四方与中心:晚商王族的宇宙观",见氏著《中
国古代宇宙观与政治文化》,金蕾、徐峰译,上海:上海古籍出版社,2011,页 44-95;
冯时,"论时空",见氏著《中国古代的天文与人文》,前揭,页 1-63;唐晓峰,"甲骨
文所见国家政治空间秩序的初步建立",见氏著《从混沌到有序:中国上古地理思
想史述论》,北京:中华书局,2010,页 183-207;张树平,《从辨物居方到名分使群:
中国传统政治形态生成研究》,上海:上海书店出版社,2010,页 93-118。
④ 见刘宝楠,《论语正义》,前揭,页 210-211;程石泉《论语读训》,上海:上海古籍出
版社,2005,页 83;钟泰,《庄子发微》,前揭,页 153。

"游方之外"的人。子桑伯子虽然身在具体的政治共同体中,但并不在意此共同体的礼法规定。《大宗师》将这一点讲得很清楚:子桑户死,孔子让子贡帮忙治丧,子贡看到子桑伯子的生前好友孟子反与琴张"或编曲,或鼓琴,相和而歌",于是质问说:"敢问临尸而歌,礼乎?"二人相视而笑,对曰:"是恶知礼意!"在这里,有"礼"与"礼意"之间的区分,郭象注"礼意"云:"夫知礼意者,必游外以经内,守母以存子,称情而直往也"。① 礼意与礼(即具体礼文)的区分,好比《礼记》中《礼运》与《礼器》主题上的区分,礼意是具体礼文产生的原则。孟子反与琴张说子贡不知礼意,是说子贡仅知礼文,不知礼文背后的东西。子贡不懂,将此事报告给孔子,孔子对子贡说:

> 彼游方之外者也,而丘游方之内者也。外内不相及,而丘使女往吊之,丘则陋矣!彼方且与造物者为人,而游乎天地之一气。……彼又恶能愦愦然(烦乱)为世俗之礼,以观众人之耳目哉!

孔子在这里点出"方之内"与"方之外"的区分。从孔子的回答中,我们知道,"方之外",是"与造物者为人,而游乎天地之一气",并非局限于具体的政治共同体。反过来说,"方之内",指具体的政治共同体。孔子说"内外不相及",是说政治共同体内外的生活原则不同,孔子用共同体内既存的"世俗之礼"去要求游于共同体外的人,此为"丘则陋矣"之处。由此可见,方内与方外的关键区分,在于作为方内的政治共同体有具体的礼文制度,《礼记·经解》云:"隆礼由礼,谓之有方之士;不隆礼不由礼,谓之无方之民。"②"游方之内",

---

① 见郭象注、成玄英疏,《庄子注疏》,前揭,页147。
② 比较《荀子·礼论》的说法:"不法礼,不足礼,谓之无方之民;法礼,足礼,谓之有方之士。"

相当于生活在具体政治共同体之中,并受相应的礼法约束。①

《大宗师》此章还有一关键处,包含着庄子对孔子的定位与认识。子贡接着问孔子:"然则夫子何方之依?"夫子到底是算"游方之内"还是"游方之外"呢?孔子回答说:"丘,天之戮民也。虽然,吾与汝共之。"孔子说自己是"天之戮民","天之戮民"一词承接于《德充符》中无趾对孔子的说法:"天刑之,安可解!"天刑或天之戮民,表面涵义是说,生活于方内之人必然受到礼法的裁制,这些礼法在方外之人看来好比加在人身上的桎梏。深层涵义则是,生活于方内之人从性分上讲,生来就无法去过上三品人"天人合一"的生活,他们需要外在礼法作为生活的依靠与规导。孔子之所以说自己是天之戮民,宁愿生活在具体的政治共同体,实在有其为下三品人立法的素王之心在,这也是孔子晚年整理"旧法、世传之史"这类制度之书为六经的用心所在。

通过对子桑伯子身份的梳理,可以回过头进一步尝试理解冉雍的困惑:自己的"行简"与子桑伯子的"行简"有什么区别?冉雍大概是先问孔子:如果为政像子桑伯子那样行简可否?孔子回答说:"可也,简"。按照《说苑·修文》的理解,"简者,易野也,易野者,无礼文也。"将"简"理解成"无礼文",稍微有点过,"简"当如朱熹所注,"不烦之谓",②是制度简约,政令不烦。以"行简"为政,在孔子看来"可也"。冉雍尚有更进一步的疑问,指向"行简"背后的原则。在冉雍看来,子桑伯子是"居简而行简",如此"无乃大简",所以冉雍提出"居敬而行简"以纠正"居简而行简"。表现出来的虽然都是"行简",行动背后却有"居简"与"居敬"的区分。

"居",是居身自处的方式,"居简",《说苑·修文》所谓的"不衣冠而处",这里的"衣冠"比喻礼文,相当于《卫灵公》中的"服周

---

① 参钟泰,《庄子发微》,前揭,页155。
② 见黄怀信等撰,《论语汇校集注》,前揭,页467。

之冕"的"冕"字代表"郁郁乎周文"。子桑伯子居简,不服衣冠,一
是子桑伯子系游于方外之人,二是因为子桑伯子其"质美",唯其
质美,方可真正游于方外。"居简"的要害是任情而行,但因其质
美,纵然任情而行,其性情所发仍符合礼文背后的"礼意",这是质
美者游于方外质而不文的正当性所在。不过,"居简而行简",适
用范围仅限于游于方外的质美者,大致相当于《天下》的上三品
者,如此之人极其稀罕。冉雍反问孔子的话有两个分句,前一分句
说的是"居敬而行简,以临其民,不亦可乎",后一分句显然省略了
"以临其民"。如果补充完整,应该是:"居简而行简,以临其民,无
乃大简乎"。冉雍的反问,很可能是在继续追问这样的问题:游于
方外者的生活原则是否同样适用于方内之人,或者游于方外的人
是否有能力"以临其民",统领驭方内之人,"居简而行简"是否可
称南面之术?

"居简而行简,无乃大简乎",之所以"大简",是因为"居简"。
居简是任情而行,如果以此作为政治原则,那么共同体中下三品人
的生活必然陷入混乱,他们并非属于"质美"者,他们的性情有着
过与不及的各种倾向。"居敬而行简"不同,行简的前提在"居
敬","居敬"接通《宪问》中的"修己以敬",与修身有关。《周易·
坤·文言》曰:"君子敬以直内,义以方外",孔颖达疏云:"内谓心
也,用此恭敬以直内","用此义事,以方正外物,言君子法地正直
而生万物,皆得所宜,各以方正"。① 正因为有"敬以直内",才有
"义以方外",修己以敬成为前提,正己方能正物。正物,就是"义
以方外",使万物各得其宜,顺着万物本身的性情加以引导,不发
布不合时宜的政令,就是"行简"。由于"居敬"与"居简"的不同,
二者所带起的具体"行简"方式也有所区分,其内容及其品质仍有
差异。

---

① 见刘玉建,《周易正义导读》,前揭,页131。

居简以临民的问题在于,居简者并不在意民性,从而并不引导或管束民性,可是,并非质美的民性,生来需要引导与管束。居敬以临民的关键,在于通过"修己以敬"的过程,体会质性本身的缺欠与不稳定,然后通过精简的制度对民众加以适宜引导。因此,要南面为政,"修己"的阶段必不可少,这是"为政"次于"学而"的道理所在。换句话说,"居敬而行简,以临其民"的关键,同样是要搞清楚人在天性上的区分。对于"可使南面者"而言,更要清楚下三品人的天性。孔子之所以在讨论君子修养时谈及文质关系,其一在于君子善群,其二在于通过讨论文胜质或质胜文的状况,以及隐含其中的救弊方式,最终要让君子去引导社会中文胜或质胜的人,逐渐走向文质彬彬的状态。这也就是为什么《雍也》在"文质彬彬"章之后,会紧接编列谈论人的区分的章节:

6.15 子曰:孟之反不伐。奔而殿,将入门,策其马,曰:非敢后也,马不进也。

6.16 子曰:不有祝鮀之佞,而有宋朝之美,难乎免于今之世矣。

6.17 子曰:谁能出不由户,何莫由斯道也!

6.18 子曰:质胜文则野,文胜质则史,文质彬彬,然后君子。

6.19 子曰:人之生也直,罔之生也幸而免。

6.20 子曰:知之者不如好之者,好之者不如乐之者。

6.21 子曰:中人以上,可以语上也,中人以下,不可以语上也。

6.22 樊迟问知。子曰:务民之义,敬鬼神而远之,可谓知矣。问仁。子曰:先难而后获,可谓仁矣。

6.23 子曰:知者乐水,仁者乐山;知者动,仁者静;

知者乐,仁者寿。

    6.24 子曰:齐一变,至于鲁,鲁一变,至于道。

    《雍也》共三十章,[1]就谈话的人物与内容而言,基本可以以十四章为限,划为前后两个部分。[2] 前一部分以讨论孔门弟子为主,重点凸显诸弟子的政治品质,后一部分的线索是文质之道,这里尝试简单来考察一下后半部分围绕"文质"之道所构建起来的线索。十五章的"孟之反"对应于开篇的子桑伯子,在《庄子·大宗师》中,孟之反、子桑伯子与琴张三人为友,此处"孟之反不伐",亦是质胜文之象。十六章的"祝鮀之佞"与"宋朝之美",是文胜质之象,且文胜质已经是"今之世"的明显特征。这是理解《论语》下编以《先进》为首以及孔子所言"如用之,吾从先进"的关键,先进者为野人,质胜于文,正好用来纠正"今之世"文胜质的倾向。十五章是质胜文,十六章是文胜质,十七章孔子云:"谁能出不由户,何莫由斯道也!""斯道"为何? 很可能是十八章孔子讨论的"文质之道"。把握文质之道的关键,在认识"质性",故十九至二十二章皆从质性上谈。"人之生也直"的"直",是人的质性本然。[3]《周易》坤卦六二爻辞云:"直方大,不习无不利","不习",法自然之谓。[4]《象》曰:"六二之动,直以方也",王弼注云:"动而直方,任其质也"。[5]"人之生也直",是说人生要以自身所禀的质性为依据,"罔之生",是在后天悖其本性。二十章的"知之者"、"好之者"、"乐之者",三者区分的关键,在于其质性与对象之间的亲密程度,

---

① 《论语》章次的划分以刘宝楠的《论语正义》(中华书局版)为准。

② 参黄怀信等撰,《论语汇校集注》,前揭,页463,不过,黄怀信认为应以十五章为界划分前后两个部分。

③ 关于"直"的释义,可参考赵纪彬,《论语新探》,前揭,页55-57;钱穆,《四书释义》,北京:九州出版社,2010,页63-67。

④ 参潘雨廷,《周易表解》,前揭,页270;《易学三种》,前揭,页126。

⑤ 见刘玉建,《周易正义导读》,前揭,页131。

谈论的主题是质性倾向性的差异,有的人天生对某种东西就不感兴趣,另外有人却乐此不疲,这是横向上的比较。二十一章是纵向上的比较,将人分成中人以上与中人以下,中人亦隐含其中,再结合孔子所言的"唯上智与下愚不移"(《阳货》),大致可得《论语》中的性分格局。接下来的二十二与二十三章,区分仁者与智者,亦是区分质性的差异所带起的性情倾向以及相应视野上的差异。谈论仁者与智者,已是在"语上",讨论中人以上的区分,然后过渡到二十四章,谈论的主题上升到治国之道。"齐一变,至于鲁,鲁一变,至于道"。程颐云:"夫子之时,齐强鲁弱,……然鲁犹存周公之制,齐由桓公之霸,为从简尚功之治"。① 齐国由桓公而霸,九合诸侯,但从简尚功,其礼乐典制尚未及鲁,故齐国之制质胜于文。周礼虽然在鲁,可鲁国国力不振,文胜其质。孔子云"齐一变至于鲁",是以齐质合于鲁文,"鲁一变至于道",是合齐鲁之质文而后进于文质彬彬之"道"。此"道"与十七章之"道"对应,中间讨论的是文质之道的具体内容,关键在于人的质性差异,这也是《雍也》在倒数第二章点出"中庸"以殿后的原因。"子曰:中庸之为德也,其至矣乎! 民鲜久矣。"这一章同样出现在《礼记·中庸》,作"子曰:中庸其至矣乎! 民鲜能久矣。""中庸"言"性与天道"之理,说"民鲜久矣",什么意思? 难道要求民也要具备"中庸"之德? 夫子显然并非此意。《中庸》开篇言"修道之谓教",民众生活所反映出来的中庸之德,源于南面者的教化,南面者以"中庸"之德化民成俗,民虽日用而不知,世风日淳,中庸之德渐渐显露。孔子于此言"民鲜久矣",与其是在言民,不如说是对南面者的批评与期许,②故《雍也》开篇赞"雍也可使南面"。

---

① 程颐,《论语解》,见《二程集》,前揭,页 1142。

② 此章颇难理解,戴望注得其意:"先王以礼乐教民于中和,世衰礼乐不行,故民寡此德久矣",见黄怀信等撰,《论语汇校集注》,前揭,页 574。

图书在版编目（CIP）数据

古典诗教中的文质说探源/吴小锋著.
--上海：华东师范大学出版社，2016.5
（政治哲学文库）

ISBN 978-7-5675-4891-6

I.①古… II.①吴… III.①古典诗歌-诗歌研究-中国 IV.①I207.22

中国版本图书馆 CIP 数据核字（2016）第 047857 号

华东师范大学出版社六点分社

企划人　倪为国

政治哲学文库

古典诗教中的文质说探源

著　　者　吴小锋
审读编辑　顾枝鹰
责任编辑　彭文曼
封面设计　吴元瑛

出版发行　华东师范大学出版社
社　　址　上海市中山北路 3663 号　邮编　200062
网　　址　www.ecnupress.com.cn
电　　话　021-60821666　行政传真　021-62572105
客服电话　021-62865537　门市（邮购）电话　021-62869887
地　　址　上海市中山北路 3663 号华东师范大学校内先锋路口
网　　店　http://hdsdcbs.tmall.com
印　刷　者　上海盛隆印刷有限公司
开　　本　890×1240　1/32
插　　页　2
印　　张　7
字　　数　152 千字
版　　次　2016 年 5 月第 1 版
印　　次　2016 年 5 月第 1 次
书　　号　ISBN 978-7-5675-4891-6/I.1499
定　　价　48.00 元

出版人　王　焰

政治哲学文库书目